典·藏·版
1
2
唐家三少经典幻想代表之作
《神印王座 典藏版》盛世启航！
全新修订 精装典藏 限量发售
神印王座
封面以实际出版为准
神印王座
神印王座
定价
32.80
元/册
封面以实际出版为准
万众瞩目 无上荣耀
请跟随英勇的少年骑士，守护人类最后的领土！
每一个神印王座都是一件真正的神器，上面有神留下的烙印。
我的目标就是有一天能够成为一名神印骑士！
第1册内容简介：
为救母亲，少年龙皓晨决意加入骑士圣殿。他勉强通过了骑士侍从的考核，迎来了新的教官。教官非常严厉，给他设置了重重考验，不过，这位严厉的教官也教会他许多知识，尤其是骑士精神的准则在他心中打上了很深的烙印。
第2册内容简介：
猎魔团选拔赛进入到了最后阶段，龙皓晨、杨文昭和采儿全都进入了四强。而最终的前三名将不能在一个猎魔团之中。在这种情况下，龙皓晨和采儿会如何选择？最终谁又将获得个人赛冠军。龙皓晨所在的猎魔团又会有谁？悬念将在本册揭晓！
《神印王座 典藏版》第1、2册精装版2017年9月强档上市

# 琴帝

典藏版

1

唐家三少 著

CNS PUBLISHING & MEDIA 中南出版传媒
湖南少年儿童出版社
HUNAN JUVENILE & CHILDREN'S PUBLISHING HOUSE

**图书在版编目（CIP）数据**

琴帝 : 典藏版. 1/ 唐家三少著. —
长沙 : 湖南少年儿童出版社，2017.9（2020.12重印）
ISBN 978-7-5562-3254-3

Ⅰ. ①琴… Ⅱ. ①唐… Ⅲ. ①长篇小说—中国—当代
Ⅳ. ①I247.5

中国版本图书馆CIP数据核字(2017)第111438号

QIN DI DIAN CANG BAN

# 琴帝 典藏版1

唐家三少 著

责任编辑：阳 梅 梁 洁 刘青蓝
特约编辑：孙宇程 唐文丽
装帧设计：杨 洁 张 鼎 杨湘豫

---

出版人：胡 坚
出版发行：湖南少年儿童出版社
社址：湖南省长沙市晚报大道89号　　邮编：410016
电话：0731-82196340（销售部）　　82196313（总编室）
传真：0731-82199308（销售部）　　82196330（综合管理部）
常年法律顾问：湖南崇民律师事务所　　柳成柱律师

---

经销：新华书店　印刷：湖南凌宇纸品有限公司
印张：18　　字数：310千字
开本：710 mm×1000 mm　1/16
版次：2017年9月第1版
印次：2017年9月第1次印刷　2020年12月第5次印刷
定价：29.80元

---

# 目录

CONTENTS

# 目录

CONTENTS

第一章

# 天生八指

作为龙崎努斯大陆上最弱小的王国，阿卡迪亚的领土面积无疑也是最小的。地处整片大陆东南端的它，东南两面毗邻浩瀚无边的大海，另外两面则与两个强大的国家接壤。如果不是因为地方偏远，以及那个叫法蓝的地方干涉，像阿卡迪亚这样的国家，恐怕早已经灭亡了。而我们的故事，就是从阿卡迪亚的首都露娜城开始的。

骄阳如火，尤其在龙崎努斯大陆的南方，空中的太阳仿佛就在近前，带来了灼热滚烫的气流。在阳光下暴晒的每个人，都被汗水浸湿了衣裳。

虽然还是上午，但露娜城街道上已经没有了活动的人群。难怪有人说，蓝迪亚斯和波庞这两个强大的国家之所以没有侵吞阿卡迪亚，不仅是因为法蓝的干涉，也是因为这里是整片大陆上最热的地方。

当然，也不是没有例外。此时，魔法师公会门前，就来了一位精神矍铄的老魔法师。

老魔法师白色的魔法袍上没有一丝褶皱，显得干净而飘逸。他的脸上密布皱纹，银白色的长发整齐地梳理在脑后。老魔法师很高，比普通的阿卡迪亚人至少要高出半个头，遍布着褶皱的右手握着一根法杖。虽然此时法杖是撑在地面上的，但绝对不会有人认为，他是依靠这根纯木制的法杖才能站直身体，那是因为老魔法师的眼睛无比清澈且炯炯有神。此时，老魔法师微眯着双眼，在一睁一闭之间不经意地流露出淡淡的精光。

“赞美法蓝。尊敬的魔法师先生，您好。请问有什么可以帮助您的吗？”

皮尔洛刚刚从魔法师公会走出来，就看到了这位老魔法师。虽然老魔法师身上并没有任何值钱的东西，甚至他的魔法袍也让人无法辨别出他的等级，但是，作为在修炼了二十多年的黄级中阶魔法师，他相信自己的感觉。

只有那些为了炫耀的人，才会将自己的魔法等级体现在魔法袍上。眼前的老魔法师看上去至少七十岁，又怎么可能是一名最低级的魔法师呢？更何况，在他那遍布皱纹的额头上，竟然没有一滴汗水。

“赞美法蓝。”老魔法师的声音听起来虽然有些低沉，但是给人一种柔和的、仿佛沐浴在春风中的感觉，似乎连灼热的空气也变得凉爽了几分。

“我从法蓝而来，请带我去见公会的代理会长。”

皮尔洛的身体骤然变得僵硬，一双精光四射的眼眸充满了吃惊和狂喜。从法蓝而来？他是从法蓝而来！在龙崎努斯大陆上，即使是最普通的平民，听到这句话也一定会明白其中的含义。

这里的会长已经去世两年多了。作为阿卡迪亚的魔法师公会总会，这两年多以来，会长的位子一直空着。他从法蓝而来，难道？

龙崎努斯大陆最崇高的职业是什么？是魔法师。在这片大陆上，魔法师就是神一样的存在，被万人崇拜着。

在龙崎努斯大陆上，法蓝是一片平原，土地肥沃，面积只有阿卡迪亚一半大。虽然它的面积很小，却没有任何一个国家敢打它的主意，因为它是魔法师的圣地，是大陆所有国家的信仰。

法蓝既是魔法师的圣地，也是魔法师最为惧怕的地方。除了守卫法蓝的法蓝军团以外，只有魔法师才能够进入那里。进入法蓝，并不是一件太困难的事，想要离开法蓝，却非常困难。魔法师如果没有蓝级以上的实力，是不会被允许离开那里的。

魔法师的等级从低到高分别是魔法师、中级魔法师、高级魔法师、大魔法师、魔导士、魔导师、大魔导师。不论是什么魔法，都以彩虹的颜色来分级。最低级的魔法师，对应的就是彩虹中的第一个颜色——赤，也就是红色，后面再依次类推。而蓝色代表的就是魔导师。前六种颜色，又分别有初、中、高三阶。

像皮尔洛这样的黄级中阶魔法师，就是中阶高级魔法师。而彩虹的最后一种颜色紫，则分为九阶。同样是紫级大魔导师，不同的位阶，实力相差无疑也是巨大的。

法蓝之所以能够成为魔法师的圣地，还有一个原因，就是在法蓝之中，有七座法师塔。每一座法师塔之中都有一名强大的紫级九阶法师，而他们就是龙崎努斯最巅峰的存在。

所以在龙崎努斯这片大陆上，想要辨别一个人的实力非常容易。任何魔法或者斗气，都是以颜色来区分的。因此释放魔法或斗气时的颜色，完全可以展现出使用者自身的实力。

“请，您请。”皮尔洛诚惶诚恐地让到一旁。

老魔法师脸上露出一丝微笑，向皮尔洛微微颔首，这才跟他一起走进魔法师公会。

公会大厅之中蕴含着庞大的魔法元素，地面上用秘银镶嵌而成的六芒星释放着淡淡的银光。公会内部很空旷，因为在阿卡迪亚这样的小王国里，魔法师的数量少得可怜，所以即便公会在王国中的地位很高，但依旧很冷清。

皮尔洛并没有让老魔法师等太久，一会儿工夫，一名同样年迈的魔法师被他从公会内请了出来。这位魔法师身穿一件青色的魔法袍，年纪看上去和外来的老魔法师差不多。

“赞美法蓝。您好，来自远方的法师，我就是代理会长，火系魔法师迪亚拉。”迪亚拉一边说着，一边向白袍老魔法师缓缓弯腰行礼，同时，他的右手上冒起一团淡青色的火焰，显示着他的位阶——青级初阶魔法师。这是魔法师最崇高的礼仪。

要知道，以迪亚拉在阿卡迪亚的地位，就算是见到国王他也不需要这么做。他之所以如此恭敬，只有一个原因：面前的白袍法师来自法蓝。

“赞美法蓝。我叫秦殇，从法蓝而来，这是法蓝的信。”秦殇将右手平伸到迪亚拉面前，淡淡的光芒一闪而过，一个羊皮卷轴出现在他掌心之中。

不论是皮尔洛还是迪亚拉，都被眼前的一幕惊呆了，因为他们清晰地看到，虽然秦殇手中的光芒非常弱，但是，那光芒是紫色的。

迪亚拉双手有些颤抖地接过羊皮卷轴，缓缓将其展开。羊皮卷轴上什么都没有，一片空白，但迪亚拉并没有感到奇怪，他的目光下意识地转向面前的秦殇。

秦殇右手划过，又是一道淡淡的紫光覆盖在羊皮卷轴上，在那紫光环绕之下，羊皮卷轴上突然出现了一行文字。迪亚拉有些激动地念道：“命，紫级一阶神音师秦殇，接任阿卡迪亚魔法师公会总会会长一职。您是神音师？”

这一次，迪亚拉和皮尔洛的吃惊已经变成了惊骇。

神音师作为精神系魔法师的分支，是靠演奏乐器来释放魔法的魔法师，可以说是大陆魔法师中最高贵的，但同时也是最鸡肋的魔法师。

因为神音师很难修炼到超过黄级，而且最多也就只能在战场上起到鼓舞士气的作用。一直以来，只有各国公主或者大贵族的女儿，才会有兴趣学习这门高贵而鸡肋的魔法。

可是，眼前这位老魔法师竟然是一名紫级的神音师。迪亚拉实在不敢相信自己的眼睛。

卷轴右下角，那被银色六芒星围绕的古老符号，代表着法蓝七塔中的幻塔。很明显，面前这位叫秦殇的魔法师，是通过了幻塔的考验才来到这里的，而且他所释放的紫色魔法能量又是如此的真实。

迪亚拉很快就恢复了正常，法蓝的手谕是不可能被伪造的。于是他赶忙将羊皮卷轴收起，恭敬地送到秦殇面前，道：“迪亚拉偕皮尔洛，见过会长。”

秦殇收回卷轴，道：“现在阿卡迪亚还有多少名魔法师？”

听秦殇这么一问，迪亚拉不禁露出一丝苦涩的微笑，说："阿卡迪亚自我以下，一共有青级魔法师一名，绿级魔法师三名，黄级魔法师二十四名，橙级魔法师六十七名，赤级魔法师二百一十三名。他们大多数都加入军队了，留在公会里的只有十几人。"

秦殇脸上露出一丝惊讶的表情，说道："这么少？虽说修炼魔法是一个漫长的过程，但阿卡迪亚有数千万人，难道就只有这三百来名魔法师吗？我记得其他国家的魔法师似乎没有这么少啊！"

迪亚拉叹息一声，道："以前自然不是这么少的，我们阿卡迪亚一向以出火系魔法师闻名。但现在，国力越来越弱，稍微有点实力的魔法师，都去了周边两大国家了，愿意留下来的人，自然是少。"

"不过，现在您来了就好了，您是一位紫级大魔导师啊！我们阿卡迪亚已经有数百年没有出现过紫级的强者了。我相信，在您的领导下我们一定会强大起来的。"虽然迪亚拉的年纪已经不小了，但说到这里，他还是不禁激动起来，看着秦殇的目光甚至有些狂热。

正在这时候，一个动听而优雅的声音从外面响起："迪亚拉大师在不在？"

迪亚拉一愣，脸上露出一丝微笑，向身边的秦殇说了声抱歉，这才迎了出去。一会儿的工夫，一名妙龄女子跟在迪亚拉身后出现在大厅之中。

女子容貌极美，黑色长发，皮肤白皙，一身碧绿色的长裙，脸看上去略微有些圆，但并不影响她那高贵的气质。

不论是走还是站，她都给人一种优雅的感觉，好像她那纤细的腰肢永远也不可能弯曲似的。此时，她抱着一个襁褓。均匀的呼吸声从中传出，里面的小婴儿似乎正在熟睡。

看到这名女子，秦殇微眯的双目缓缓睁开，眼中精光闪烁。

女子立刻就觉察到了他的目光，秀眉微皱，眼底闪过一道青色的光芒，朝秦殇看去。两人目光接触的一瞬间，女子眼中的光芒顿时变得恍惚。当她恢复正常的时候，不禁脸色大变，下意识地将怀中的襁褓抱紧了几分。

迪亚拉还有些激动，所以并没有发现这些，接着问那女子：“梅英，叶重呢？他怎么没陪你一起来？你是刚出月子吧？”

梅英下意识地横移半步，微笑着道：“他啊，最近正在苦练斗气，所以我就自己来了。大师，我们的孩子已经满月了，还要麻烦您为他祝福。”

法师的祝福对新生儿的未来最好，级别越高的法师祝福过的新生儿身体会越健康，而且没有魔法属性的限制。

迪亚拉哈哈一笑，满口答应道：“没问题。我不是早就说过，你们的孩子降生之后，我一定会为他祝福。对了，我给你介绍一下，这位是从法蓝来的秦殇大师，是我们公会的新任会长。”虽然见到熟人，但他没有忘记站在一旁的新任会长。

梅英无法忘记刚才秦殇看她的目光，只是淡淡地施礼道：“赞美法蓝。您好，大师。”

秦殇刚要开口说话，却听到一声嘹亮的啼哭从襁褓中传出。白藕一般的手臂从襁褓中探了出来，轻轻地挥动着，似乎想从母亲的怀中挣脱出来。

秦殇到了嘴边的话骤然收住，因为他看到梅英怀中婴儿的那一双小手左右都只有四根手指。从来到魔法师公会到现在，他的神色第一次出现了明显的变化，令在场所有人都大吃一惊。

秦殇一个箭步就来到了梅英面前，苍老的脸激动得有些发红。他抬起颤抖的双手，伸向那一双细嫩的小手。他那敏捷的动作使他看上去不像魔法师，倒像是一名战士。

“你干什么？”梅英低斥一声，脚下施展奇异的动作向后退了两步。秦殇的速度虽然很快，但是，他摸到的只是一个幻影。

秦殇的目光始终落在那双细嫩的小手上，他呆呆地站在那里，连刚才举起的双手都忘记放下了，只是不停地道：“八指，天生八指，竟然真的有天生八指的人。天才，这绝对是天才啊！”

迪亚拉被眼前的一幕吓了一跳，赶忙上前几步，拦在梅英和秦殇之间，焦急地道："别误会，别误会。秦殇大师，您这是？"

秦殇脸上的神色缓缓平静下来，他低下头，看着脚下那用秘银镶嵌而成的魔法六芒星。他沉吟半晌后，眼中流露出一丝狂喜的光芒，直拍双手，快乐得像个孩子："赞美法蓝。好，就这样。"

秦殇抬起头，看着梅英那提防而好奇的目光，微微一笑。不得不承认，他虽然满脸皱纹，但还是很有风度的。他说道："梅英女士，你今天来是为了给你的孩子进行魔法祝福，是吗？"

梅英点了点头。

秦殇将目光转向一旁的迪亚拉，道："既然如此，就由我来为这个孩子祝福吧！"

迪亚拉一愣，要知道，在这个世界上，满月婴儿能够得到魔法师的祝福是极不容易的事，更别提由紫级大魔导师来祝福了。这是只有那些大国的王子、公主才能得到的待遇啊！

"这……"迪亚拉看向梅英。这时他也看出秦殇在见到了梅英的孩子后神色间的变化，所以不禁有些犹豫。以他和梅英夫妇的关系，如果他们的孩子在这里受到了什么伤害，他怎么交代？

梅英的目光流露出一丝淡淡的冰冷，道："会长阁下，我想知道为什么。"

秦殇深沉而认真地道："因为他的那双手，是我看到过的在这个世界上最完美的一双手。梅英女士，我没有恶意。"

确实，眼前这位秦殇大魔导师眼中充满了热切的光芒，她并没有从他身上感觉到丝毫恶意，反而觉得他很亲切。

可是，一听到秦殇提起她儿子的那双手，梅英的脸色就不禁变得异常难看，道："秦殇大师，您为什么说我儿子的这双手是世界上最完美的呢？您是在讽刺我吗？"

人的两只手本来应该各有五根手指。对于一名战士来说，任何一根手指都是极其重要的。虽然梅英怀中的孩子只是失去了两只手的小指，但这样会使得他无法握紧长剑。

哪位父母不希望自己的孩子是完美的？梅英也不例外，可是这孩子天生就是八指，这令她伤心欲绝。天生八指就已经注定了这孩子不可能成为一名剑术大师，可他是全家的期盼啊！

“不，不，赞美法蓝。我以法蓝的名义起誓，我绝对没有任何讽刺你的意思。”

秦殇的双眼之中充满了关爱，看着那依旧在挣扎哭泣的婴儿，他的脸色出奇的柔和。

“或许对于别人来说，这双手是残缺的，但是对于像我这样的人来说，那是一双非常完美的手。等一下你就会明白。”

在梅英、迪亚拉和皮尔洛的注视下，秦殇缓缓地盘膝坐下，右手上光芒一闪，梅英隐约看到，那是秦殇右手小指上的一枚戒指——空间戒指——在发光。对于魔法师来说，空间戒指是至关重要的法器之一。

一张棕红色的古琴悄然出现在他的双膝之上，七根琴弦闪着淡淡的银色光彩。秦殇的双手刚按在弦上，他的神色就变了。

秦殇苍老的脸变得平淡而谦和，全身上下都充满了生命的气息，仿佛在他双手接触到琴弦的一瞬间，整个人就完全与这魔法师公会大厅中的一切融合在了一起。渐渐地，每个人的目光都集中在了他的身上。

秦殇左手虚抬，并没有与琴接触，右手拇指与食指微扣，中指与无名指轻按在琴弦上，拇指松开，食指在七根弦之间轻弹，发出嗡鸣般的清音。清音深沉浑厚，余音袅袅。刹那间，空气似乎凝固了，婴儿的啼哭声悄然而止。

襁褓中，一双黑亮的大眼睛朝着发出声音的方向看去，口中还发出几声轻轻的咿呀声。

不论是皮尔洛这样的高级魔法师，还是迪亚拉那样的魔导士，或者是梅英这样的战士，在听到这清音之后，体内的所有杂质仿佛都在一瞬间被清除了。此刻他们都觉得身心通透，血脉畅通，无比舒服。

“您是？”梅英眼中的敌意在这一刻荡然无存，看着秦殇，她露出几分惊讶与欣喜的神色。

秦殇没有回答，只是微微一笑。他的双手同时动了起来，左手轻按，右手微拨，动人的旋律飘然而出。琴音细腻含蓄，指法熟练流畅，轻快的节奏带着回旋反复的缠绵。

淡淡的紫色光芒随着他双手的动作从那银色的琴弦之上悄然散发，一圈圈淡紫色的光芒笼罩在大厅之中，却并不扩散。

魔法师的精神力无疑比普通人的精神力强大得多，但是，皮尔洛和迪亚拉此时都已经迷失在那动人心魄的琴曲之中，眼神迷茫，完全忘记了自己身处何处，以及自己是谁。

梅英是唯一清醒的人，她也不知道为什么自己依然能够保持清醒，她清楚地看到，那淡淡的紫光慢慢地朝着她儿子的方向汇拢。

婴儿早已经不再啼哭了。当梅英低头看自己的儿子时，她惊讶地发现，儿子正在微笑，那双小手还在空中轻轻地挥动着。

在这动听的琴音之中，他双手挥动的频率竟然与琴音相符，而那淡淡的紫色光芒也正悄悄地钻进他的身体，使他开始产生一些变化。

这是真的吗？

“‘宛转缠头锦，淋漓蘸甲觞。弦松调宝柱，笙咽炙银簧’。以春雷琴来演奏这一曲《绿水》，对洗涤这孩子的身心最合适不过。”

听到秦殇的话，梅英猛地一抬头，只觉得秦殇眼中闪着慑人的银光，之前膝上的古琴已经消失。她再看看自己的儿子，他已经睡着，均匀的呼吸声是如此动听。

一曲过后，婴儿的皮肤似乎变得更加莹润有光泽了，并且那漂亮的小脸上还带着一丝甜甜的微笑。

“天才，他绝对是天才！我的判断没有错。即使他刚刚满月，却也能感受到我琴音中真正的奥妙。现在你应该明白为什么我会赞叹他那双小手了吧！对于一名琴师来说，左右手的小指是禁指。”

“作为一名神音师，我非常了解这些。曾经有个传说，称一个人双手各有六指，为六指琴魔，那纯粹是杜撰。弹琴，双手八指足矣。天生八指，是何等的完美啊！”秦殇有些感叹地说道。

“大师，您究竟是……”梅英试探着问道。她之所以转变态度，并不是因为对方身上释放着紫色的光芒，而是因为之前的一曲《绿水》。

秦殇道：“我从法蓝而来，本想找个弟子传承我的衣钵，可没想到，我看中的天才竟然是你们竹宗的人。走吧，带我去见你公公吧！叶离啊叶离！我们也有几十年不见了，不知道你的身子骨是否还硬朗？”

梅英猛然惊醒，说道：“您姓秦，您是琴宗的……”

秦殇微微一笑，做出一个噤声的手势并说：“看来，这次我真的要和老叶离好好谈谈了。”

梅英看向一旁的皮尔洛和迪亚拉，悄声问道：“大师，那他们怎么办？”

秦殇轻咳一声，眼中闪过一道紫气。沉浸在迷惘中的迪亚拉和皮尔洛这才清醒过来，两人同时长出了一口气。

迪亚拉赞叹道：“太美妙了！这真是太美妙了！赞美法蓝。这是我第一次感受到神音师的强大。会长，以后我还要向您多多请教。”

秦殇摇了摇头，道：“你只是感受到了精神魔法的强大，并不是真正懂得欣赏音律。精神类魔法与元素类魔法的差别还是很大的。”秦殇一边说着，一边向梅英使了个眼色。

梅英会意，说道：“多谢秦殇大师为小儿进行魔法祝福。如果大师有空的话，我想请大师到碧空海一游，也让我们夫妻稍尽地主之谊，如何？”

秦殇点了点头，道：“那我就不客气了。”

迪亚拉有些吃惊地道：“赞美法蓝。梅英，我好像都没有过这样的待遇啊！”

梅英微笑着道：“以后会有机会的。秦殇大师，请。”

碧空海，取碧绿中空的海洋之意。竹林，不就是碧绿、中空的吗？所以，这碧空海指的就是一片茂密的竹林。

碧空海处于露娜城以西三十公里外。无数根碧绿色的长竹组成了一道别样的风景，淡淡的光芒闪烁其间，人眼所看到的，尽是一片绿色的柔光。

对于阿卡迪亚人来说，碧空海是个奇异的地方。从没有人能够深入碧空海内部，也没有人知道碧空海究竟有多么宽广，更没有人知道它挨着阿卡迪亚西边的蓝迪亚斯帝国。

每一个进入碧空海的人，在深入竹林之后都会莫名其妙地从自己进入的地方走出来。没有人知道这是为什么，也没有人去注意它、干扰它。

碧空海的温度和露娜城的温度相差很大，或许是这里生长了许多翠竹的缘故，只要一进入碧空海的范围，空气中的灼热感就会消散许多。

梅英抱着儿子和秦殇走在竹海之中，赞叹道："前辈，您的体力真好，走这么远的路，一点都没显出疲态。像您这样的魔法师，我还是第一次见到呢！"

三十公里路对于一名战士来说自然不算什么，但对于一名魔法师来说，就有些吃力了。如果仔细观察，能够发现梅英怀中的襁褓周围笼罩着一圈淡淡的气流，那是梅英的斗气，是她为了保护自己的儿子所设置的。

秦殇苦笑一声，说："你没听过那句话吗？百无一用是神音。作为一名神音师，我不能使用元素类魔法师的加速术，而我又不愿意有什么随从，所以不论到大陆上的任何地方去，都只能依靠自己的两条腿，久而久之，体力自然比其他魔法师强一些。"

正在说话间，秦殇发现前方的竹林似乎变得虚幻了几分，脸上露出一丝了然的笑容。他随手从身边折下一根竹枝，一边向前走，一边敲打身边的竹子。

他敲打竹子的速度忽快忽慢，产生了特殊的声音波动。他没有让梅英引路，就直接走入了竹林深处。要进入对于普通人来说永远也不可能进入的碧空海，对于他这位老客人来说，并不困难。

梅英似乎早就猜到了，并没因为秦殇的举动而惊讶，脚下的步伐变得更加虚幻了，似慢实快地跟在秦殇身后，走进了竹林深处。

靠近碧空海中心的位置，一排整齐的竹屋被群竹环绕着，共有十余间，在竹影婆娑中，看上去分外雅致。

没等梅英和秦殇来到竹屋前，一个苍老的声音已经从一间竹屋之中传了出来："英儿，你怎么带外人来了？难道你忘记我对你说过的话了吗？"

没等梅英开口，秦殇已经笑骂道："好你个叶离，连老朋友都不见吗？"

一道身影瞬间就来到了梅英和秦殇面前，动作极快，如行云流水一般，没有给人任何突兀的感觉。

来人正是叶离，他的身材比秦殇要高大几分，灰白色的长发披散在身后，脸上的褶皱明显要比秦殇少许多，看上去五十多岁的样子。他的腰板挺得笔直，精光四射的眼眸看上去有几分慑人，成熟男人的沧桑感在他身上显露无疑。

一看到秦殇，他那双宽厚的大手立刻就伸了过来。秦殇没有闪躲，任由他的双手抓住自己的肩膀。

"老伙计，你怎么来了？我们有二十多年没见了吧？"叶离兴奋地说道。

沉稳的秦殇一到叶离面前就变得幼稚了，他做出一个有些滑稽的表情，道："来看你啊！你还是那么年轻，我却老了。还是修炼斗气好啊，学魔法实在太容易令人变老。我记得你还比我大一岁吧？"

叶离没好气地道："年轻什么？你没看我头发都快白了吗？走，进屋说去。"叶离一边说着，一边拉着秦殇就往里走，只是在不经意间瞄了一眼梅英怀中自己的孙子。

第二章

# 琴竹合璧

竹屋内的布置很简单，只有竹榻、竹桌、竹椅。

叶离拿起桌子上的水壶倒了一杯清水递给秦殇，然后说道：“这是我碧空海的泉水，你尝尝。”

秦殇接过喝了一口，赞叹道：“清冽甘甜，不错。你倒是会享受。”

叶离感叹道：“你这老家伙，这次特意来找我，不是有什么事吧？你也知道，竹宗的事已经与我无关了。”

秦殇哈哈一笑，道：“我还什么都没说，你就推了个一干二净。你以为我是来找你干什么的？这次，我可是不走了。”

叶离惊讶地问道：“不走了？”

秦殇点了点头，道：“我刚从法蓝来。”

听到“法蓝”二字，叶离的眼神瞬间变化了一下，他沉默了一会儿，道：“你还是去了。这么说，你已经达到了紫级？”

秦殇微眯着眼睛上下打量着叶离，说：“你不也一样吗？让我看看如何？”

叶离没好气地瞪了他一眼，一层淡淡的紫色光芒围绕着叶离的身体，那是高傲的气息、倔强的能量。

巨大的压力令秦殇眼中光芒大盛，他说道：“好，一阶，你也是一阶，看来，我们谁也没把谁落下。”

叶离道：“我已经不是你的对手了。在这片大陆上，如果两个人是同阶，那没有任何一种元素魔法或者斗气能够战胜琴魔法，你以为我不知道吗？”

秦殇微微一笑，道：“我的琴曲只有演奏超过三分之一，才能发挥出真正的作用。在这样的情况下，就算你打不过我，也是能远遁的，而我也拿你没办法。难道，你还让我弹着琴去追你？”

叶离一脸认真地道：“现在这样的距离，信不信我一下干掉你。”

秦殇悠然自得地又喝了一口泉水，道：“不信。”

两人对视一眼，不禁同时哈哈大笑起来。不论是秦殇还是叶离，都已经很久没有这么开心过了。

笑声停止，叶离正色道：“老伙计，坦白说，法蓝到底如何？”

秦殇脸色一沉，叹息一声，道：“法蓝七塔不是我们所能想象得到的。我在幻塔通关时，连塔主都没见到。”

听了他的话，叶离沉默良久，才有些伤感地道：“看来，我们永远也没有希望了。”

“不。”秦殇眼睛一亮，似乎想到了什么兴奋的事，猛地从竹椅上站了起来，说道，“希望绝对有，而且，就在眼前。”

叶离激动地问道：“是什么？快告诉我！”

秦殇微微一笑，重新坐下，却没有说话。

叶离有些着急地道：“卖什么关子，快说！”

秦殇笑着道：“你还是以前的脾气，还是那么急躁。我真怀疑你的竹宗斗气是怎么练到现在这个境界的。

“我在法蓝接受考核之后，被确认了紫级的身份，并登上了法蓝彩虹榜。离开前，法蓝的人问我愿意到何处就职，我选了阿卡迪亚。

“还不是因为有你在，所以我才来这里。只要你同意，我至少可以在这里待个十几年。”

叶离神色一动，有些疑惑地道："老伙计，我怎么觉得，你是设了个圈套想让我往里钻啊！有什么话，你就直说吧！我们的希望究竟是什么？"

秦殇点了点头，道："好，那我就直说了。我们的希望，就是你的孙子。"

叶离一惊，说道："你没搞错吧？难道你没看到，我的孙子天生只有八指吗？今后，他连握紧武器都难，又怎么可能成为我们的希望？况且我只想让这孩子做个普通人。"

秦殇撇了撇嘴，道："那是从你的角度看，从我的角度来看，却是截然不同的情况。他天生八指，是我梦寐以求的传人。没有了禁指的影响，对于修炼琴魔法有极大的好处。更何况你的孙子天生就对音乐非常敏感。只要你肯让他跟我学琴，他就是我们未来的希望。

"只是作为神音师，修炼到紫级虽然能够施展出威力强大的琴魔法，但是，弊病也非常大。所以，我想出了一个解决的好方法。而这个方法，需要你的配合。"

叶离眉头微皱，道："我配合？我练的是竹宗斗气，怎么配合你？"

秦殇道："在龙崎努斯大陆就有斗气配合魔法的先例，即所谓的魔武双修，只是没人能超过蓝级。现在的魔法师更是不屑于修炼斗气。我想到的这种方法，是以斗气来扩大音波的影响范围，甚至是直接以音波发动攻击。你的竹宗斗气充满了自然的气息，正好能与琴音完美地配合在一起。

"我这次来，本就是想收一个徒弟，然后再来说服你，让你教授他竹宗斗气，合我们两家之长，培养出一位超级神音师。说不定就能突破紫级的限制。可我刚到这里，还没来得及去找徒弟，就见到了你的孙子。天生八指啊！世间难寻，这么好的机会我绝对不会放过。老伙计，我这一生之中从没求过人，这次，我要破例了。我请求你，让你的孙子拜我为师吧！"

说着，秦殇站起身，朝叶离深施一礼，神色极为郑重。

叶离闪到一旁，断然拒绝："不行，我不答应。我就这么一个孙子，虽然他天生八指，但我还指望他继承我的衣钵。"

秦殇急切地道："你刚才还说想让他做一个普通人，怎么现在又变卦了？"

叶离道："普通人指的是我竹宗的普通人。我的孙子今后是竹宗的少宗主，如果被你拐到琴宗去，我竹宗怎么办？不行，绝对不行！"

秦殇不甘心地道："叶重和梅英都还年轻，难道你还怕以后没孙子吗？天生八指对我来说实在难得。老伙计，我们有那么多年的交情，这次你就成全我吧！"

叶离苦笑一声，道："不是我不想成全你，实在是不能成全你。不错，重儿和英儿都还年轻，但是，他们一生只会有这么一个儿子了。

"当初，英儿在生我这宝贝孙子的时候难产，幸亏有兰宗的兰清婆婆在，才使得他们母子平安，但兰清婆婆说了，英儿今后无法再生育。不信，你可以去兰宗打听打听。"

听了叶离的话，秦殇不禁有些颓然地坐在竹椅上，满腔的希望化为了泡影。他和叶离谁也没有说话，都陷入了深深的思索之中。

正在这时，一个声音从门外响起："爸，我听说来客人了。"

一个身材高大、与叶离至少有八分相像的青年人从门外走了进来，此人正是叶离的儿子——叶重。叶重身材健硕，气宇轩昂，相貌英俊而刚毅。他一进门，就给人带来一种清新的感觉，这是竹宗斗气所特有的气质。

叶离道："重儿，见过你秦叔叔。"

"秦叔叔，您好。我听英儿说，您似乎是为了我儿子而来？"叶重行礼之后问道。

秦殇眼中的光芒略微闪烁了一下，微笑着道："重儿，看样子你已经达到竹宗斗气黄竹一阶的水平了吧？这相当于彩虹等级的绿级初阶了。"

叶重显然对这个问题不感兴趣，有些急迫地道："我听英儿说，您认为我儿子是学习琴魔法的天才，是吗？如果可以的话，能不能请您收他为徒？"

秦殇心中一动，不等叶离开口，赶忙道："当然可以。可是，你父亲不同意。"

叶重看看叶离，不解地问道："爸，为什么？"

叶离微怒道："出去！这里哪有你说话的份！你们就这么一个孩子，他学了琴宗的东西，我们竹宗怎么办？"

叶重抗议道："可是，他天生八指，并不适合继承竹宗的剑术。难道，您就不希望您的孙子将来成为一名强者吗？既然我们竹宗的武技不适合他，而他又有条件学琴宗的魔法，不是正好吗？您这是典型的门户之见。您不是说过……"

"出去！"叶离大怒，抬手就一拳向儿子挥去。

叶重不敢还手，"砰"的一声，整个人从竹门处被轰了出去。当然，叶离表面下手很重，其实只不过是用斗气把自己的儿子推出去了而已，哪个做父亲的舍得真打自己的儿子？

秦殇看着怒气冲冲的叶离，道："你看，你还不如你儿子明事理。叶离，刚才我想了一下，不如这样吧，你让你孙子和我学琴魔法，同时也学你们竹宗的斗气。将来，他还是你们竹宗的人，和我们琴宗没关系，怎么样？"

叶离的脸色缓和了一些，说道："你拿什么让我相信，你有能力把我孙子培养成能与法蓝七塔抗衡的强者？"

秦殇正色道："现在在龙崎努斯大陆上，不论是魔法还是斗气，都按照彩虹七色排列等级。

"东龙八宗却是例外。不论是我们魔法四宗，还是你们斗气四宗，在修炼的过程中，都只有三种颜色的变换，每一种颜色都是九阶。相加在一起，和彩虹七色排列的等级是一样的。尤其是最后一色，也是紫级九阶。所以，我们只有修炼到紫级，才不会被外界发现我们东龙八宗的奥秘。

"可是，没有五十年以上的努力，没有过人的天赋，要修炼到紫级谈何容易。现在龙崎努斯大陆上的人们只知道法蓝，谁知道我们东龙八宗？"

叶离哼了一声，道："我难道不知道？你说的这些都是废话！"

秦殇道："那你说说，我们琴宗的三色九阶是什么？"

叶离道："还不就是代表炼魂琴心的红色、代表剑胆琴心的黄色和代表紫微琴心的紫色？你现在就是紫微琴心一阶。琴宗的三色九阶和我们竹宗的青竹、黄竹、紫竹，三大重二十七阶功法的意思差不多。只不过我们的第一重就是青色的而已，出去吓人可比你们琴宗管用。”

秦殇颔首道：“不错，正是这三九二十七阶，每一阶的进步程度和彩虹七色等级的二十七阶是完全一样的。

“对于我们琴宗来说，炼魂琴心的修炼最为重要。学琴先炼魂，驱除杂念，让琴音深入脑海，逐渐增加对琴音的认知和感悟，这是琴宗正统的修炼方法。哪怕是资质一般的人，花上个五六年的时间，也能完成炼魂琴心九阶的修炼。

“炼魂琴心根基的深浅，直接影响今后的发展。但是炼魂怎么比得上本身就无比纯净的琴魂呢？”

叶离疑惑地道：“我不太明白你的意思。”

秦殇眼中闪着坚定的光芒，说道：“如果你肯让你孙子拜我为师，那么，我将直接以我们琴宗的赤子琴心为他打基础。”

“啊？”叶离吃惊地看着秦殇，“就是你们琴宗秘谱中记载的，那个从没有人修炼成功的方法吗？你疯了！”

秦殇正色道：“我没疯。以赤子琴心为基础修炼，才是琴宗最纯正的修炼方法，只是因为这种修炼方法要求太苛刻，所以始终没有人能修炼成功。

“但你孙子不一样，他是天生八指，对音律的感知力也超乎常人。我相信，有我这个紫级神音师在，至少有七成的把握让他修炼成功。

“以赤子琴心为基础修炼虽然比炼魂琴心难修炼得多。可是，一旦成功，就将真正开启琴心修炼的大门，甚至可以在短时间内修炼成紫微琴心。只要他努力，就算是提升到传说中的太玄琴心也不是没有可能。再配合我研究出来的斗气辅助之法，法蓝七塔就将不再可怕。”

叶离沉声道：“如果你失败了呢？”

秦殇淡淡地道：“就算失败了，他也一直在修炼你们竹宗的斗气，你大可以让他放弃学琴魔法，再改修你们竹宗的武技也来得及。

“赤子琴心，不涉外物。如果我没猜错，在修炼赤子琴心的情况下，他的斗气的提升速度将是非常快的，足以弥补晚修武技造成的不足了。

“老伙计，对我们东龙八宗来说，恐怕一百年也未必有一次这样的机会，你真的不愿意试试吗？只要你同意，我愿意拿我琴宗的任何东西来交换。”

叶离眼中紫光一闪，挥了挥手道：“不用交换什么。让我答应你也可以，但你要答应我三个条件。”

秦殇毫不犹豫地道：“好，你说。”

叶离道：“首先，如果成功了，那么，我的孙子他就是琴、竹两宗的宗主。”

秦殇点了点头，道：“这个没问题，只要他拥有足够的实力，根本就没人能够反对，更何况这是我们两个定下的。”

叶离道：“其次，在成功的前提下，你们琴宗的五大名琴，都归我孙子。”

秦殇瞪大了眼睛看着叶离说：“你倒是不客气。你知道我们琴宗的五大名琴多么珍贵吗？琴宗的五大名琴就像法蓝七塔那些法师手上的法杖，那是媲美神器的存在。”

叶离懒洋洋地道：“如果不是这样，我还不要呢！难道我们竹宗没宝贝吗？你们琴宗能让我看得上眼的，也就是那五张琴了。反正我孙子也是你们琴宗今后的宗主，你还吝啬什么？

“鸣凤琴、枯木龙吟琴、大圣遗音琴、九霄环佩琴，再加上你经常用的那张春雷琴，还算凑合吧！你对我说过，弹什么曲就要用与之相配的琴，琴与曲的契合度越高，琴魔法的威力就越大。你不会忘记了吧？”

“敲诈，你这是赤裸裸的敲诈！”秦殇微怒道。

叶离嘿嘿一笑，道：“那你究竟是答应，还是不答应呢？”

秦殇狠狠地瞪了叶离一眼后，还是无奈地点了点头，咬牙道：“好，我就答应你。”

叶离笑眼微眯，道：“这最后一个条件嘛，就比前两个条件简单多了，叫声叔叔来听听。”

秦殇一愣，说道：“你！”

叶离笑着道：“我说错了吗？你既然是我孙子的师父，自然比我低一辈，叫声叔叔也没什么吧！”

“好啊，老东西，你要我。”秦殇恶狠狠地朝叶离扑了上去，毫不顾忌对方紫级大战师的身份。叶离也没有使用斗气和武技。

两个年纪加起来一百多岁的紫级强者，竟然就那么在竹屋之中扭打起来，互不相让。还好，竹屋之中的东西不多，屋内倒也不算是一片狼藉。

秦殇毕竟是魔法师，不论是体能还是力量，都远远不如叶离。当他又一次被叶离按倒在地上的时候，他不由得恼羞成怒：“不打了，累死了。”

叶离放开秦殇，坐在他身边，看着他大口喘息的样子，脸上的笑容不禁更明显了。

“老秦，给我孙子起个名字吧。这小子刚满月，还没有名字。”

秦殇知道，叶离现在才算真正答应了自己，脑海中灵光一闪，道：“就叫叶音竹，意味着继承了我的音乐和你们的竹林。”

叶离哈哈一笑，道：“好，就叫叶音竹。”

秦殇突然一把抓住叶离的胡子，恶狠狠地道：“你是不是本来就打算答应我的？”

叶离毫不掩饰地点了点头，道：“是啊。”

秦殇怒道：“那你刚才还刁难我？”

叶离哼了一声，道：“谁让你上门求我。叶重那笨小子，如果不是我及时把他轰出去，他就给我露馅了，我还怎么利益最大化？两宗宗主，不错不错，开东龙八宗之先河，哈哈哈哈。”

“你！”看着叶离得意的样子，秦殇这才明白，自己是真的上当了，可他偏偏又毫无办法。

“老竹子，既然你同意让我做你孙子的师父，那你也需要答应我几个条件。”

叶离哈哈一笑，道：“怎么？这么快就要找回来吗？”

秦殇没好气地道：“你以为我是你啊！我是为了音竹好。当然，你以后再也不许提我比你低一辈这件事，我们各论各的。”

叶离看秦殇认真起来，就正经地点了点头，道：“你说。”

秦殇道：“赤子琴心修炼起来极为艰难，想要修炼成功，就必须尽可能地让音竹保持一颗赤子之心。也就是说，要尽可能地不让他与外界接触，甚至是与你们，也要尽量少接触。

“在他三岁后，每周你们只能见他一次，不能向他讲述任何外界的事。只有拥有心无旁骛的赤子之心，才能修炼成赤子琴心。除了竹宗斗气以外，没有我的同意，你们不能传授他任何武技。”

叶离道：“永远都不能学武技吗？不会竹宗武技，他以后怎么做竹宗的宗主？”

秦殇想了想，道：“也不是永远不行。至少十五年内不要传授他其他武技，以免他分心。如果十五年内，他还不能达到赤子琴心第九阶的话，恐怕，我就失败了。”

叶离痛快地道：“好，我答应你。这样好了，你不是担心辈分问题吗？对外，你是他师父，只有我们在的时候，就让音竹也叫你爷爷吧！”

秦殇瞥了叶离一眼，道：“算你还有点诚意。”

两位实力强大的老人彼此对视一眼，他们都从对方的眼中看到了一丝憧憬，那是对叶音竹未来的憧憬，也是对东龙八宗未来的憧憬。

秦殇回露娜城简单地安排了一下，第二天一早，就回到了碧空海。这位刚刚上任的魔法师公会的会长大人，很明显没将魔法师公会放在心上，在他心中，没有比调教好自己那个天生八指的天才弟子更为重要的事情了。

虽然叶离是竹宗宗主，但在这碧空海之中，只住着他和儿子儿媳再加上孙子四人。本来有很多竹屋，秦殇却执意不肯和他们住在一起。在他的要求下，叶重在距离他们居所五百米外又搭建了一间竹屋。

竹屋构造虽然简单，但秦殇的要求非常严格，对一些竹子的摆放角度以及房屋大小、朝向都有特殊要求，甚至还要从露娜城买来一些特殊的材料加入其中。

直到后来，叶重才明白，秦殇之所以对建造竹屋有如此严格的要求，是因为要让琴音在竹屋之内产生最好的效果。

十天过去，在叶重的努力下，秦殇要求的竹屋终于建造好了。

“你脑子没发热吧？音竹才刚满月，现在能学什么啊？”叶离瞪大了眼睛看着秦殇，实在不明白这个老家伙心中在想什么。

秦殇双手背在身后，装出一副鄙夷的样子看着自己的老朋友，说道：“谁说婴儿就不能学？就算不学，难道还不能听吗？你以为赤子琴心是那么好修炼的？不趁着他先天之气未流失开始，怎么可能成功？”

叶离连连摇头，道：“不行，不行。我还不知道你那琴音的威力吗？要是我孙子被你琴音中附加的精神魔法震伤，脑子恐怕会受伤。”

秦殇没好气地道：“难道我对音竹的关心比你少？他可是我这一生之中最大的希望。我就算伤了我自己，也不可能伤到他。在他三岁之前，不可能跟你们学斗气，五岁之前也不可能和我学琴。但是，这段时间是最为重要的。

“我要让他每天倾听琴音，在倾听之中自成琴心。孩子小还需要照顾，就让叶重和梅英在一旁同听吧。一方面可以照顾孩子，另一方面，对他们的斗气修炼也会有一些好处。”

叶离眼中露出一丝狡黠的光芒，踢了自己儿子一脚，说道：“还不快谢谢你秦叔叔，琴宗的《培源静心曲》可不是每个人都能听的。”

自从知道秦殇被叶离“摆了一道”以后，叶重对自己的父亲可以说是佩服得五体投地，于是他赶忙嘿嘿一笑，拉着抱着叶音竹的梅英上前致谢。

秦殇一愣，这才明白自己又上当了。但他又偏偏拿叶离没办法，只能指着叶离道：“原来你猜到我要用《培源静心曲》。你啊！你啊！我现在终于明白什么叫老奸巨猾了。”

《培源静心曲》对于战士是有极大好处的，单是不需要担心斗气运行的速度过快而走火入魔和排除心中杂念这两项，就是每一个战士梦寐以求的。更何况琴音不但可以引动天地间的元素气息，对战士起到固本培元的作用，还可以让战士的修炼速度大大提升。

作为琴宗宗主，秦殇所弹的《培源静心曲》，可不是谁都能听到的。

就这样，秦殇这位阿卡迪亚魔法师公会总会新任会长，在碧空海住了下来。而我们的叶音竹，也就在那天籁之音中慢慢成长……

六年后。

当清晨的第一缕阳光洒进竹屋的时候，伴随着低沉而柔和的琴音，叶音竹缓缓从冥想状态中清醒过来，全身无比舒服，令他不禁哼出了声。

六岁的叶音竹俊秀得像个女孩子，黑发披散在脑后，一双黑色的大眼睛炯炯有神；身上的白袍虽然有些大，却丝毫没有影响到他那出众的气质，举手投足之间，无不显示出他的卓尔不凡。

即使是成年贵族，也未必能比得上他。虽然他还是个孩子，但那镇定而从容的神色实在令人吃惊。围绕在他身体周围那一层淡淡的混杂着青色与红色的气流正在逐渐消失。

琴声收歇，秦殇双手收回，神情之中略微增添了几分疲惫，说道："音竹，你的斗气似乎又进步了。"

"是啊！秦爷爷。昨天爷爷来看我的时候还说，我好像已经进入青竹三阶了呢！"叶音竹兴奋地从地上跳起来，脸上满是稚气和纯真。他跑到秦殇身边，央求道，"秦爷爷，您今天是不是该教我新的曲子了，这首曲子我都练了一年了。"

秦殇微微一笑，道："还不到时候。音竹，你要明白，一法通则百法明。曲子学得多，并不一定有用，你只有真正领悟到了琴心的奥妙，才能持续提升。"

六年过去了，秦殇在叶音竹身上不知道倾注了多少心血。每天，他至少有一半的时间是守在叶音竹身边弹琴给他听的。

在琴音的滋润下，叶音竹那优雅而灵秀的气质越来越明显。

从三岁开始，叶音竹就跟随叶离修炼竹宗斗气。叶离持续一年都用自身强大的斗气帮助自己的孙子疏通经脉，使叶音竹在前期修炼中很容易就找到了窍门。

从他五岁那年开始，秦殇正式传授他琴魔法，到现在，也有一年的时间了。这一年里，秦殇只教给了叶音竹古琴弹奏最基本的指法和一首最简单的琴曲《绿水》。

叶音竹不满地道："可是，我已经学会了啊！"

秦殇淡然一笑，道："你真的学会了吗？那好，你跟我出来。"秦殇伸展了一下身体，抱起古琴春雷，带着叶音竹走出竹屋。

叶离一家遵守诺言，自从叶音竹开始跟随秦殇学习琴曲以后，他们每周才来看叶音竹一次，当然，免不了偶尔会在一旁偷窥。

出了竹屋，就是大片的竹林。秦殇停下脚步，道："音竹，古琴的三种音色和它们的含义是什么？"

叶音竹显然已经习惯被秦殇考核了，毫不犹豫地道："三种音色分别是散音、按音和泛音。散音就是右手弹空弦所发之音，声音浑厚；按音是左手按弦于琴面，右手弹弦出声，声音柔婉；泛音是左手轻点琴弦，右手同时弹弦出声，声音清亮。三种声音混合搭配，就形成了琴曲。"

秦殇点了点头，道："不错。古琴是所有乐器中最难弹奏的，单是最基本的泛音在七弦十三徽的作用下就有九十一种之多，再加上散音与按音的搭配，组合至多、至奇。如果你不把基本功练好，将来怎么能有所成就呢？"

叶音竹乖巧地点了点头，道："秦爷爷，我知道错了，我会好好练基本功的。"

秦殇微微一笑，虽然他嘴上在批评叶音竹，但他心中对这个弟子是很满意的。尽管叶音竹只是随他学琴一年，可从刚满月到五岁的五年时间中，他始终在琴音之中成长，对于琴音的熟悉可以说不逊色于自己，而他学琴的天赋更是前所未有的高。他小小年纪，已经深得其中三昧，绝对是天才中的天才。

秦殇将手中的春雷琴交给叶音竹，让他在竹桌前坐下，道："这样吧，如果你能够用一曲《绿水》将这林中的动物都引到你身边，让它们把你当成最亲近的朋友，我就教你新曲。好了，我去取早饭给你。"

叶音竹点了点头，将春雷琴在面前的竹桌上放好，正襟危坐。当他那双手刚触及琴弦的时候，他身上的气质再次发生了变化，脸上的童真虽然犹在，却多了几分与年纪不符的沉稳。八指拨动，一曲《绿水》袅袅而出。

琴声婉转动听，一旁的秦殇却皱起了眉头，说："心与意合，意与琴合。如果你不能与琴曲产生共鸣，那么，你的琴音将永远无法令任何生物的精神产生波动。"

叶音竹抬头看了看秦殇，手中的动作并没有停止，他很快就闭上了自己的双眼，漂亮的小脸上露出一丝淡淡的微笑。

虽然依旧是弹奏《绿水》，叶音竹的气息却在这一刻发生了一些变化。他整个人仿佛都沉浸在了青山绿水之中，一层微弱的红色光芒从他身上释放而出，向四周不断扩散。

看到这一幕，秦殇才满意地点了点头，在心中暗叹一声：叶离啊！你只知道我们琴宗的琴魔法是所有魔法中最强大的一种，但你又哪里知道，属于精神类魔法的琴魔法，修炼的难度有多大。

## 第三章
# 音刃

精神类魔法的修炼和其他种类魔法的修炼区别很大。修炼精神类魔法首先要修炼强大的精神力，然后再通过特殊的手段将魔法施展出来。这样就可以从各个方面影响对手的精神。

如果说元素类魔法是为了击败对手的身体，那么，精神类魔法就是为了击败对手的灵魂。

以琴音来锻炼自身的精神力，并通过琴音来释放自己的精神力，再以琴曲不同的特性而产生出不同的精神波动来进行攻击或者辅助，这就是琴魔法的奥妙所在。

寂静的竹林之中，动听又轻松的乐曲不断回荡着。六岁的叶音竹，除了修炼斗气以外，就是学琴。修炼赤子琴心，使他在做任何事的时候，都不会产生任何杂念。

叶音竹一遍又一遍地弹奏着《绿水》，整个人都沉浸在了琴曲的奥妙之中，时间的流逝似乎与他已经没有任何关系。

因为受到琴音的影响，竹林中开始有各种各样的小动物汇聚过来。它们虽然只敢远远地看着，但明显已经陶醉在叶音竹的琴曲之中了。

“咦，你是谁？”秦殇拿着装有食物的竹篾，重新回到竹屋前的时候，突然低呼出声。琴音戛然而止，叶音竹睁开双眼，好奇地顺着秦殇的目光看去。

不知道什么时候，在叶音竹身边五米外，一个小男孩正呆呆地坐在那里，看着弹琴的叶音竹。这个小男孩看上去和叶音竹一般大，脸上的线条给人一种刚硬的感觉，他才只是一个孩子啊！最令人惊讶的是，他拥有一头紫发。在人类之中，这种颜色的头发是非常少见的。

听到秦殇的声音，小男孩惊醒过来，原本呆滞的目光中露出强烈的敌意，瞪着秦殇，双拳紧握，抿着嘴一言不发。

叶音竹兴奋地跑到秦殇身边，接过竹篾，笑着道："秦爷爷，你看，我的琴音引来了一个人！"他一边说着，一边从竹篾中拿出一根已经去好皮的新鲜竹笋递到那个紫发小男孩的面前。

"你好，请你吃。"

紫发小男孩把目光从秦殇身上转移到叶音竹那充满童真笑容的脸上，神色逐渐发生了变化，握紧的双拳缓缓松开，接过叶音竹手中的竹笋，向他点了点头。没等秦殇再发问，他突然转身就跑，眨眼间就钻入竹林之中消失了。

看着紫发男孩逐渐消失的背影，秦殇不禁皱了皱眉，心想：难道竹宗的迷踪阵已经失效了吗？那小男孩似乎对自己很有敌意，可是，他一看着音竹就放松了，难道他真的是被音竹的琴音吸引而来的？

他只是一名魔法师，想追也不可能追得上，只得任由那小男孩去了。

白天练习弹琴，晚上在秦殇的琴音中修炼斗气，这就是叶音竹单纯的生活。不过，自从紫发男孩出现之后，他这简单的生活之中就增添了几分色彩。

每天早上，当叶音竹开始弹琴的时候，这个紫发小男孩都会悄悄地出现，坐在一旁静静地听着。有这么一个听众在，叶音竹练习的过程似乎也不那么孤寂了。

紫发男孩从第一次出现以来，从没有对任何人说过一句话。当只有叶音竹一个人在的时候，他的神色才会很平静，只要秦殇或者叶音竹的父母、爷爷来的时候，他立刻就会变脸离去。

叶重悄悄地跟踪过紫发男孩，想看看他究竟从何而来，却发现这个紫发男孩也生活在碧空海，距离叶音竹练琴所在的地方不到两千米。看上去，他和普通小孩儿并没有什么不一样，竹林中的竹笋就是他的食物。

叶音竹闲下来的时候，经常会和他说话，把自己的衣服给他穿，把父母送来的食物给他吃。紫发男孩只是默默接受，依旧一言不发。

只是，他看着叶音竹的目光变得越来越柔和了。慢慢地，他得到了众人的默许，反正他也不会和叶音竹说话，自然不会影响到叶音竹修炼赤子琴心。

春去秋来，眨眼间，又是十年过去，天真的孩童已经成长为俊秀的少年。叶音竹的相貌和父亲叶重有六分相像，却也继承了母亲的柔美。

十六岁的他，身高已经有一米八左右。匀称的身材，身上的白袍，再加上那一头垂下的黑发，怎么看都是一个英俊的小伙子。

“小紫，小紫，你在哪里？”

一身白色长袍的叶音竹一边朝前走着，一边高声喊道。清越的声音在竹林中回荡，就像琴音一般清亮婉转。

叶音竹叫了半天，也没有得到回应，不禁停下脚步，喃喃地道：“小紫去哪里了？怎么不见人影？”突然，他眸光一亮，脸上露出一丝笑容，说道：“有了。”

他直接盘膝坐在地面上，左手中指上银光一闪，一张古琴突然出现在他手上。琴体浑厚带圆，桐木斫，色黄，质松古，栗壳色漆，蛇腹断纹。蚌徽，圆形龙池，椭圆形凤沼。龙池、纳音微隆。雁足、琴轸为红色玛瑙所制。

他看向这张古琴的时候，柔和而清澈的目光中顿时多了几分迷恋，低语道：“《阳关三叠》就要用这中正平和的九霄环佩琴来演奏，我就不信你不出来。”

叶音竹双手轻抚琴弦，顿时，哀婉缠绵的琴音飘然而出，这是一首代表离别的曲子。琴音一出，只是刹那间，叶音竹就已经完全投入琴音的意境之中了。

暗红色的光芒围绕着他的身体缓缓盘旋，形成一圈圈音波朝四周飘散。

碧空海并没有大型的动物，此时，所有的小动物都以极快的速度朝叶音竹的方向而来。一时间，各种动物的悲鸣声不断响起，叶音竹的周围也逐渐变得热闹起来。

《阳关三叠》是以一个曲调叠唱三次而得名，曲意充满了与朋友离别的不舍。听着充满了不舍情绪的琴音，叶音竹脑海中不断浮现出自己在碧空海生活的一点一滴，眼中不禁流露出一丝淡淡的悲伤，他那优雅的气质中也多了几分忧郁的感觉。

一曲《阳关三叠》在荡气回肠中结束了，叶音竹双手按弦，令余音彻底消散。他有些悲伤地道："对不起，伙伴们，我真的要走了。不过，我一定会回来看你们的。我也不想走，可是，两位爷爷都说我必须出去看看外面的世界。这首曲子，就算是向你们告别吧！"

一个高大的身影不知道什么时候出现在了叶音竹背后。听了叶音竹的话，他脸上的神色不禁僵硬了几分，下意识地抬起自己的右手，抓住叶音竹的肩膀。

叶音竹似乎早已经知道他在背后，低下头，道："小紫，我要走了。"

身形一闪，那高大的背影来到叶音竹面前。在普通人中，十六岁达到约一米八的叶音竹已经很高了，但和眼前这人比起来，他还要矮一个头。

那人的头发有些散乱，高大而强壮的身体看上去充满了爆炸性的力量，刀削斧凿一般的面容给人一种钢铁般的坚毅感，一双深紫色的眼眸似星辰般璀璨，那宽阔的肩膀似乎可以扛住一切。

叶音竹长大了，小紫同样长大了。十年过去，他的身体有了很多变化，令叶音竹一家叹为观止。身高超过两米的他，看上去要比叶音竹成熟许多。他眼中丝毫没有叶音竹眼中那童真赤子般的光芒，反而给人一种很深沉的感觉。

小紫双手同时抓住叶音竹的肩膀，用疑惑和询问的目光看着叶音竹。

感受着小紫双手的灼热，叶音竹抬头看向他，伤感地道："我真的要走了，这次不是在练琴，我是特地来向你告别的。

"两位爷爷说，我的赤子琴心已经修炼到了九阶，即将进入剑胆琴心的境界，不需要再与外界隔绝。他们让我去上学，顺便了解一下外面的知识，适应外面的社会。

“所以，我要走了，现在就走。小紫，外面的世界是什么样子啊？我还从没有出去过。可是爷爷们说，为了让我更好地体会外界的一切，他们是不会送我去的。”

小紫眼中的疑惑逐渐消失，缓缓点了点头，松开抓住叶音竹的双手，说道：“我和你一起走。”

“真的吗？那真是太好了。”叶音竹大喜，像个孩子似的跳了起来。不过，他很快就意识到不对，诧异地看着小紫，说道，“你会说话了？”

是的，这是小紫来到碧空海十年以来第一次开口说话。在这之前，几乎每个人都将他当成了哑巴。可是，他现在说话了。低沉而浑厚的声音给人一种非常压抑的感觉，但这种声音此时给了叶音竹安全感。

小紫拍拍叶音竹的肩膀，道：“走吧。”说着，他已经朝着碧空海外面走去。

原本因为即将独自上路而有些惶恐的叶音竹，此时心中充满了兴奋。十年了，他几乎每天都和小紫在一起。虽然小紫从来没说过话，两人仅仅是通过眼神交流，但他已经将小紫当成了最信任的人和最好的朋友。此时有小紫相伴，外面那未知的世界也没有那么可怕了。

叶音竹欢呼一声，一个闪身已经追到小紫身边，跟他一起朝外面的世界走去。

“小紫，你原本的名字叫什么？”叶音竹一边走着，一边好奇地问道。

除了弹琴和学习竹宗的东西以外，对于外界的事，他基本一无所知。

人的童年是无忧无虑的，现在的叶音竹就是这样。还没走出碧空海，他就已经将与家人的离别忘记得差不多了。

有了小紫相伴，他心中的恐慌早已消散，剩下的只有好奇和兴奋，毕竟，这是他第一次离开碧空海。

“你就叫我紫吧。”

“好。紫，你从哪里来啊？我听爷爷说，你并不是我们碧空海的人。秦爷爷说你对我并没有恶意，只是喜欢我的琴曲，所以才一直留在了这里，是吗？”

紫点了点头。

叶音竹或许是因为太兴奋了，话也变得特别多，一路上问个不停，但紫很少开口，更多的只是点头或者摇头示意而已。一直到他们进入露娜城，叶音竹才算消停了一些。

“哇，这就是城市吗？看上去真大，真漂亮。”看着露娜城那巨大的城墙和络绎不绝的人们，叶音竹说不出的兴奋，快步朝城门的方向跑去。

“碧空海才是最美的地方。”看着跑在前面的叶音竹，紫轻轻地摇了摇头。

露娜城中的东西，几乎都是叶音竹没见过的。为了修炼赤子琴心，十六年来，他从来都没走出过碧空海，此时在好奇和兴奋的驱使之下，他只觉得双眼都不够用了。

“你要去哪里上学？”紫难得向叶音竹发问。

叶音竹回答道：“秦爷爷让我先到城里的魔法师公会拿点东西。他还给了我一张地图，说按照地图的指示，就能找到那所学院，然后我只要把他的信交给那里的院长就行了。”

紫伸出手，道：“地图。”

叶音竹很信任紫，那是一种发自内心的信任，所以他毫不犹豫地就从怀中掏出一张特制的羊皮地图递给了紫。

紫展开地图，发现这是一张龙崎努斯大陆的全图。上面有一条红线，串着几座城，从露娜城出发，一直到另外一个地方。那个地方就是终点，上面还写着一行小字——米兰魔武学院。

紫皱了皱眉，道：“你要去的是米兰帝国，你爷爷他们还真放心。”

叶音竹对距离根本没什么概念，好奇地道：“米兰帝国？很远吗？”

紫点了点头，道：“去米兰帝国需要穿过波庞王国。阿卡迪亚在大陆的最南端，而米兰帝国算得上是大陆北边了，再往北就是极北荒原。”

他说到极北荒原的时候，脸色略微变了一下，虽然很快就恢复正常，但还是被叶音竹发现了。

“紫，你不用怕，我会保护你的。”叶音竹一边说着，一边很孩子气地拍了拍自己的胸膛。

紫一愣，说：“你？”

叶音竹很认真地点了点头，说：“是啊！我会保护你的。秦爷爷说，我已经是一名合格的魔法师了。”

看着比自己矮了一个头的叶音竹，淡淡的笑容浮现在紫的脸上，使他面部刚硬的线条看上去柔和了很多。

“紫，真难得，我以前都没见过你笑呢！”叶音竹像发现了新大陆似的盯着紫细瞧。

紫无奈地道：“好了，我们先去魔法师公会。”还好，魔法师公会在露娜城也算有名，紫在路边随便找个人问了一句，就带着叶音竹找到了地方。

虽然过去了十多年，但魔法师公会依旧是那么冷清，门口连个看门的人都没有。叶音竹和紫顺着路一直向里走，很快就来到了公会大厅门外。还没进门，他们就听到了里面的争吵声。

大厅内有九个人，分成两派。一派以迪亚拉为首，在他背后还站着皮尔洛和另外一名火系魔法师。另外一派的六人也都是魔法师，穿着不同颜色的魔法袍。从他们魔法袍的颜色来看，有一名蓝级魔导师、两名绿级大魔法师，另外三名是黄级的高级魔法师。

迪亚拉愤怒地道：“鲁菲特，你不要太过分了。别忘了，当初你也是从这里走出去的。”

被称为鲁菲特的，就是那名蓝级魔导师，看上去五六十岁的样子，个子不高，胸口上的火焰标志代表着他是一名火系魔导师。他双手背在身后，一脸傲气，不屑地道：“不错，我是从这里走出去的，直到现在我都还在庆幸当初离开这里的决定。你自己看看，这里还像是一个国家的魔法师公会总会吗？这里才你们三个人而已。

“都这么多年了，你还是没有突破青级，恐怕连青级高阶都还没达到吧？迪亚拉，不要再固执了，跟我们去波庞吧！以我们波庞皇室对魔法师的求贤若渴，你一定会受重用的。”

“赞美法蓝。鲁菲特，亏你还是阿卡迪亚人！”迪亚拉的声音有些颤抖。

曾几何时，面前的鲁菲特还是阿卡迪亚最有前途的魔法师，现在却代表别的国家来到阿卡迪亚。

鲁菲特冷笑一声，道：“看来，你的固执还是没有改变。你们公会不是还有个从不露面的会长吗？叫他出来，他要是能战胜我，我们立刻就走，否则的话，就别怪我不客气了。”

迪亚拉大怒，道：“鲁菲特，你别忘了，这里是阿卡迪亚，不是你们波庞，你不客气又能如何？”说着，他心中不禁感到一阵悲哀，现在的阿卡迪亚真的已经到了任人欺辱的地步了吗？

鲁菲特道：“这次我们代表波庞前来与阿卡迪亚皇室谈判，凭我的身份，就算杀了你们几个，恐怕阿卡迪亚皇室也不敢把我怎么样吧！难道你们那个所谓的会长是一个缩头乌龟，不敢接受挑战吗？”

“秦爷爷不是乌龟，我替他接受你的挑战。”在迪亚拉即将爆发时，一个清朗悦耳的声音从门外响起，说话的正是叶音竹。

突如其来的声音顿时引起了大厅内所有魔法师的注意。俊秀的叶音竹和高大刚硬的紫，此时已经走了进来。

叶音竹怒视着鲁菲特，自从他出生以来，接触的人就只有自己一家、紫和秦殇。秦殇对他的关怀和教导是无微不至的，他和秦殇在一起的时间也是最长的。

在叶音竹心中，秦殇早已经是他的亲人，虽然他不太明白缩头乌龟是什么意思，但感觉得到这不是好话。

鲁菲特有些惊讶地看着叶音竹，这个一身白袍的英俊小伙子一进门，就给人眼前一亮的感觉，尤其是他那双清澈的黑色眼眸，更是很容易给人留下深刻的印象。

“我没听错吧，你要向我挑战？”

叶音竹认真地点了点头，道：“秦爷爷不在，我替他接受你的挑战。”

“小伙子，你是？”迪亚拉向叶音竹问道。

叶音竹看了迪亚拉一眼，笑了笑，并没有回话，而是直接在地面上坐了下来。场面话什么的他都不懂，他心中现在只有对鲁菲特的愤怒，他根本不会耽误时间，直接就开始挑战。

在众人的注视之下，棕红色的春雷琴已经飘然出现在他双腿之上。

春雷琴，长三十九寸，肩宽七寸，尾宽四寸半，棕红色漆，蛇腹断兼细密流水断纹。背面龙池上方刻“春雷”二字，琴弦下方的十三琴徽是由白玉镶嵌而成。琴宗五大名琴之一，音纯而柔。对于一名神音师来说，乐器就是他的魔法杖。

“我要开始了。”叶音竹左手虚悬在琴身之上，右手在琴弦上轻拨，发出一声低沉而浑厚的嗡鸣。

暗红色的光芒飘然而出，叶音竹的目光凝聚在琴弦之上，只是刹那间，他神色间的愤慨就完全消失，优雅的贵族气质悄然显现。

可惜的是，对面的六名魔法师只看到了他身上散发出的暗红色光芒，根本就没有注意到他神色间的变化。

暗红色的魔法力代表着什么？不过是最低的赤级而已，就算是赤级高阶，也不过是个普通的魔法师，连中级魔法师的水平都没到。而鲁菲特六人，最差的也有着高级魔法师的位阶，更何况面前这个英俊的小伙子似乎还是一名神音师。看着叶音竹身上散发出的光芒，他们不禁哈哈大笑起来。

“赞美法蓝。是你！”迪亚拉惊讶地瞪大了眼睛。他看到了叶音竹的双手，顿时明白了眼前这个孩子是谁。不过，还没等他阻止，琴音已起。

当叶音竹将精神倾注于琴弦上的时候，他就已经忘记了外界的一切，或者说是忽略了外界的一切，他的心弦与古琴的琴弦完全融合了。

此时，他脑海中只有秦殇向他讲述过的指与弦、音与意、形与神、德与艺的奥妙，口中喃喃地道："音之精义应乎意之深微。"

一时间，公会的大厅亮了，光芒是从两个位置发出的。一处是大厅正中那银色的六芒星，另外一处是叶音竹的春雷琴上的七根琴弦。

叶音竹的琴音仿佛蕴含着无数魔法力，一串低沉婉转又缠绵无尽的琴音袅袅而散，那暗红色的光芒顷刻间挥洒在整个大厅之中。

曲调有些悲伤，但更多的是厚重，正是之前叶音竹在竹林与兽友们告别时弹奏的那一曲《阳关三叠》。以不同的心态、不同的琴，弹奏出的琴音的效果也完全不同。

此时，悲伤略轻，厚重增之，一瞬间便令在场众人心中都充满了沉甸甸的感觉，就连空气中的魔法元素也受到了影响，变得迟滞而凝固。

鲁菲特眉头一皱，他惊讶地发现那琴音竟然令他的心绪变得有些慌乱，甚至连自身的情绪也被调动了。

鲁菲特心中一惊，暗想：看来，这年轻的神音师没那么简单。可惜，他没有回头去看看自己的同伴，如果他看了同伴的话，他或许会更加重视眼前的叶音竹。

那两名绿级大魔法师已经目光呆滞，脸上甚至还保持着刚才大笑的表情，而那三名黄级的高级魔法师更是已经目光迷离，身体微微地摇晃着不能自已，显然已经失去了对身体的控制。

精神类魔法师还有一个别称，那就是魔法师杀手。想在精神类魔法师面前吟唱，谈何容易？

鲁菲特口中的吟唱只发出了第一个音便戛然而止，他骇然发现，自己刚一开口，声音竟然就被那奇异的琴音打断了。

魔法吟唱是要通过特殊的语调与空气中的魔法元素沟通，以自身的魔法力为引，发动天地之力。可此时别说是沟通魔法元素，就连一句完整的吟唱他也无法做到。他不禁有些慌了。

叶音竹完全没有理会外界发生的一切。《阳关三叠》一曲三叠，一叠重过一叠，三叠相重之时，才是这首琴曲的巅峰。

此时，第一叠已经结束。只见叶音竹双手如同虚幻般在琴弦上一抹，琴音节奏骤然加快，空气中的沉滞感也变得越来越强。除了蓝级魔导师鲁菲特还能保持一丝清醒以外，那两名绿级大魔法师和三名黄级高级魔法师都已经完全失去了对外界的感知，沉迷于琴音之中。就连站在一边的迪亚拉等三名魔法师也受到了不同程度的影响。

完全没有受到影响的，竟然只有站在叶音竹身后的紫。

其实，达到赤子琴心九阶的叶音竹，实力已经相当于黄级高阶了，只是因为在突破之前发出的光芒一直都是红色的，所以才被对手误会。

十六年的琴海生涯，他的实力又怎会差？就算是同级的魔法师，一旦他的魔法发挥出来，三阶之内，都会受到影响。更何况对手并没有什么防备，所以，即使是比他等级高的绿级魔法师也着了道。

暗红色的光芒变得越来越耀眼，空气中的魔法元素似乎都随着琴音而不断律动着，那低沉而悲伤的琴音此时已经暗藏杀机。

作为一名琴魔法师，叶音竹所施展的琴魔法一开始直接就是全体攻击。以一己之力挑战六名等级比自己高的对手，恐怕也只有他才做得出来了。

鲁菲特只觉得琴音对自己的影响越来越大，心中暗道：不好。

不过，他毕竟是一名蓝级魔导师，在实力上比叶音竹要高了三级，所以还能稳住自己的精神力。他咬破舌尖，在疼痛的作用下，强行让自己清醒一些。

紧接着，他右手一挥，一根魔法杖出现在他手掌之中，只见他手腕一翻，一个碗口大的火球就朝着叶音竹飞了过去。

任何魔法师都可以瞬间发出比自身等级低三级的魔法，比如绿级魔法师就可以瞬间发出赤级魔法。不需吟唱，只用瞬间发出的法术即可打败对方，这种法术的使用被称为瞬发。

此时鲁菲特眼中已经满是杀意，但是他还是没有对面前这个“赤级”的神音师产生足够的重视。

那碗口大的火球呈现为橙色。在惊慌之中还能使用橙级魔法，鲁菲特也算得上强悍了。不一会儿，那橙色火球就到了叶音竹面前。

迪亚拉有心阻止，但以他的实力，此时想使用瞬发魔法已经来不及了，他不禁惊呼出声。

紫的拳头悄悄握紧。就在这时候，叶音竹突然抬起头，明亮的双眼中露出一丝奇异的光彩。

他的双手没有停止弹奏，一丝微弱的黄色光芒不知道什么时候已经出现在他双手之上，琴音几乎在一瞬间变大。

“嗡”的一声，一道黄红两色混合的光芒随着悠远的嗡鸣飘然而出，正中那橙色的火球。

“砰”的一声，橙色火球化为点点光芒消失了。

叶音竹左手突然一变，瞬间揽住七弦后拉一寸，右手依旧弹奏，形成《阳关三叠》之中一声奇妙的按音。

紧接着，他左手一松，顿时，七道黄红两色混合的光芒飘然而出。没有破空之声，有的只是那深沉浑厚的琴音。整张春雷琴在此时发出了悦耳的轻雷之声。

光芒一闪而过，《阳关三叠》在这一刻戛然而止。

来自波庞王国的六名魔法师全部呆滞地站在那里，包括鲁菲特在内。迪亚拉和他身后的两名魔法师都在琴音消失的一瞬间清醒过来，叶音竹背后的紫也像那些波庞的魔法师一样呆滞了，只不过他那呆滞的目光是停留在叶音竹身上的，因为只有他看清了那七道黄红两色光芒的去处。

银光一闪，叶音竹已经将春雷琴收回到空间戒指之中。叶音竹整了整衣服站了起来，自言自语道：“我还是不能在七发音刃的同时将琴曲继续下去，难怪秦爷爷说我的功夫还差得远。”

迪亚拉骇然发现那六人的脖子处都多了一条血线。而鲁菲特手中的魔法杖也在此时断成了两截。

“哪位是迪亚拉爷爷啊？”打败了六名魔法师，叶音竹并没有感到欣喜，甚至都没有再去看那些依旧站在那里的魔法师。

其实，鲁菲特的实力是非常强的，只不过当他看到叶音竹只是发出赤级光芒的时候实在太大意，甚至连自己的魔宠、魔法卷轴都没来得及使用，就在琴音的影响下被叶音竹直接杀了。

迪亚拉的声音有些颤抖。此时，他再看着叶音竹那清澈的黑眸，不禁有些后怕。“我就是。这是你秦爷爷让我给你的。”他一边说着，一边从怀中摸出一枚代表着赤级魔法师的徽章递给叶音竹。

叶音竹兴冲冲地接过徽章，那是一枚红色的六芒星形状的徽章，上面雕刻着一张古琴，还有淡淡的魔法在徽章上流转。

“这就是秦爷爷让您交给我的东西啊！那我走了。谢谢您，迪亚拉爷爷。”说完，叶音竹拉着紫就向外走去。

“啊！赞美法蓝。你等一下。”迪亚拉慌忙叫住叶音竹。

叶音竹回过头，好奇地问道：“还有事吗？”

迪亚拉小声说道：“你秦爷爷昨天说让我给你一枚魔法师徽章，然后派一个人送你去米兰，并教导你一些大陆上的常识。”

第四章

# 紫的力量

一旁的紫心中恍然，秦殇果然还是不放心让叶音竹一个人上路。没等叶音竹开口，他已经抢着说道：“不需要，有我和音竹在一起就足够了。”说完他拉着叶音竹，头也不回地走出了魔法师公会。

迪亚拉想要阻止，但是当他看到紫眼中闪过的一道寒光时，竟然把已到嘴边的话硬生生咽了下去，哭丧着脸道：“怎么办？我该怎么办？波庞的使者都……”

皮尔洛走到迪亚拉身边，低声道：“副会长，应该也没什么人看到他们来这里，您最好还是赶快处理一下，然后向会长汇报，让他定夺吧。”

迪亚拉迟疑道：“你是说……”

皮尔洛厌恶地看了一眼躺在地上一动不动的鲁菲特等人，恨恨地道：“他们都是叛徒，根本不会有好下场。只是真没想到，会长的弟子竟然如此强大，他好像只是赤级啊！太难以想象了。”

迪亚拉毕竟修炼魔法多年，此时也逐渐冷静下来。

“好了，今天的事你们都不要说出去，尤其是关于刚才那个孩子的。忘记你们看到的一切，先把他们处理了。”

皮尔洛眼中闪过一道冰冷的光芒，说道：“放心，这可是我们火系魔法师最拿手的。”

叶音竹自然不知道自己给魔法师公会带来了多大的麻烦，此刻他正走在露娜城的街道上，对身边的紫说道：“紫，我刚刚那样做，对吗？”

紫目光柔和地看向叶音竹，很认真地点了点头，道：“当然对。面对敌人，就要斩草除根，否则只会带给自己更多的麻烦。你今天做得非常好。”

叶音竹本身就像是一张白纸，无比单纯，听着紫的赞许，他心中那点疑虑顿时消失了，微笑着道：“那就好。可是，紫，秦爷爷说让魔法师公会找一个人教导我大陆上的常识，我们就这么走了，是不是不太好啊？”

紫停下脚步，正色道：“音竹，你相信我吗？”

叶音竹毫不犹豫地点头，道：“当然相信，你是我最好的朋友。”

紫笑了，道：“既然这样，就让我来教你好了。走，我们先去买点东西，然后就该出发了。”

看着紫的笑容，叶音竹不禁心中一暖，没有再多想什么就跟着他走了。恐怕秦殇和叶离怎么都不会想到，叶音竹竟然不是跟着他们安排的人前往米兰城，而是跟紫一同前往。

紫带着叶音竹走到街道旁的一家店铺前停了下来，问道：“音竹，你身上有钱吗？”

叶音竹点了点头，手上银光一闪，已经出现了一把金币。

“爷爷给的，好像有几百个这样的金币。你要？”

紫点了点头，从叶音竹手中接过金币，这才带着他走进这家店铺。

店铺里不断传来叮叮当当的声音，一个中年人坐在里面，一副懒洋洋的样子，见紫和叶音竹进来他才站起身，问：“要点什么？”

叶音竹好奇地看向四周，只见墙壁上悬挂着各种兵器和甲胄，这些都是他以前没见过的东西，他不禁向紫询问起来：“紫，这是什么啊？”

紫道：“这些是战士所穿的盔甲和使用的武器。”

叶音竹道：“看上去挺不错的。我们要买吗？”

紫点了点头，朝那中年人道："给我一柄双手大剑。"

中年人懒懒地道："双手大剑分很多种，你要什么样的？你们选择我这里就对了，我这里出产的兵器可是在整个阿卡迪亚都有名的。"

紫有些不耐烦地道："少废话，什么样的都可以，只要重量够就行，越重越好。"

紫不客气的话令中年人有些愤怒，不过他一打量紫那健壮的身材，就没敢多说什么，心中暗道：你不是要重的吗？好，我就给你个重的。

"那你们跟我来。"说着，中年人转身朝里面走去。

叶音竹和紫跟着他走到里面，只见几名壮汉正在挥汗如雨地打造着武器。阿卡迪亚本来就够热的了，他们在火炉旁就更热了。不过叶音竹和紫都没有分心，跟着那不断擦汗的中年人直接走到最里面。

中年人指了指一个角落，道："这就是最重的双手大剑了，你要是拿得动，就送给你了。"他一边说着，脸上一边露出一丝戏谑的神情。

角落里是一个黑漆漆的东西，坦白说，那绝对称不上是一柄剑，更像是一根铁棍。长度接近两米，一头粗些，另外一头要细许多。但即使是细的一端，也有成年人的手臂粗，粗的一端更是跟人头差不多，那东西上面积了许多灰尘。

"这就是你所说的剑？"叶音竹有些愤怒地道。虽然他是第一次离开碧空海，但剑是什么样的他还是很清楚的。

中年人道："这可是一柄特殊的剑。你们不是要重剑吗？在我这里，就数它最重了。只要你们拿得动，我就送给你们好了。"他这样说着，眼里嘲弄的光芒变得更加明显了。

紫虽然表面看上去很平静，但叶音竹隐隐感觉到，此时的紫心情很不好。紫上前一步，握住了那根铁棍细的一端，他刚一发力的时候，不禁有些惊讶，嘴角还勾起了一丝微笑，这才将那长约两米的铁棍拿了起来。

"不错。"

中年人看着紫轻松地将铁棍拿起，眼球都险些从眼眶中掉出来了，没有人比他更清楚那根铁棍有多重。这根铁棍，是他在带领手下开采铁矿的时候无意中得来的，重量几乎是同等铁矿的数十倍，至少有五百公斤。如果不是怀疑它可能是什么特殊金属，他绝对不会将这根铁棍带回来。

后来他却失望了，因为不论多么强的火力，都没能将这根铁棍熔化重铸。他甚至花大价钱请来一名火系魔法师，都没有任何成效，所以时间长了，他就把它扔在这锻造间内。

他实在无法相信，居然有人能够在不使用斗气的情况下轻松地拿起这根铁棍，而且，这个人看上去还很年轻。

“我们走。”紫简单地说了三个字，带着叶音竹就向外走去。

“等一下。”中年人的声音从后面传来。

紫皱了皱眉，道：“难道你想反悔吗？”

中年人有些惊慌地摆手道：“不，不，我只是想问问，你们是否还需要铠甲呢？价格好商量。”

作为一个商人，中年人是非常精明的，从紫能够轻松拿起一根这么沉重的铁棍，他就能看出紫和叶音竹绝对不是普通人。对于他这种武器商人来说，遇到很强的战士显然是件幸福的事，于是他一改先前敷衍的态度，显得无比殷勤，只想再推销出一些铠甲。

紫冷冷地道：“我不需要铠甲。”说完，他就和叶音竹一起走了出去。

在紫的带领下，两人又在露娜城采购了一些日常必需品，这才离开了这阿卡迪亚的首都，顺着大道朝北方而去。

碧空海。

“爸，我有些不放心音竹。这孩子从来都没离开过家，我们是不是应该暗中跟着他？至少将他送到学院吧。”梅英忐忑不安地说。

叶离微微一笑，傲然道：“我叶家的子孙理应拥有强大的适应能力，更何况有你秦叔叔的信，又有魔法师公会的人陪同，音竹不会出什么事的。”

梅英还是有些不放心地说："我怕音竹这孩子不会与人相处，在学院要是吃亏该怎么办？"

一旁的秦殇微笑着道："音竹的实力你们还不清楚吗？何况米兰魔武学院的神音系系主任是我的好友，有我的推荐信，音竹不会有问题的。

"他修炼了多年赤子琴心，是时候让他自己去闯荡了，只有这样才能让他成长得更快。

"只是不知道我那位老友看到我给他介绍了这么一位小老师，会有什么反应呢？哈哈哈哈。"

"紫，你好厉害啊！"叶音竹走在大道上，一边好奇地看着周围的风景，一边对紫说。

紫把黝黑而沉重的铁棍扛在肩膀上，像没事一样，道："我怎么厉害了？"

叶音竹道："你好像对外面的世界很熟悉，可是，我记得你很小就来到了碧空海，似乎也没有出去过吧？"

紫眼中闪过一道冷光，淡淡地道："那是过去的事了。音竹，以后我会告诉你的。"

"以后是什么时候？"

"当你真正长大的时候。"

阿卡迪亚实在是小得可怜，甚至还比不上波庞的三分之一，而露娜城又相对来说比较接近阿卡迪亚北部，因此两人走了十天就进入了波庞境内。

随着进入波庞，天气也变得凉爽了许多。波庞和阿卡迪亚相比，完全就是两个样子。光是官道的宽度，波庞的官道就比阿卡迪亚的官道足足宽了两倍。路上有很多行人，而且大多数是骑着角马的。

角马，一阶魔兽，因身体健壮，头上有两个分叉的角而得名。虽然在魔兽中，它们是最低等的存在，甚至不具有任何攻击力，但它们的耐力非常好，是民用运输最好的工具。在阿卡迪亚，只有一些有钱人才能拥有角马。

"紫，我们也买匹角马骑吧！角马多少钱？"

叶音竹看着行人骑着角马的样子，不禁露出羡慕的目光。他还是小孩子的心性，看到新鲜东西很容易按捺不住。

紫想了想，道："也好，这样我们也能走得快一些。光靠步行的话，恐怕两个月我们也到不了米兰。再往前面大约三十里，就到波庞最南部的城市罗尔了，到那里我们买一匹角马。"

"一匹？"

"嗯，一匹就够了，我不需要。角马也未必比我跑得快。"

紫微笑地看着叶音竹。他只会在叶音竹面前露出笑容，有外人在的时候，他总是一副冷冰冰的样子。

"我不信，我要和你比比。"叶音竹笑着道。

紫看了他一眼，说："那现在开始。"

紫说着，高大的身体已经蹿了出去，那沉重的铁棍丝毫没有影响到他的速度。

"你耍赖！"叶音竹一看紫已经跑了起来，赶忙飘身而起，单脚点地，快速朝着紫追去。

紫的动作很沉稳，每一次都是大脚完全落地，并有力地一蹬，将自己的身体送出。而叶音竹的动作则非常轻巧，只是脚尖点地，每一次点地的间隔都超过五米，速度极快。经过几次起落，叶音竹就已经追到了紫身边。

"紫，我比你快。"叶音竹有些得意地道。

紫用怪异的目光看了他一眼，道："是吗？"

当他下一步踏在地面上的时候，脚下发出一声巨响。叶音竹突然感觉到整个大地都剧烈地颤抖了一下。

下一刻，他的身体已经如箭矢一般弹射出去，这一下竟然冲出去近二十米。又是一声巨响，叶音竹已经被他甩在身后。

没有斗气的气息。叶音竹心中一惊，他虽然心如白纸，却非常聪明，紫仅仅凭借肉体的力量就能达到如此快的速度，他自问绝对做不到。紫，你身上究竟还有多少秘密？他一边想着，一边加快脚步向前追去。

正在这时候，震耳欲聋的声音从前面传来，正好迎着叶音竹和紫所在的方向。远远地，大片的灰尘扬起，像一条土龙般飞快地朝着他们冲过来。道路上的行人，此时一个个惊慌失措地让到路旁，那“土龙”所过之处，传来一片惊呼声。

那是一队大约百人的骑兵，黑色的重铠裹住全身，四米长的骑士枪横在手中，鞍上挂着厚重的铁盾，一往无前的气势令人望而却步。他们骑的可不是角马，而是三阶魔兽铁甲兽。

它们的模样类似于角马，但没有角，头上和身体上都覆盖着一层角质甲，承重力极强，是龙崎努斯大陆上最好的重骑兵坐骑。

在龙崎努斯的任何一个国家，重骑兵都绝对是主战兵，但培养起来非常困难。阿卡迪亚的重骑兵全加起来，也不过就一个万人队而已。

铁甲兽一旦冲起来，再加上重骑兵本身的重量，攻击力绝对是恐怖的，并且这些骑兵根本就不在乎官道上有没有行人。

紫和叶音竹前进的脚步几乎同时停了下来，眼看着重骑兵越来越近，两人都没有向道路旁闪躲的意思。叶音竹是因为对铁甲兽和重骑兵的好奇，而紫的字典里根本就没有“让路”二字。

“滚开。”

为首的重骑兵看到道路上居然有两个人不闪躲，呵斥出声。

紫没有动，但他的目光变得冰冷。叶音竹也没有动，因为紫没动，他说过要保护紫，当即上前一步，挡在紫身前，他甚至没有去问紫为什么不躲开。

重骑兵眼中露出狰狞之色，心中暗道：既然你不闪躲，那就休怪我们无情了。

在波庞，重骑兵是拥有特权的一个兵种，在执行命令的过程中，遇到平民干预可以杀无赦。所以，他们根本就没有任何心理负担。

近了，越来越近了。眼看着重骑兵已经来到两人面前，第一排的五名重骑兵同时将骑士枪横起。他们毫不怀疑，自己粗重的骑士枪会轻松地刺穿眼前两个平民的身体。

“吼！”

一声粗暴的怒吼仿佛响雷。叶音竹只觉得全身一轻，他竟然飞了起来，脚下的景物逐渐变小。很快，他就看到了奇异的一幕。

紫仰天咆哮，那已经冲过来的铁甲兽几乎同一时间强行直立起来，前冲的势头戛然而止。

由于冲速过快，后面的铁甲兽撞上了前面的铁甲兽，重骑兵甲胄之间的碰撞声此起彼伏，甚至还有骑士枪刺入人体的声音伴随惨叫传出。之前还气势逼人的重骑兵百人队，竟然在一瞬间变得混乱起来。

叶音竹深信，自己永远也无法忘记紫咆哮时的样子，那暴躁的情绪、冰冷的眼神，无不深深地烙印在他脑海深处。

重骑兵们不知道发生了什么，只是觉得在那震耳欲聋的怒吼之中，自己的心仿佛要从嗓子眼跳出来似的。而此时，那些曾经跟随他们征战沙场的铁甲兽竟然在他们的胯下颤抖着，有些甚至喷出了白沫。

“滚。”紫低吼一声，大步上前。叶音竹刚好落在他身后。

紫的速度并不快，但每前进一步，都会给人带来高如山岳的感觉。最前面的重骑兵的铁甲兽已经瘫软在地。眼看着这个紫发青年接近，重骑兵们下意识地提起骑士枪朝紫扎去。

紫动了，他的动作快捷而简单。两米长的黑铁棍横扫而出，五杆骑士枪和他们的主人几乎在一瞬间被轰飞，跌落在官道旁十米外。他们那由精钢所铸的骑士枪在一击之后竟然已经弯曲得像蛇一样。

紫走到失去主人的铁甲兽面前，同样是简单的动作，右脚横扫，一只体重超过两百公斤的铁甲兽在悲鸣之中被重重地踢了出去。

紫用同样的动作将五只铁甲兽全部踢到一旁，紫前进的道路变得空旷了许多。

重骑兵们除了之前被误伤的，其余的此时都从铁甲兽身上爬了起来。虽然从紫身上，他们感觉不到斗气的存在，但那强横的力量，令他们心胆俱寒。

五名重骑兵被一击轰飞，曾经凶悍的铁甲兽竟然像稻草一样被踢飞，甚至连一丝反抗都不敢，这是何等恐怖的力量啊！

“滚。”

紫再次低吼一声。这一次，重骑兵们默不作声地让出了一条道路，甚至还拼尽全力将自己瘫倒在地上的铁甲兽也拉到一旁。

紫昂首阔步地向前走去，似乎根本就没看见两旁那些被阳光照得闪闪发亮的骑士枪。叶音竹好奇地看着身前的紫，跟着紫一起向前走。这还是他第一次见到紫使用武力，他从没想过紫的力量竟如此强大，而且只是肉体力量。

没有人敢阻拦他们，连过往的路人看到这一幕，都吓得大气也不敢出。

一直到紫和叶音竹的身影在道路的一端消失了，那些铁甲兽才逐渐恢复了行动能力。被一棍轰飞的五名重骑兵右臂全部骨折，他们的五只铁甲兽则再也无法爬起来了。

“紫，你是战士吗？”叶音竹问道。

“算是。”紫眼中的狂躁已经完全消失了，他重新恢复平静。

“紫，刚才为什么要出手呢？”

紫看了一眼碧蓝的天空，淡然道：“因为没有任何魔兽可以让我让路，即使是龙也不行。”

叶音竹深深地看了紫一眼：“紫，你知道吗？刚才你给我的感觉很强大，但我感觉不到你强大的原因。你会斗气吗？”

“不会，因为我不需要。”紫看了叶音竹一眼，突然露出一丝微笑，道，“你不是会保护我吗？”

叶音竹也笑着道：“当然。只要你需要，我永远都会站在你身前保护你。下次可不许把我扔那么高了。”

罗尔是一座繁华的小城，生活在这里的人们都是一副忙碌的样子，不像阿卡迪亚的居民那样懒散。凉爽的天气给人带来阵阵舒爽的感觉，适宜的温度更适合人们生活。

英俊的叶音竹和刚毅的紫在街道上特别引人注意，尤其是会吸引那些少女，一些大胆的少女甚至会主动向他们搭话。

紫自然还是那一副冰冷的样子，叶音竹却往往报以微笑。他看上去英俊温和，更容易令那些少女注意。

不过，如果这些少女知道叶音竹心中在想什么，恐怕就不会有被吸引。

“紫，为什么那些女孩子和我们长得不一样呢？她们的胸肌好大啊！”叶音竹有些羡慕地说道。

紫脸上的表情一瞬间变得僵硬了，低声道：“你父母没有告诉过你吗？”

叶音竹摇了摇头，道：“你在碧空海和我在一起那么长时间，你也看到了，我和爸爸妈妈在一起的时间很少，而且他们为了不影响我修炼赤子琴心，从来都不跟我说外面的事。你知道为什么她们的胸肌要比我们的大吗？”

紫无奈地看着叶音竹，道：“不知道。”

“原来你也不知道。紫，我们去买角马吧！今天是住在这里还是继续赶路呢？”

叶音竹正问着，突然，紫的脸色大变。叶音竹清楚地看到紫全身的肌肉在一瞬间都绷紧了，一股非常怪异的气息从他身上蔓延开来。叶音竹说不清那是一种什么感觉，似乎是愤怒，又似乎是激动。

叶音竹顺着紫的目光看去，只见不远处一行十余人正朝着另一个方向走去。紫注视着的是一个头部覆满金色毛发的人，比紫还要高大几分，全身释放着野性，衣服下的肌肉明显充满了爆炸性的力量。那人的相貌怪异，颧骨很高，脸上的毛发非常浓密，一看就和普通人类有很大的区别。

而和那人在一起的其他人也形态各异，大多和普通人长得不一样，叶音竹甚至还看到其中一人背后长着长长的尾巴。街道上的行人一看到这些人，都躲得远远的，似乎很害怕。

“紫，你怎么了？那些人是什么人？”叶音竹问道。

“那些是来自极北荒原的兽人。为首的那个就是兽人中的皇族之一——狮族人。”紫阴沉地说道。

“兽人？兽人是什么？也是人吗？”

“我也不知道兽人具体是怎么产生的，兽人可以说是人与兽的结合，有的甚至就是纯粹的兽。

“在龙崎努斯大陆上，兽人是最接近魔兽的种族，兽人不仅天生好战，还有着极其强大的力量。

“如果不是因为不擅长魔法，被人类北方三大国家一直压制着，只能生活在极北荒原那苦寒之地，恐怕兽人早就侵略到内陆了。

“现在因为在北方与极北荒原接壤的三大国家很强盛，所以已经有数十年没有发生过大规模战争了。

“兽人只能用极北荒原的特产向人类换取一些食物和生活用品。没想到竟然有兽人来到了偏南方的波庞。”

对于叶音竹来说，兽人无疑是新鲜的，他不禁多看了几眼。而这时候，那名狮人的目光正好投射过来，从叶音竹身上一扫而过，落在了紫的身上。它看到紫的一瞬间，头上的金毛骤然竖起，眼中凶光大放，大踏步朝着紫和叶音竹走了过来。

一层淡淡的绿色斗气在它身上的金毛中流转，只不过斗气光芒很弱，不仔细看是无法辨别出来的。只有像叶音竹这样修炼精神力的魔法师才能轻易地感觉到。

紫猛地抬起头与那名狮人目光相对，狮人的脚步停顿了一下。看着紫冰冷的眼眸，它缓缓地点了点头后，立刻转身回到了自己的队伍当中。

叶音竹不知道发生了什么，只是看看紫，再看看那名狮人。紫叹息一声，低头对叶音竹说道：“对不起，音竹，我恐怕不能陪你去米兰了。”

“啊？”叶音竹大惊，道，“紫，为什么？你不是说……”

紫抬手抓住叶音竹的肩膀，苦笑着道："对不起，我是答应过要陪你去的。但我现在有点事，必须去处理一下。地图你收好了，按照地图所指的方向一直走，你就能到达米兰魔武学院。如果不认识路你就找人问问，等我的事情处理完了，我就去学院找你。"

叶音竹接过紫递来的地图，刹那间，心中充满了失落的感觉。

十年了，他从没有和紫分开过，此时紫突然说要走，而且紫的眼神是如此坚定，顿时让叶音竹心中充满说不出的难过，他只觉得此刻自己心中空荡荡的，似乎失去了什么最重要的东西。

"紫，你似乎有很多秘密，但又不想对我说。如果你需要我的帮助，告诉我好吗？我是你的兄弟啊！"叶音竹有些急切地说道。

"兄弟。"紫那双深邃的眼眸中燃烧起两团灼热的火焰，他用力地拍了一下叶音竹的肩膀，道，"没错，我们是好兄弟。你先去魔武学院，我不会耽搁太长时间的，一定会去那里找你，这是我对你的承诺。你记着，在路上不能随便相信别人，同时，要尽量掩藏好你的实力，永远不要让外人知道你真正的实力是怎样的，只有这样，才能最好地保护好你自己。你明白吗？这个给你，当你需要做什么不希望被别人知道的事情时，就戴上它。还有，刚才我们在路上和波庞的重骑兵发生了冲突，为了避免麻烦，你还是尽快离开这里。"

说着，紫从自己怀中摸出一个东西塞到叶音竹手中，然后头也不回地朝着之前那狮人消失的方向而去。

一直到紫的背影完全消失，叶音竹才收回了自己的目光。虽然罗尔城的街道上很热闹，他心中却有种冰冷的感觉，甚至还有一丝孤独和无助。

他低头看向紫最后给他的东西，只见那是一个不知道用什么材料制作而成的面具，摸起来非常柔软。叶音竹小心地将它揣入怀中，心中暗道：紫，你可要早点来找我啊！现在我真的只能依靠自己了，我先去买匹角马，然后就尽快到米兰魔武学院去等你。

想到这里，叶音竹心中的失落逐渐消失。他在街上找个人问了一下，得知在北门附近的奴隶市场有角马卖，便兴冲冲地朝那个方向走去。

紫告诉过他，在大陆上，金币是所有国家通用的货币，一个金币相当于一百个银币，一般来说，人们所用的货币主要是银币，一个家庭一个月的开销也不过就是十几个银币而已。买一匹角马，最多只需要几个金币。

龙崎努斯大陆上，几乎每一座人类的城市之中都有奴隶市场存在，这是必不可少的。

龙崎努斯的人类社会阶级制度极为森严，而奴隶市场就是人类中阶级最低的奴隶贩卖之所。随着大陆的发展，现在的奴隶市场的经营范围已经扩大到大陆上各个种族奴隶和魔兽的贩卖。当然，一般贩卖的魔兽等级都很低，不会超过三阶。

在龙崎努斯大陆上，魔兽分为十阶，三阶及以下为低阶魔兽，四阶到六阶是高阶魔兽，超过六阶的魔兽就被称为智慧魔兽。一般来说低阶魔兽性格温顺，即使是脾气暴躁的，破坏力也不会太大，而高阶魔兽就很厉害了，至于七阶到十阶的智慧魔兽更是极其稀有。十阶魔兽又被称为神兽，已经很久没人见过了，几乎是传说般的存在。

在魔兽之中，已知的最强大的两个种族分别是极北荒原的比蒙一族和隐藏在人类八国龙城中的龙族。

真正的巨龙和真正的比蒙的数量都是极为稀少的，从大陆的历史来看，甚至从来就没有达到过四位数。但它们的实力都极其强大，只要是真正的巨龙和比蒙，即使是实力最差的，也是七阶以上。

龙族拥有一个比蒙族所没有的优势，那就是它们的繁殖能力很强。

经过千万年的繁衍，虽然真正的巨龙现在还是那么稀少，但各种亚龙的数量非常多，其中一些还被人类驯养成功，成了驯龙。

虽然它们不能和真正的龙相比，但拥有龙的基因，使得驯龙即使是最差的，也能够拥有三阶以上的实力。

正是因为有这些驯龙的存在，人类各国才拥有极为强大的实力，也才能压制极北荒原的兽人，使其无法冲出那苦寒之地。

当然，人类也不会去侵略那人类根本无法生存的世界。

第五章

# 善良的代价

“我好可怜啊！三岁死了母亲，十岁被父亲抛弃。老爷、夫人们，可怜可怜我吧！赏我口饭吃吧！”

叶音竹好不容易才找到奴隶市场的入口，刚到这里，他就看到一个小乞丐正坐在奴隶市场门口号啕大哭。小乞丐身材瘦小，全身上下穿得破破烂烂的，蓬头垢面，灰黑色的污垢已经将他的面容完全遮挡，身上的衣服除了破洞就是撕开的布条，面前摆放着一个破碗，正在那里哭天喊地地哀求过往的路人。

从正门进入奴隶市场的人，一般只有两件事：一件是来卖的，另一件是来买的。来贩卖的自然都是些商人或者家庭贫穷到没办法只好出卖自身或者儿女的人；而买的，则都是一些达官显贵。

但不论是哪一种，他们都很难产生施舍这种情绪。

商人重利，不会理乞丐。

贫穷的人自己都还养不活，更别说帮助他人了。

至于那些贵族，更担心的是被乞丐弄脏自己华丽的衣服。

所以，这个小乞丐选择这里来乞讨，显然不是很明智。

如果他的身体再健壮一点的话，说不定会被当成奴隶贩卖，但他实在太瘦小了，再加上肮脏的身体，在那些贩卖奴隶的商人们眼中，他甚至还不如洗澡水值钱。

第一次见到乞丐，心思单纯的叶音竹心中暗想：看他的样子，似乎也就和我差不多大，可是，他这么瘦小。三岁没了母亲，十岁被父亲抛弃，这是多么可怜的遭遇啊！

怜悯之情油然而生，于是叶音竹慢慢走到那乞丐面前停了下来。

小乞丐看到面前有人停下，顿时眼中一亮，说道："大爷，大爷，求求您赏点钱吧！"

"给你。"

叶音竹从怀中抓出自己放在身上准备买东西的金币，大约有三十多个，双手捧到那小乞丐面前，放入他伸出来的手中。

小乞丐一呆，他看到的是叶音竹那双清澈得没有半分杂质的黑眸。不知道为什么，小乞丐的心弦猛地颤抖了一下，不过很快就被得到金币的喜悦代替了。

"谢谢，谢谢大爷。"他颤抖着双手，几乎是惊慌中将金币飞快地揣入怀中，动作之快，连叶音竹都吓了一跳。

"快起来吧，地上凉。"叶音竹一边说着，一边拉住他的双手。叶音竹感觉到那是一双很柔软的手，手虽然很小，手指却非常修长。

小乞丐此时是低着头的，在阳光的照耀下，他正好看到叶音竹手上闪烁着光芒的空间戒指。他那双纤瘦而灵巧的手略微地颤抖了一下，这才在叶音竹的拉拽之中站了起来，感激地道："大爷，谢谢您，您真是个好人。"

因为站起的动作过猛，他和叶音竹撞了一下，在叶音竹用力扶稳他的时候，他那双纤瘦而修长的手轻轻一抹，做出了一个隐秘的动作。

叶音竹笑了，温和而善良的笑容使他就像是天使一般。他觉得心里很舒服，暗想：原来帮助人的感觉这么好。

"再见。"向小乞丐挥了挥手，他这才走入奴隶市场之中。

看着叶音竹消失的背影，小乞丐眼中露出几分挣扎，一咬牙，他飞快地朝着另一个方向而去，眨眼间就钻入人群之中消失。

奴隶市场分为七个区域。最外面的，是贩卖低等平民奴隶的地方，在这里，即使是一名健壮的人类奴隶，也不过价值五十个金币。下一个区域就是贩卖一些低等魔兽的地方。之后的五个区域，随着越来越深入，贩卖的东西也变得越来越昂贵。

当然，在罗尔这样的小城之中，并不会有太多珍贵的物品出售，只有那些大城市的奴隶市场，才有真正的好东西，譬如驯龙和精灵族美女。

叶音竹一进入奴隶市场，第一个感觉就是嘈杂，各种声音此起彼伏。市场很大，毫无经验的他根本不知道到哪里去买角马。

于是他赶忙走到一名路过的中年男子身前，问道："大叔，您好，请问哪里有卖角马的？"

中年男子看上去四十多岁，穿着一身精致的黑色皮甲，左胸上戴着一枚印着剑和盾牌的徽章，上面还缠绕着荆棘的图案。他的身材高大得和紫有得一拼，背后背着一柄长达一米五的双手重剑。

"你要买角马啊？我正好也要去，我带你去。"中年男子豪爽地说道。

"太好了，谢谢您，大叔。"叶音竹很有礼貌地感谢中年男子。多年来在琴音中潜移默化地形成的优雅气质自然散发，再加上他英俊的外表，很容易让人产生好感。

中年男子带着叶音竹向奴隶市场里面走去，一边走一边问道："小兄弟，我叫格恩，你叫什么名字？哪来的？"

"我叫叶音竹，从阿卡迪亚来的。"

"你的名字真怪。我们到了。"格恩一边说着，一边指了指前面一个巨大的棚子。

一进马棚，一股刺鼻的腥臊味令叶音竹不禁眉头紧皱。他习惯了碧空海中清新的空气，在这种污浊的环境中实在感觉到很别扭。马棚内有几十匹角马，马贩子正在和一些客人商量着价钱。

格恩似乎对这种环境很熟悉，他对叶音竹说道："罗尔城的奴隶市场也就这样了。要是以后你到大城市的奴隶市场，就能看到超大型的马棚，那里才有上好的角马，至少有数百匹可以挑选。”

马贩子显然是认识格恩的，看到他走过来顿时有一人迎了上来，热情地说：“哟，这不是格恩团长嘛！怎么，你们又有行动了？这些角马都是新来的，挑选一些吧。”

格恩点点头道：“哈特，你的角马是什么水平我还不知道吗？行了，给我挑选二十匹强壮一些的。对了，给这位小兄弟也挑选一匹。”

哈特赶忙笑着答应一声，飞快地转身去挑选角马了。一会儿的工夫，二十一匹角马已经拉了来。格恩显然是这里的老主顾了，也没有再去仔细挑选，他从怀中摸出一个钱袋，道：“老规矩，五个金币两匹，这是五十个金币，你数数。”

哈特接过钱袋随手揣入怀中，笑着道：“数什么，难道我还不相信你吗？你们铁荆棘佣兵团可是我们罗尔城唯一的常驻佣兵团呢！”

格恩苦笑一声，道：“你以为我喜欢驻扎在这个鬼地方吗？没有实力，根本不可能在那些大城市落脚。好了，这个小兄弟是我带来的，看在我的面子上，你就给他便宜一点，两个金币好了。小兄弟，你自己从这二十一匹里面挑选吧！虽然不是什么上等角马，但哈特这里的角马耐力都还不错。”

叶音竹自然看得出格恩买角马的价格是优惠价格，赶忙说：“谢谢您，格恩大叔。”他随身携带的金币都给了刚才那个小乞丐了，此刻便直接催动精神力从空间戒指中取钱。但是，他脸上的神色马上就变僵硬了。

他的双手伸出，八根手指上空空如也，只剩下原本戴过戒指的痕迹。

“啊！我的空间戒指丢了。”

叶音竹惊呼一声，恐慌感骤然袭上心头。

空间戒指虽然非常珍贵，但对于他来说，更珍贵的是戒指中的五张古琴啊！秦殇给他的信以及剩余的金币都在空间戒指之中，此时空间戒指一丢，他立刻就变得一无所有了。

“小兄弟，你这是……”格恩被叶音竹突然的反应吓了一跳。

叶音竹没有回答，清澈的黑眸中闪过一道冷光。他闭上双眼，一层微弱的红色光芒从他眉心处悄然释放，在他面前形成一个暗红色的六芒星。

空间戒指和主人之间都是有精神联系的，而且空间戒指的封印也只有主人能够开启，若是外力强行冲击只会令空间戒指破损。

空间戒指丢失的原因只有一个，此时叶音竹已经想到了，就是在自己扶起那名小乞丐的时候。小乞丐撞击自己的身体吸引了自己的注意力，然后再顺手将空间戒指撸走了。

离开碧空海后，叶音竹心中第一次出现愤怒的情绪，他好心施舍，却被偷了最重要的东西。

他是一名琴魔法师啊！

没有了古琴，他根本就无法施展出他的琴魔法。更何况那五张古琴是琴宗至宝，陪伴了他十六年，就这么丢了，他能不着急吗？

而就在这时，罗尔城一个无人的角落中，小乞丐封好手中的盒子，喃喃地道：“居然是一枚空间戒指，可惜了，无法拿出其中的东西。算了，就当留个纪念好了。

“现在这世道，像这样单纯的好人真不多见，就算是给他个教训吧！空间戒指又如何？有了这个铅盒，他就别想用精神波动联系上空间戒指。

“几十个金币，足够我的路费和学费了。老家伙，你等着，总有一天，我会去拿回我应得的东西。”

他的眼睛很大，也很明亮，只不过在他的眸光之中没有叶音竹眼中那样的清澈，而是充满了各种复杂的情绪。

他握紧放有空间戒指的盒子，绿色光芒一闪而过，他那瘦小的身影一眨眼就消失了。

“完了，联系不上。”收回释放的精神力后，叶音竹的脸色已经变得一片苍白。

丢失了空间戒指意味着什么？意味着他失去了琴宗至宝，意味着他失去了所有盘缠和去米兰魔武学院的介绍信。

“什么都没有了，我该怎么办？我究竟该怎么办？”身在波庞，他进退维谷。

“继续去米兰吗？已经没有路费和介绍信了。回去吗？同样没有路费，而且失去了五张古琴，我又怎么去见秦爷爷呢？”他嘀咕道。

格恩和哈特并没有因为他拿不出金币而讥讽他，两人脸上都露出一丝惊讶。

格恩试探着问道：“小兄弟，你没事吧？”

叶音竹懊恼地道：“大叔，我恐怕买不了角马了，我的空间戒指丢了，我的钱全在里面。”

格恩点了点头，道：“小兄弟，看你刚才的样子，应该是一名赤级高阶魔法师吧？”

叶音竹立刻想到了秦殇的叮嘱，下意识地点了点头，道：“是啊！”

格恩眼中露出一丝喜色，继续问道：“那你现在要去什么地方呢？”

叶音竹犹豫了一下，心中暗想：回去肯定是不行的，不找回空间戒指我绝对不能回去见秦爷爷，还是先到米兰去吧！紫说会到那里去找我，等见到紫再和他商量怎么办。

“我要去米兰帝国的米兰魔武学院。”

“太好了，那真是太好了！米兰魔武学院就在米兰帝国的首都米兰城外。我们佣兵团这次执行的任务就是去米兰城，不如你跟我们走。路上的开销由我们佣兵团负责了，到了地方，我再给你二十个金币，你看怎么样？”格恩兴奋地说道。

突然失去一切使叶音竹感到很受打击，现在格恩的提议令他心中重新燃起了希望，但这一切来得太突然了，他不禁有些发愣。

格恩还以为叶音竹是嫌他给的钱太少，所以才不说话，于是赶忙道：“你这匹角马的钱我们也出了。怎么？你不愿意吗？”

“不，不，我当然愿意。可是，格恩大叔，你能不能告诉我，佣兵是什么？”

格恩有些哭笑不得地看着叶音竹，面前这个英俊的小伙子正认真地看着自己，一点也不像开玩笑的样子。

“你连佣兵都不知道？我来告诉你。”一旁的哈特道，“佣兵在龙崎努斯大陆上算是一个非常平常的职业，指的是纯粹出于利益而为雇主作战或执行任务的战士。在任何地方都能看到佣兵的身影，像大陆西方的巴勒莫王国又被称为佣兵王国，因为大陆上最大的几个佣兵团都驻扎在它境内，在那里，佣兵的待遇和地位也是最高的。”

“原来是这样，格恩大叔，你是让我做佣兵吗？”叶音竹问道。

格恩点了点头，道：“算是临时佣兵。坦白说，我们铁荆棘佣兵团还真的没有长时间雇用一名魔法师的财力。这次我们是护送一位货主和她的一批货物到米兰城去，一路上基本没什么危险，就算是我们互相帮忙吧，你看如何？”

看着格恩真诚的目光，叶音竹心中因为空间戒指丢失而产生的阴霾消失了几分，连忙道：“格恩大叔，您真是个好人，我当然愿意。”

“好，那我们走。哈特，待会儿让你的人把角马给我们送过去，还是老地方。”格恩的心情显然不错，他搂着叶音竹的肩膀朝奴隶市场外走去。

看着他们的背影，哈特笑着道：“格恩的运气真不错，遇到一个这么单纯的魔法师。铁荆棘终于也有魔法师了，虽然只是暂时的，但也可以让他们升级了。”

叶音竹并不知道，魔法师在龙崎努斯大陆上的地位比他想象中还要高得多。

那是最高贵的职业，就算只是一名赤级魔法师，地位也要比同级别的战士高得多，而魔法师都是非常骄傲的，鲜少有人愿意加入佣兵团，大多数魔法师都是效忠于各个国家的。能否拥有魔法师一向是鉴别佣兵团强大与否的重要指标，但雇用魔法师的价格高得离谱。

佣兵团分为八个等级，从上到下依次为S、A、B、C、D、E、F、G，其中，E、F、G级被称为低阶佣兵团，C、D级被称为中阶佣兵团，B级被称为高阶佣兵团，S、A级被称为超阶佣兵团。

现在铁荆棘佣兵团是一个E级佣兵团，执行的任务虽然已经足够多，但想要从低阶升到中阶的D级，他们就需要有一名魔法师才能通过佣兵公会的审核。这也是格恩会在这次并不危险的任务中雇用叶音竹的主要原因。

铁荆棘佣兵团就驻扎在罗尔城北门的一个院落中，全部由男性组成，包括团长格恩共六十七名成员。其中重剑战士二十名，弓箭手十名，轻骑兵十名，剩下的是数量最多的枪盾战士，也算兵种比较齐全了。佣兵团成立六年，大多数佣兵的年纪在二十五到四十岁之间。

格恩是一名绿级的大地战士，正是因为有他，铁荆棘才能在五年之内上升到E级佣兵团。他的目标是D级，一旦进入中阶佣兵团行列，雇佣金将大幅度提升。

当叶音竹在格恩的带领下来到铁荆棘佣兵团的时候，佣兵们正在做最后的准备工作，明天一早就要出发了。

“这次雇主给的佣金非常不错，所以我们铁荆棘将全体出动，明天一早就走。音竹，你一直跟在我身边就行了。”

叶音竹看着忙碌的佣兵们，说：“格恩大叔，你们佣兵团有六十多个人，为什么刚才你只买了二十匹角马啊！不够骑吧？”

格恩苦笑一声，答：“我也想给每人都买，但问题是佣兵团财力有限。我买的角马都是为了拉货物和运送雇主的。如果不是雇主出钱，我连二十匹都舍不得买。我们这些佣兵，都在外面跑惯了，又都是穿着皮甲，皮甲没什么重量，所以速度不会比角马慢多少。不过你放心，你是魔法师，自然是骑马的。”

格恩一边说着，一边用力拍了拍巴掌，将所有佣兵的注意力吸引到他身上，然后才说：“来，大家先停一下。我给大家介绍一下，这位小兄弟是我们佣兵团的新成员叶音竹，他将跟随我们一起前往米兰。”

“哦？又来新人了。看上去有点瘦弱啊！团长，他是什么人？”一名三十多岁的佣兵好奇地问道。

格恩神秘一笑，说道：“是赤级高阶魔法师。从现在开始，我们铁荆棘也算是拥有魔法师了。等这次我们到米兰城执行完任务，就可以顺便在那里的佣兵公会注册成D级佣兵团了。”

此言一出，佣兵们顿时集体欢呼起来，佣兵团等级的提升直接关系到他们收入的提升，他们等这一天已经等得太久了。

一时间，叶音竹成了佣兵们的宠儿。他们一个个都好奇地抓着这个英俊的小伙子问东问西，甚至还有人想要让叶音竹施展个魔法看看。

“好了，好了，你们都给我安静点，别吓坏了叶小兄弟。”格恩擦了擦头上的汗。他知道魔法师都是很高傲的，自己的属下这样让他施展魔法，万一他因为愤怒而退出，可怎么办才好？

“对不起，我的魔法不能施展给你们看。”叶音竹有些不好意思地说道。没有琴在手，他能做什么？

格恩赶忙道：“就是，你们这群小子都给我安静点，魔法是能随便看的吗？音竹，你别理他们。对了，你的魔法师徽章还在吗？如果在的话最好戴上。”

魔法师徽章还真没丢，那天叶音竹从魔法师公会拿了徽章之后就随手揣在身上，地图、紫送的面具也因为没放入空间戒指中都还在。

叶音竹从怀中掏出红色的徽章戴在自己的左胸上，虽然只有十六岁的他看上去还有些稚嫩，但至少胸前的徽章已经证明了他的身份。

由魔法师公会颁发的徽章是无法假冒的，它上面有特殊的魔法波动。当初为了制造这枚徽章，秦殇还特意取了一滴叶音竹的血送到公会。

这枚徽章只要不破损，就将伴随叶音竹一生，若是他的魔法等级提升了，只需直接到魔法师公会升级徽章就可以了。

徽章一出，佣兵们顿时安静下来，然后在格恩的招呼下继续忙碌起来。

“格恩团长，正好你在。准备得如何了？”一个悦耳的声音从门口传来，叶音竹与格恩同时回头。刹那间，叶音竹觉得自己的精神力轻微地波动了一下。

一名女子出现在院子门口，正缓步走进来。

朴素的白色长裙在她身上显得很华贵，一头柔顺的水蓝色长发飘散在身后，只是两边各有一缕头发垂在胸前，遮住了她的耳朵。

雪白俏丽的脸看上去温和平静，小巧挺直的鼻子，修长的颈项，红润的唇，使她看上去就像下凡的神女。

她走路的动作很轻柔，悠然自若，神采飘逸，就像一朵动人的百合花从云端飘过。

叶音竹呆住了，因为他看不出这女子确切的年龄。乍一看，她像是少女般青春靓丽，待仔细看时，她身上又没有少女的青涩，高贵优雅的气质足以令在场的人自惭形秽。

女子一出现就吸引了所有佣兵的目光，但只是注视半晌他们就低下了头，即使格恩也不例外，仿佛再继续注视下去，就亵渎了他们面前的女神一般。

只有叶音竹迷惘的目光始终落在那女子身上。整个院落之中，只有他于无形中散发出的气质可以和女子相比。

不知道为什么，叶音竹突然觉得这名女子很亲切，她身上的气息令他非常舒服，他只在他的老师秦殇身上感受过这种气息。

女子很快就注意到了叶音竹，她那柔和的目光在空中与叶音竹的目光交错在一起，顿时觉得眼前一亮，俏脸上露出一丝惊讶，两道异光从美眸中射出，并没有半分恶意，只是试探性地轻拂在叶音竹的双眸之上。

叶音竹略微恍惚了一下，他的目光也随之一滞，脑海中一片空白，但只是刹那间就恢复了正常。

因为纯洁无瑕的赤子之心是没有任何杂念的，所以叶音竹修炼时才能进步得那么快。不论是精神力还是心志，叶音竹都不愧秦殇对他的天才之称。

在女子眼中异光的刺激下，暗红色的光芒再次从他眉心处释放出来，形成一层精神力的屏障。这种纯粹精神力层面的试探，是魔法师之间最习惯做的，用来试探对方的实力。

“啊！怎么可能？”女子眼中的惊讶变得更盛了几分，说道，“格恩团长，你不给我介绍一下吗？”

格恩此时才醒悟过来，暗骂自己定力不足，这已经不是第一次见她了，为什么还会这样呢？

格恩赶忙道：“安雅小姐，这位是我新请来的魔法师叶音竹，他也会参与我们这次的任务。有他加入，我们一定能更好地护送您和您的货物。”

听了格恩的话，叶音竹这才知道，面前这位气质优雅的女子竟然就是此行的雇主。

“你好，安雅姐姐。”叶音竹用清澈的黑眸注视着安雅，心中暗想：这位安雅姐姐也好强壮啊！

安雅见叶音竹紧盯着自己，起先有点生气，但当她看到叶音竹那没有任何杂念的眼眸时，心中的怒气悄然消失了。

面对这英俊且气质绝佳的少年，她心中不自觉地生出几分好感，并不是因为叶音竹的相貌，而是因为他身上那纯净的气息。

“你好，欢迎你加入。冒昧地问一句，你真的只是一名赤级魔法师吗？”

叶音竹点了点头，道：“是啊！赤级高阶。”或许是因为说谎，他的脸直接就红了。

安雅也不点破，微微一笑，道：“有位强大的魔法师加入，总是好事。”

格恩道：“赞美法蓝。安雅小姐，我们已经准备得差不多了，明天一早一定能准时出发。”

安雅微笑颔首道：“那我就放心了。你们忙，明天早上城门口见。”说完，她优雅地转身离去。

“赞美法蓝。她终于走了。”格恩赶忙擦了擦头上的汗水。

叶音竹好奇地道：“格恩叔叔，你很怕安雅姐姐吗？”

格恩道：“不是怕。不知道为什么，在她面前我总是有种抬不起头来的感觉，她是我见过的最美也是气质最好的女人。坦白说，我对她甚至连任何不好的念头都无法产生。”

“不好的念头？那是什么意思？”

“这个……以后你会明白的。”

叶音竹依旧看着门的方向，说道：“格恩叔叔，安雅姐姐也是一位魔法师呢！”

“啊？”格恩吓了一跳，吃惊地看着叶音竹道，“不会吧？她似乎只是一名商人。”

叶音竹认真地道：“她肯定是一名魔法师，刚才她用精神力试探过我，不会错的。”

格恩的心思显然不像外表那么粗犷。他问道：“难怪她会一个人来到罗尔这么远的地方采购茶叶，原来竟然是一名高贵的魔法师。音竹，那你看得出她是什么级别吗？比你厉害吗？”

叶音竹摇了摇头，道：“我虽然看不出她是什么级别，但知道她肯定要比我厉害。”

“这么说，她可能是一名橙级魔法师。”格恩只觉得幸好自己没对这位女雇主起什么邪念，得罪一名魔法师可是不明智的。但是，他不知道，面前的叶音竹按照魔法能力来说已经是黄级高阶的水准，那么安雅显然不可能只是橙级那么简单。

出于对魔法师的尊敬，格恩给叶音竹单独安排了一个房间休息。

叶音竹坐在床上，十分苦恼。他又尝试过几次想凭借精神力和自己的空间戒指联系，但都失败了。而且他隐隐有种感觉，空间戒指离自己越来越远了。

“为什么？为什么你要偷我的空间戒指？我不是已经给你金币了吗？没有了琴……”叶音竹发现自己原来那么思念自己的琴。

十六年了，他几乎每天都和琴在一起，琴早已成为他最好的伙伴，此时所有的琴都丢失了，那种失落感令他极其难过。

叶音竹盘膝坐好，为了让自己的心能够平静下来，他只得修炼起竹宗斗气。

黄色的光芒从他体内悄然而出，形成一圈柔和的屏障将他的身体笼罩在内，斗气绵绵不绝地在经脉中穿行，那清新的斗气终于将他内心的不安和担忧逐渐驱散，使他进入入定状态。

竹宗斗气分为三重：青竹、黄竹和紫竹。

与叶音竹修炼的琴魔法一样，竹宗斗气不同层次显露出的颜色和大陆上的彩虹七色等级也是不一样的。竹宗斗气每一重都是九阶。现在他身上散发出的淡黄色光芒，代表他是黄竹一阶。

若论级别，他的斗气甚至比琴魔法还要高一点。以大陆上的彩虹等级来划分，就是绿级初阶的水准，也算是大地战士的水平了。只不过他的斗气主要是为了辅助琴魔法的，所以平常都没有人注意。

清晨，当第一缕阳光洒向大地的时候，罗尔城的北门处已经热闹起来。铁荆棘佣兵团一共六十八名成员整装待发。第一辆和第三辆马车装载的是货物，第二辆载着雇主安雅。

佣兵团中最健壮的二十名重剑战士围绕在三辆马车周围，弓箭手跟在重剑战士身旁，再外围是二十七名枪盾战士，十名轻骑兵在前面开路。新买的二十匹角马除了拉着马车的以外，其余都背负着一行人的辎重，一切安排得井井有条。

叶音竹作为魔法师，被安排在中间那辆马车旁边。第一次骑角马，他既兴奋又有些慌张。

角马走起来虽然有些颠簸，但这生性温和的一阶魔兽还是很容易驯服的，很快他就适应了在马背上的感觉。毕竟，他远不像表面上看起来那样瘦弱。

叶音竹一直看着队伍最前面的铁荆棘佣兵团团长格恩，他的目光中充满了羡慕和惊讶。原来格恩并不仅仅是一名单纯的大地战士，还是一名大地骑士。

他的坐骑居然是绿脊地龙。

四阶的绿脊地龙身长足有五米，高两米多，前肢相对较小，完全凭借两条粗壮的后肢支撑着身体，通体呈墨绿色。除了冲撞力以外，这种四阶的驯龙还有着不错的防御能力和喷吐腐蚀性酸液的能力，在驯龙中虽然等级不高，但相比低阶魔兽就要强得多了。

拥有绿级初阶实力的格恩有了它，足以和绿级中阶的大地战士抗衡。这只驯龙可是整个铁荆棘佣兵团的宝贝，当初格恩是花费了不少心力才弄到手的。

佣兵们穿的都是皮甲，前进的速度并不慢，一上午的工夫就已经远离罗尔城，向着波庞王国内陆方向进发了。

因为赶路是首要目的，所以每前进两个小时格恩才会下令休息一会儿。当太阳悬挂在天空正中的时候，大家简单地吃了些干粮就继续上路了。

“音竹。”车帘挑起，露出安雅那动人的容颜。

“安雅姐姐，有事吗？”叶音竹很有礼貌地向这位高贵的女雇主打了个招呼。

安雅微笑着道：“你是一名魔法师，又何苦骑马呢？不如也到马车里来坐吧。看你的样子应该是第一次骑角马，时间长了恐怕你会受不了，我们这次恐怕要一个月的时间才能抵达米兰。”

“好啊！”叶音竹痛快地答应一声，就直接从角马上跳下来，钻进了马车。

第六章

# 龙骑兵

叶音竹可不知道什么叫客气，也不懂雇主和佣兵之间的关系。率性而为才是赤子琴心的真谛。骑了半天的角马，新鲜劲儿一过去，他就有些受不了了。铁荆棘的佣兵们一旦执行起任务来都非常认真，甚至很少说话。

马车里很宽敞，只有安雅一个人，显得空荡荡的。车里摆放着各种食物和饮料，座椅宽大并且有厚厚的软垫子，坐上去可要比坐在角马背上舒服多了。

安雅依旧是一袭白色长裙，倚靠在软垫上使她多了几分慵懒的感觉。两人面对面地坐着，一阵清新的香气从对面传来，叶音竹不禁深吸一口气，沁人心脾的香气令他感到很舒服，他由衷地赞叹道："安雅姐姐，你真漂亮。"

赞美的话安雅听得多了，早就没什么感觉了，这种话从单纯的叶音竹口中说出来，听起来却是另外一种味道。她微微一笑，道："音竹，你怎么会加入铁荆棘佣兵团的？"

叶音竹也不隐瞒，将昨天发生的事说了一遍，还好他记得紫临走时的叮嘱，并没有将空间戒指里面放着五张古琴的事说出来。

"原来是这样。你真是太善良了。音竹，在这个世界上，人有的时候是不能太善良的，否则只会被人欺负。"

听着安雅劝慰的话，叶音竹不禁又想起了那个可恶的小乞丐。他恨恨地道：

“下次绝对不会了。”单纯可不代表不会生气。

安雅瞥了一眼叶音竹胸前的魔法徽章。就算格恩及那些不熟悉魔法的佣兵看不出来，她又怎么会看不出叶音竹这枚徽章的特别之处呢?

“音竹，你徽章上的图案很奇怪，你是什么魔法师？”

“我是一名神音师，徽章上雕刻的是我的乐器。”

“啊？神音师？”安雅一呆，看着叶音竹的目光顿时变得怪异了。

“怎么了？安雅姐姐，这有什么奇怪的吗？”

“哦，没什么。我只是很奇怪，你一个男孩子怎么会选择神音师这个职业，我也认识一些神音师，不过都是女性。这么说，你也没有属于自己的魔兽了？”

叶音竹道：“魔法师就一定需要魔兽吗？”

安雅眼中的惊讶不知不觉间已经消失，道：“当然了。·魔兽是对魔法师安全最好的保障。没有魔兽的魔法师，是很不安全的。毕竟，魔法师不擅长近战。

“作为大陆上最高贵的职业，魔法师之所以受人尊敬，除了数量稀少这个原因以外，更多的是因为本身的强大。

“低阶的时候还不明显，进入黄级以后，一名魔法师可以轻松地对付同级别的多名战士。

“而对于魔法师来说，魔兽就是一个盾牌。魔兽只要在魔法师吟唱完毕之前抵挡住敌人的进攻就足够了。

“强大的魔兽甚至还能与魔法师共同攻击敌人。拥有魔兽的魔法师，单兵作战能力才是最强的。难道你不知道吗？”

“爷爷好像也提到过魔兽，只是他说我还没到有魔兽的时候。”秦殇为了让叶音竹能够全身心地投入赤子琴心的修炼之中，平时很少和他谈论琴以外的东西。

安雅赞叹道：“那你爷爷一定是一名强大的魔法师。任何魔法师一生中都只能与一只魔兽签订契约，他是希望等你的实力强大以后，再签约一只强大的魔兽。可惜，你是神音师。”说到这里，她看着叶音竹的目光变得柔和了几分。叶音竹清晰地感觉到，安雅的目光和自己母亲的目光有些相像。

“姐姐，你给我讲讲魔兽的故事吧。你有没有自己的魔兽呢？”

安雅微微一笑，道：“自然是有的，否则，我怎么敢一个人跑到这么远的地方来。魔兽是魔法师最好的伙伴。一般来说，魔法师都会选择与近战厉害和防御力强的魔兽签订契约，这样才能最大程度地保护自己。

“在魔兽之中，飞行魔兽是最珍贵的，因为它们能够为魔法师赢得更多的时间。一旦魔法师与魔兽之间的主从契约成立，那么，终其一生，魔兽也不能背叛自己的主人，魔法师也不能放弃自己的魔兽。

“所以，这唯一的签订契约的机会就变得极为宝贵。音竹，今天上路前我听格恩团长说，你是要到米兰魔武学院求学是吧？我也不能让你白叫我这一声姐姐。如果你愿意的话，姐姐想办法送你一只魔兽如何？”

听安雅这么一说，叶音竹立马露出了兴奋的目光，但很快，他眼中的兴奋就消失了，他摇了摇头，道：“安雅姐姐，谢谢你的好意，可是爷爷说过，不能随便要别人的东西。”

“你都已经叫我姐姐了，我还是别人吗？姐姐送你的，你当然要收下了。”看着英俊而单纯的叶音竹，安雅对他的好感更增添了几分。

她之所以要送叶音竹一只魔兽，主要还是因为他是神音师。神音师作为精神系魔法师的旁支，攻击力一向是被忽略不计的。而如果要与魔兽签订契约，神音师就必须先击败魔兽。

如果只是凭借自己的力量，神音师是很难和魔兽签订契约的。因为对叶音竹有好感，她这才想要送叶音竹一只魔兽，让他有一些能保护自己的力量，以免心思单纯的他在米兰魔武学院被欺负。

“我真的可以吗？”

“当然了。不过，姐姐要想想送你一只什么魔兽才好。毕竟，你一生中只有一次与魔兽签订契约的机会。如果有成长型的魔兽就最好了。等到了米兰城之后我帮你找找。”

叶音竹可不知道安雅轻描淡写地说的成长型魔兽代表的是什么意思。即使在七阶以上的智慧型魔兽之中，成长型魔兽也是极为稀少的。况且任何一只智慧型魔兽在市场上都是天价，就算有钱也很难买到。更何况降伏一只智慧型魔兽又谈何容易。

“姐姐，让我看看你的魔兽好不好？”叶音竹满怀希冀地看着安雅。

安雅微笑摇头，道：“这里可不行，等以后到了没人的地方再说吧。音竹，你的手……”

叶音竹伸出双手在安雅面前展开，说道：“我天生就是这样的。爷爷说，天生八指使我在弹琴的时候自身不会产生干扰。安雅姐姐，你究竟是什么级别的魔法师啊？昨天你试探我的时候，我感觉到你身上的水元素波动很强烈。”

安雅一惊，道：“你能感觉到我身上的水元素波动？”

叶音竹点了点头，道：“是啊！”

安雅认真地道：“音竹，你真的只是一名神音师吗？为什么你的精神力如此敏锐？”

叶音竹挠了挠头，有些茫然地道：“我也不知道，我只是把自己感觉到的说出来。”

安雅轻叹一声，道：“你这个傻小子，以后同样的问题可不要去问别人。魔法师的脾气大多很怪异，他们忌讳回答这样的问题。”

“不会啊！安雅姐姐，你的脾气就很好。哦，对了，安雅姐姐，为什么你们女人的胸肌都比我们男人的发达呢？”叶音竹很自然地看着安雅的胸，好奇地问道。

“回家问你妈妈去。”安雅有些慌张地说着，俏脸变得一片粉红。

“以前我都没机会问啊！爷爷除了让我学琴以外，不许我问其他的事。安雅姐姐，你的脸好红，你不舒服吗？”

“你这个小鬼头，真是被你打败了。”安雅无奈地叹息一声。如果换一个人这样问，她恐怕早就已经发火了，“以后可不许问别的女孩子这样的问题了。这是男人和女人在生理上的不同，等你再长大点自然就明白了。”

“这样啊！安雅姐姐，你对我真好。可惜我的琴丢了，不然，我一定弹首琴曲给你听。”叶音竹似乎明白了些什么。

正像格恩判断的那样，从波庞王国前往米兰帝国的路上，并没有什么危险。一路从官道行来，二十天后，他们就来到了两国边境。

路上，叶音竹大多数时间都和安雅在一起，令佣兵们羡慕不已。安雅不仅给叶音竹讲大陆上的趣事，还教他很多常识。短短几十天，叶音竹学到的常识比他在碧空海十多年学到的还要多。

安雅不但温柔如水，而且很有耐心，使他对一些常识已经不像以前那么一无所知了。

“翻过前面这座山，我们就进入米兰境内了。向北再走十几天的路就能抵达米兰城。”安雅站在马车旁向身边的叶音竹道。

除了负责放哨的以外，其他的铁荆棘的佣兵都在路边的树荫下休息。格恩听到安雅的话，笑着道：“米兰帝国比波庞王国还要太平。等我们过了这里，任务就算是完成一大半了。”

“咦，什么声音？”叶音竹神色一动，立即仔细听了起来。

格恩惊讶地道：“什么声音？我怎么没听到。难道你的耳朵比我的还要好用吗？”

安雅脸色变得凝重了几分，道：“确实有声音，但还在很远的地方。我虽然听不到，但能感觉到地面有轻微的震动。”说到这里，她看了身边的叶音竹一眼，暗想：他的听力居然比我的还要好，这是神音师的优势吗？

相处这二十多天，叶音竹给她的感觉就像一张洁白无瑕的白纸，心思单纯，而且他对什么事情都很好奇。

他无意中释放出的精神力并不是一名赤级魔法师能够拥有的，可是他的精神力又偏偏是红色的。无形中，她觉得这个单纯英俊的少年有些神秘。

叶音竹虽然单纯，但是每当她问到他的来历时，他就会保持沉默。

远处的声音渐渐变大，连佣兵们也都清晰地听到了，那是一阵隆隆的响声，听上去很有气势，是从他们侧面传过来的。

只见一条巨大的“土龙”冲天而起，和叶音竹与紫那天遇到的重骑兵有些相像，不过这一次的气势却是上次的重骑兵远远无法相比的。

“列阵。”虽然不知道来的是什么，但格恩还是第一时间做出反应，大喝一声，召集他的手下。

经验丰富的佣兵们快速组成战阵模样，枪盾战士站在最前面，之后是重剑战士、弓箭手。十名轻骑兵分成两队护住侧翼，将三辆马车以及叶音竹护在后面。格恩站在队伍最前面，将重剑扛在肩膀上，脸色凝重地看着“土龙”。胯下的绿脊地龙不断地发出咆哮声，显得有些不安，甚至有充满腐蚀性的黏液从它的嘴角处滴落，落在地面上发出“噗噗”的声音。

明媚的阳光使远处冲天而起的“土龙”看上去更加明显，隆隆巨响令大地剧烈地震颤着。

“啊！是龙骑兵。快收起武器！”格恩大喊一声，手忙脚乱地将手中的重剑插回背后。

铁荆棘佣兵团的团员们也都做着同样的事。看他们的样子，似乎遇到了什么很可怕的事，但在他们的眼神中，除了惊恐，更多的是羡慕和嫉妒。

什么是龙骑兵？以龙为坐骑的骑兵，就被称为龙骑兵。造成“土龙”腾空效果的，正是这样的一队骑兵，大约百人。最前面的是巨大的金黄色巨龙，身长超过十米，身高四米，令格恩的绿脊地龙显得如此渺小。

金黄色巨龙没有翅膀，四肢着地，头部看上去有些尖。头顶上方，一根长达一米的独角闪烁着金水晶般的光彩。即使隔得很远也能看清叠加在它那庞大的身体上的厚实的鳞片，看上去金光闪闪。它的尾巴很长，上面长着一个个三角形的尖刺，末端有三个分叉，微微向上翘起，并不与地面接触，闪烁着蓝莹莹的光彩。

在金黄色巨龙背后，清一色的是一种通体呈青色的龙，两米高，三米长，半直立形态，背上有像马鞍一样的东西将骑士固定住。青色的龙虽然只是两条腿奔跑，但速度非常快，始终跟随在最前面的巨龙身后。

“是金晶暴龙和埃里克敏龙。”安雅淡淡地说道。面对声势浩大的龙骑兵，她并没有丝毫惊慌的神色。同样没有惊慌的还有叶音竹，看着成群结队的驯龙，他眼中只有好奇。

“安雅姐姐，它们是什么级别的龙啊？”

“金晶暴龙是地龙中的王者，算是驯龙中比较强大的一种了，它甚至可以和真正的龙相比，当然，是和低阶的真正的龙相比。金晶暴龙是六阶魔兽，金属系，仅次于智慧型魔兽，自身防御力极强，再加上金属系天赋魔法，足以令它在大地上横行。

“你看，它的独角和尾巴就是释放天赋魔法的地方。至于埃里克敏龙就没什么了，只是低阶驯龙，分为四、五阶不等。体形大、速度快些的就是五阶，差一点的是四阶。

“从实力上来说，埃里克敏龙和格恩团长的绿脊地龙差不多，也属于地龙中的一种，主要特点是速度极快。只论速度的话，短程加速甚至连金晶暴龙也比不上它。”

安雅说话的工夫，龙骑兵们已经过来了。他们显然也发现了铁荆棘佣兵团，前进的速度逐渐放慢。

此时离得近了，叶音竹才看到，在金晶暴龙背上坐着一名三十多岁的男子，腿旁挂着一杆长达七米的重型龙枪，腰上挂着一柄样式古朴的长剑，一身银色铠甲在阳光的照射下闪闪发光。

他没戴头盔，金黄色的长发在背后飘扬，身材高大而挺拔，相貌普通，左脸颊上有一道长达五寸的疤痕，从眼角一直延伸到下巴，给人一种凶悍的感觉。

银色铠甲的左胸上有一个巴掌大的银色六芒星，上面印着紫罗兰图案，显示着他的家族。

面对金晶暴龙带来的威慑，格恩的绿脊地龙一边咆哮一边颤抖。

“赞美法蓝。您好，尊敬的龙骑将，在这里见到您是我的荣幸。”格恩有些匆忙地从绿脊地龙背上跳下来，右手按在自己的左胸上，向金晶暴龙背上的龙骑将恭敬地行了一个骑士礼。

龙骑将只是瞥了他一眼，冷淡地道：“赞美法蓝。你们的来历？”在他背后的龙骑兵们已经齐刷刷地停了下来，没有发出一丝嘈杂的声音，充分显示出这支队伍的素质。

格恩丝毫没有因为对方的冷淡而生气，赶忙道：“E级铁荆棘佣兵团，我们正在执行一个护送任务。”

龙骑将抬手前指，说道：“我的伙伴饿了，让出五匹角马来做它的口粮。这是二十个金币，作为给你的补偿。”说着他随手甩出一个钱袋。

此时，他距离格恩还有二十步，但那钱袋转眼间就到了格恩面前。格恩下意识地去接，钱袋上忽然传来一股力量，使格恩接连踉跄了几步，险些摔倒在地。

“大叔，小心！”幸亏叶音竹及时从后面托住格恩的身体，这才没让他出丑。

那龙骑将扔出钱袋后根本就没有再看格恩一眼，只是轻轻地拍打着金晶暴龙厚实的背脊，一副宠溺的样子。显然，这就是他所说的伙伴了。

怒气从格恩眼中一闪而过，但他确实不敢得罪眼前的龙骑将。可是，队伍中的角马数量正好，如果给了对方五匹的话，佣兵团的辎重就没地方放了。

“用得着这么用力吗？凭什么我们的角马就要给你的地龙吃！”格恩骇然发现，叶音竹不知道什么时候走了出去，他那清朗悦耳的声音中带着几分怒气。

龙骑将眉头微皱，抬眼朝叶音竹看去，叶音竹也正在看着他。虽然龙骑将是居高临下，叶音竹的目光却没有丝毫躲闪，清澈的黑眸显出几分倔强。

“魔法师？”龙骑将的声音略微缓和了几分。魔法师是高贵的，即使叶音竹胸前的徽章代表的只是赤级。

叶音竹点了点头，道：“我们的角马不卖，卖了我们就不够用了。”

此时格恩才反应过来，赶忙将叶音竹拦在身后。他太熟悉龙骑兵的骄傲和强大了，唯恐叶音竹吃亏，便忙着道歉：“对不起，龙骑将大人，我们的角马真的没有多余的，您看……”

龙骑将眼中闪过一道冷光，他已经有些不耐烦了，说道：“你们中若有谁能挡住我一枪，我就放你们走。否则，留下角马。”

“你凭什么这么霸道！”叶音竹抬头怒视着那龙骑将。

龙骑将淡淡地说出两个字：“实力。”

是的，在龙崎努斯大陆上，实力决定一切。

“好威风啊，奥斯丁子爵。不如，就让我来挡你的龙枪如何？”安雅动人的声音从叶音竹和格恩背后传出。听到这个声音，龙骑将奥斯丁顿时全身一震，之前一直没有正视过叶音竹一行人的眼睛立刻转了过来。

奥斯丁轻“啊”一声，身体一闪，已经从金晶暴龙背上跳了下来：“赞美法蓝。安雅小姐，原来是您的队伍。”奥斯丁一边说着，一边把自己的右手按在左胸的六芒星上。同样是行骑士礼，他的动作可要比格恩标准多了。

“赞美法蓝。”安雅抬起自己的右手，让奥斯丁完成了一个吻手礼。

龙骑将突然转变态度让铁荆棘的佣兵们大跌眼镜，他们怎么也没想到，一名龙骑将竟然会用这样恭敬的语气对他们的雇主说话。

“安雅小姐，您这是？”

安雅淡淡地道：“我到波庞采购一批货物，聘请了铁荆棘佣兵团护送。没想到在这里遇到子爵。你不是一直在米兰城吗？”

奥斯丁看了安雅一眼，迷醉的光芒一闪而过。他说道：“我这次是护送一批军用物品来波庞的，您也知道，波庞王国一直都是我们米兰的盟国。此次任务已经完成了，我正准备返回米兰城。您也要回去吧，不如就让我们来护送您如何？E级的佣兵团根本不配您的身份。”

安雅哼了一声，道："算了吧，只要你的龙枪别对着我，我就满足了，又怎敢劳烦大驾？"

奥斯丁苦笑着道："刚才是我冒犯了，实在不知道小姐您在这里。奥斯丁的龙枪虽然锋利，但永远也不会对着小姐您啊！"

安雅淡然道："既然如此，那就请子爵上路吧，想必你还要赶回米兰城去复命。"

"小姐，您真的不需要我们护送吗？"

安雅看了他一眼，反问道："你觉得我需要吗？"

奥斯丁自嘲地笑了笑。

"既然如此，那奥斯丁告辞了，等您回到米兰城，我再登门请罪。"他一边说着，一边向后连退几步，然后才弹身而起，到了金晶暴龙背上，临走前他还特意看了叶音竹一眼。从他的眼神中，叶音竹感觉到了一丝敌意。

龙骑兵速度奇快，眨眼间就已经消失。只不过这一次奥斯丁和他的龙骑兵前进的步伐要轻柔了许多，并没有带起过多的尘土。

看着龙骑兵消失的背影，格恩走到安雅身边，忐忑地道："安雅小姐，对不起……"

安雅微微一笑，脸上的冰冷已经消失。

"没什么可对不起的。就算是一个A级佣兵团，面对龙骑兵的时候反应也不会比你强多少。毕竟，他们是人类的终极兵种。我们该出发了，格恩团长。"说完，她没等格恩再说什么，就返回到马车里，仿佛并没有看到佣兵们尊敬的目光一般。

"大叔，别发呆了，我们该走了。"叶音竹拍拍格恩的肩膀说道。

"啊！"格恩这才反应过来，看来自己这位雇主的身份很不一般，还是不要打听太多为好，不应该知道的事情就不要知道，以免带来不必要的麻烦。连龙骑将都要尊重的人，可不是自己得罪得起的，还是赶快完成这次的任务。

"音竹，刚才真是谢谢你。"

叶音竹微笑着道："有什么可谢的，我只是说了心里话而已。这些龙骑兵还真是霸道呢，尤其是那个龙骑将，一副命令我们的样子。他们在波庞王国都这样嚣张，要是在米兰帝国，岂不是要飞上天去吗？"

格恩叹息一声，道："兄弟，你不知道，龙骑兵在大陆上的地位是仅次于魔法师的。而龙骑将的地位甚至比魔法师还要高，只有高等级的魔法师才能和他们相提并论。

"龙骑兵数量的多少，甚至已经成为衡量国家实力强弱的标准了。像刚才这样的百人龙骑兵中队，甚至可以和一个万人的重骑兵军团相抗衡。"

叶音竹点了点头，道："刚才那个什么子爵确实很强，龙骑将都这么厉害吗？"

格恩道："他还不算是厉害的。不论在哪个国家，龙骑兵的分类都是一样的。十人为一小队，百人为一中队，千人为一大队，万人为一军团。

"你知道为什么我们龙崎努斯大陆上的八个人类国家，只有米兰和蓝迪亚斯的称号是帝国，而另外六个国家的称号都是王国吗？就是因为米兰和蓝迪亚斯各自拥有一个龙骑兵军团。

"相对来说，米兰的龙骑兵军团是整个大陆上最为强大的。正是因为有他们，极北荒原的兽人才不敢越雷池一步。

"刚才那个奥斯丁是一名银星龙骑将，在他之下是龙骑兵小队长，而在他上面是统帅龙骑大队的金星龙骑将和军团长紫星龙骑将。银星龙骑将是青级，金星龙骑将至少是蓝级初阶，而紫星龙骑将则是紫级的大战师。

"据说，紫星龙骑将的坐骑是强大的九阶巨龙。哪怕是金星龙骑将，坐骑也是真正的龙而不是驯龙了。

"在龙骑兵军团中，普通的龙骑兵也要有橙级中阶以上的实力，同时拥有自己的驯龙坐骑，而且必须有骑士以上的贵族封号。他们的挑选极为严格，待遇也高得吓人。

"只要是战士，无不以能进入龙骑兵军团为傲。如果十年前我能有绿脊地龙，说不定我也有机会加入龙骑兵军团。”

原来是这样。本身实力就很强大，再加上以龙为坐骑，难怪龙骑兵军团如此嚣张。叶音竹认真地想着，可惜自己是一名魔法师，如果真的能骑在巨龙背上，感觉应该会非常不错吧？

经过刚才的波折之后，铁荆棘佣兵团再次上路。在众人心中，安雅的身份变得神秘了许多，谁也不会再将她当成一名普通的雇主看待。

剩余的路程顺风顺水，十多天后，铁荆棘佣兵团终于护送着安雅和她的货物来到了米兰帝国的首都米兰城。

刚一进城，铁荆棘佣兵团护送的货物就被十几名身穿青衣的青年接收了。这些人显然都是安雅的属下，然而谁也不知道她是怎么通知他们的。

“音竹，你真的不去姐姐那里玩玩吗？”安雅有些期盼地看着叶音竹。

叶音竹摇了摇头，道：“不了，我已经答应格恩大叔，要帮助他们佣兵团升级成D级。反正米兰魔武学院就在米兰城外，以后有机会的话，我一定去找你。安雅姐姐，这一路上谢谢你的照顾，也谢谢你教给了我那么多东西。”

安雅眼中露出一丝淡淡的伤感，引得她那些青衣手下暗暗称奇，他们可从来没见过这位老板对谁露出过这样的表情。

“既然如此，那就算了。这个你拿着，以后有空的时候，就到米兰城内的飘兰轩找我，我还等着听你弹琴呢。”安雅一边说着，一边将一枚用蓝水晶雕琢而成的戒指轻柔地套在叶音竹的左手中指上。

“啊！安雅姐姐，这太珍贵了，我不能要。”

蓝水晶戒指造型独特，毫无瑕疵。底托是银色的，不知道是用什么材质打造而成，水滴形的蓝宝石镶嵌其上，柔和的蓝色光芒缓缓流转，仿佛水波荡漾一般。

更为珍贵的是，戒指上有魔法波动。叶音竹很清楚，这是一枚空间戒指啊！

当戒指套在他手上的时候，他的精神力就开始自动和戒指沟通。他发现，这枚空间戒指内的空间竟然比自己原来那枚的内部空间还要大，里面甚至还有五百个金币。

“跟姐姐还说这样的话吗？这只是姐姐给你当纪念的一个小礼物，更何况，你到飘兰轩来找我的时候，也要凭借它才能见到我。如果你不收，姐姐可要生气了。”虽然明显是装出来的生气，但安雅这一招对叶音竹来说是屡试不爽。

叶音竹无奈地道：“那好吧，戒指我先收下，但姐姐的钱我绝对不能要。爷爷说过，男人一定不能要女人的钱，否则就会变成吃软饭的了。我现在还记得爷爷当时严厉的样子。姐姐，钱还给你，这是原则问题。”他的声音有点大，旁边众人不禁开始猜想两人到底是何关系。

安雅俏脸一红，幸好她的心志非常坚定，才勉强压住自己的情绪。她低声道：“小傻瓜，你知不知道吃软饭是什么意思？又乱讲话。你一个人出门在外不容易，没有钱怎么行？”

叶音竹很坚定地摇了摇头，道：“姐姐，我真的不能要。如果你不收回金币的话，我连戒指也不敢要了。”

安雅无奈地轻叹一声，右手从叶音竹手上抹过，同样款式却镶嵌着绿色晶石的戒指光芒一闪，就将蓝水晶戒指中的五百个金币收走了。她不舍地说道：“小傻瓜，我要走了，这次可要小心一些，戒指不要再弄丢了。如果你遇到什么困难也要记得来找姐姐。”

叶音竹站在路边，看着安雅的马车在那些青衣青年的护送下渐渐远去，一股莫名的情绪油然而生，就像紫离开时一样。

米兰帝国是龙崎努斯大陆上最强大的人类国家，北面是极北荒原，西面是阿斯科利王国，东面是佛罗王国。巴勒莫王国在它的西南方，波庞王国在它的东南方，而它的正南方向就是龙崎努斯大陆的核心——法蓝。

与四国和极北荒原接壤，注定了它必须强兵重武，才能在群雄环伺的情况之下屹立不倒。

米兰城是一座古老而文明的城市，生活着近六百万人，是米兰帝国的政治、文化和商业中心。作为首都，它也是米兰帝国的第一军事据点。常驻军队就有三十万，其中包括三个龙骑兵大队。

格恩带着叶音竹走在米兰城的街道上，指着周围的建筑物介绍道：“米兰城号称贵族的天堂，这里的建筑都是大陆最杰出工匠的智慧结晶。

“在这里，只要有钱，就可以买到一切想要的东西，到处都是各种各样的销金窟。同时，米兰城也是龙崎努斯大陆上治安最好的城市。试问，谁敢在一座由三千龙骑兵捍卫的城市中犯罪呢？这座城市大得很，如果从城北走到城南，至少要三天的时间。”

他将铁荆棘的佣兵们安排在了一家廉价的旅馆之内，毕竟，去升级佣兵团不需要带着所有人，只要有叶音竹这位赤级魔法师就足够了。

## 第七章

# 米兰魔武学院

街道两旁矗立着各种高大的建筑，街上的人熙熙攘攘。在那些人中，叶音竹不但看到了战士，甚至还数次看到了魔法师。

别说阿卡迪亚了，就算是在波庞，这种情况也是很少见的。由此可见，米兰的国力有多么强盛了。

因为在米兰城内，只有贵族才可以骑魔兽，叶音竹和格恩都没有贵族封号，所以只好步行。

“看，那里就是佣兵公会了。”格恩的声音中充满了兴奋，对于佣兵来说，佣兵公会就是他们的圣地。

叶音竹朝格恩指的方向看去，只见在前方街道的尽头，有一座高大宏伟的建筑。建筑呈拱形，从正面很难看出它的占地面积有多大，但它的正面就足有上百米宽、近三十米高了。

建筑外有一圈围墙，建筑正中央的位置有一个巨大的金色盾牌，盾牌后交叉着两柄长剑，长剑在阳光的照射下闪着耀眼的光芒，即使离得很远也能清晰地看到。

一进入佣兵公会五百米范围之内，周围的人流顿时大增，身形各样的佣兵络绎不绝地穿梭着。格恩带着叶音竹，好不容易才挤进佣兵公会，一进入公会内部，人流所带来的拥挤反而消失了，因为公会内至少有上百名身穿黑衣的工作人员在维持着秩序。

这是一个极其宽敞的大厅，高度超过二十米，明媚的阳光从大厅两旁的水晶窗照入。除了进门的一面以外，剩余的三面都是石砌的柜台，柜台大约有两米高，使里面的工作人员有一种居高临下的感觉，大部分佣兵都需要登上柜台前的石阶才能与之交流。

格恩低声道："音竹，看到没有，虽然这些维持秩序的人实力不强，但在这里，没有人敢得罪他们。谁要是敢在这里闹事，直接就会被剥夺佣兵的资格。

"左边是接任务的地方，这里和其他地方的佣兵分会可不一样，这里只有D级以上的任务。如果不是D级以上的佣兵团，都没资格在这里接任务呢。

"右边是交任务的地方，也是获得报酬的地方。最里面就是佣兵和佣兵公会注册升级的柜台。"

两旁柜台前的人最多，最里面的柜台前也排着不少人。叶音竹和格恩正向里面走，准备去排队。突然，大片的惊呼声从里面的柜台中传出。

"S级佣兵团，第二个S级佣兵团诞生了！"

原本密集排列的佣兵队伍如同潮水般分开，露出了最里面的柜台。突然的惊呼声引得大厅两边那些接任务和交任务的佣兵也围拢过来，惊讶的目光都投向了那最里面的柜台。

一共三个人从柜台处走了出来，很明显，他们刚刚完成佣兵团的升级。

走在中间的是一名身穿灰色魔法袍的魔法师，看上去五六十岁的样子，身形瘦长，白色的头发全部梳拢在脑后，走起路来轻飘飘的，他那双充满了慑人气息的眼眸令人不敢正视。凡是被他目光扫到的人，立刻就会产生强烈的窒息感。

最为恐怖的是他身体周围那剧烈的魔法元素波动，因为过于密集，同为魔法师的叶音竹甚至感觉到这个人身体周围的魔法元素有些黏稠。他的左胸上有一枚雕刻着旋风图案的紫色徽章，充分显示出了他的强大。

"大魔导师，居然是紫级的大魔导师！"格恩的眼珠都快从眼眶中掉出来了。作为大陆的顶级强者，每一名大魔导师都会成为所有人关注的焦点。

叶音竹的想法和格恩完全不同，他心中暗道：这就是元素类魔法师达到紫级后显现出的强大吗？从他的眼睛就能看出他的精神力有多么深湛了。秦爷爷虽然并没有这么强的元素波动，但精神力似乎要比他强不少。

在那名大魔导师身边站着一男一女，都很年轻。

左边的青年二十六七岁的样子，一身精致的银色盔甲护住了除了关节以外的所有地方，肩膀宽阔，相貌英俊却有些冰冷，一头金色的长发披散在肩膀上，右手按在腰间的剑柄上。最吸引叶音竹注意的是，在他的左胸处，有一个和叶音竹之前遇到的银星龙骑将奥斯丁左胸上的印记一模一样的紫罗兰印记。

大魔导师的右边是一名少女，看上去只有十六七岁，齐耳短发让她显得英姿飒爽，淡粉色的魔法袍并不能掩盖她姣好的身形，娇俏的脸上露着骄傲的神色，一双水蓝色的大眼睛闪着精灵古怪的光芒，她挽着那位大魔导师的手臂，一脸微笑。最引人注意的是她左胸上的魔法徽章，居然是黄色的。如此小的年纪便达到黄级，绝对是骇人听闻的。黄级象征着高级魔法师，即使只是初阶，也足以令人吃惊了。

“大叔，只要佣兵团有紫级强者，就可以成为S级佣兵团吗？”叶音竹低声问道。

格恩道：“紫级强者是S级佣兵团的象征，就像我们铁荆棘需要你来帮助提升佣兵团等级一样。S级佣兵团同样需要至少一名紫级强者，但这并不是唯一条件，他们本身的实力要非常强大才行。”

“那这么说，S级佣兵团也没什么。”叶音竹淡淡地说道。他的两位爷爷都是紫级强者，因此在他的认识中，并没有将紫级强者摆在遥不可及的位置。毕竟，在他修炼的琴魔法之中，等同于紫级的紫微琴心并不是终点。

话音刚落，叶音竹脸色微变，下意识地横跨一步，一缕轻微的风从他身边一掠而过，他抬头看时，正好迎上了那名少女愤怒的目光。显然，她听到了叶音竹的话。此时，他们一行三人正好从叶音竹和格恩身边路过。

“你干什么？”叶音竹微怒道。如果不是他反应快，刚才就被那道风刃命中了，虽然只是瞬发的赤级魔法，但也足以破坏他身上的衣服。

少女高傲地抬起头，道：“你不是说S级佣兵团没什么吗？我倒想知道，你们的佣兵团是什么级别。不过是一个赤级魔法师而已，就敢在这里大放厥词。”

叶音竹愣了一下，道：“什么叫大放厥词，我只是说出事实而已。赤级怎么了？难道你们不是从赤级升上来的？谁的修炼不需要一个过程。”

“你……”少女松开挽住大魔导师的手，恶狠狠地朝叶音竹走了过来。风元素已经开始在她身体周围凝聚，随时都有爆发的可能。

“好了丫头，不要闹事。”

大魔导师低沉的声音响起，叫住了少女。他的目光从叶音竹身上扫过，显得很平淡，无悲无喜。当他感受到叶音竹优雅的气质时，不禁有些惊讶，尤其是叶音竹那双清澈的眼眸，给他留下了很深刻的印象。

少女狠狠地瞪了叶音竹一眼，道：“别让我再看到你，不然叫你好看。”

“我妈妈说我从小就很好看，不需要再好看了。”叶音竹很自然地回答道。对他自己而言，这只是实话，但在别人耳中就变成了讽刺。

顿时，周围的佣兵们大多哄笑起来，敢得罪S级佣兵团的人可不多。在众多佣兵眼中，优雅的叶音竹虽然只有赤级却敢这样做，他肯定是一位贵族少爷。

少女再次转过身瞪了叶音竹一眼，似乎要将他牢记在自己脑海之中，然后怒哼一声，大步而去。

铁荆棘佣兵团注册成D级非常顺利，格恩终于如愿以偿地成为中阶佣兵团的团长了。

为了感谢叶音竹的帮助，他不但给了叶音竹当初承诺的二十个金币，还亲自将他送到了米兰魔武学院门前。

“音竹，我们要回去了。米兰城的消费水平太高，我们不能在这里停留太久。你自己一个人在这边一定要小心。等以后再有机会来米兰的时候，我一定会来找你的。”

“还有，你太单纯、善良了，今后不论遇到什么事，都要尽量保护好自己。”格恩就像一个长辈，叮嘱着叶音竹，叶音竹身上的那种单纯，是他很多很多年都没有的了。

叶音竹眼圈微红，点了点头，道：“大叔，你们一路多保重。这次要不是有您的帮助，我还不知道要怎么办。”

格恩哈哈一笑，道：“以后还有见面的机会。我走了，你也赶快去米兰魔武学院吧。

“哦，对了，据我看，那位安雅小姐绝对不是普通人，连龙骑将都要对她客客气气的，如果你出了什么事，记得去找她帮忙。她对你很有好感，一定不会拒绝你的请求。”

叶音竹一直目送着格恩的背影消失，才转过身看向自己此行的目的地。

米兰魔武学院毗邻米兰城东门。只有真正来到这里，才能明白为什么这所大陆国家最高等的学院是建在米兰城郊外而不是米兰城内。因为，它的占地面积实在太大了。学院高高的围墙和米兰城的城墙连成一片，几乎一眼望不到边际。

叶音竹在来米兰的路上就听安雅说过，米兰魔武学院又被称为米兰皇家学院，在米兰帝国之中，拥有极其崇高的地位。

作为大陆第一学院，这里不知道培养过多少人才。

所有的年轻人都以能够进入米兰魔武学院学习而感到骄傲。

米兰帝国的皇帝就是这所学院的名誉校长。除了米兰皇族以外，其他人想进入学院学习只有一个办法，那就是通过考验。

有人说过，米兰魔武学院是龙崎努斯大陆上仅次于法蓝的强者集中营。米兰城的东门也是这座城市中唯一不需要安排军队防御的城门，因为单是米兰魔武学院的学员，就是一股极其强大的防御力量。

学院的正门足有二十米高、近五十米宽，镶金的匾额上雕刻着米兰帝国的标志。即便只是站在正门的入口处，他们也能感觉到一股古朴的气息扑面而来。

走进大门，是一条宽阔得足以让数十骑并行的大道，大道两旁巨树的树荫遮天蔽日，用它们繁茂的枝叶见证着米兰魔武学院悠久的历史。

大量植物使学院内的空气非常清新，叶音竹只觉得自己仿佛又回到了碧空海一般。他深吸一口气。自从离开家以来，这还是他第一次对空气质量感到满意。

来往的学员很多，叶音竹发现，这些学员都穿着统一的红白相间的校服，只是左胸口上的印记不同，显示着他们不同的学习方向。

经过短暂的观察叶音竹发现，凡是烙印着六芒星图案的，应该是魔法师，而烙印着长剑和盾牌图案的是战士，弓箭手是精致的长弓图案，等等。在这些图案旁边，都有数量不等的细小红白色线条，不知道代表的是什么意思。

本来叶音竹还准备在进入校园之后找人问到哪里去报名，但一进入学院他就发现不用担心了，因为在大道旁有明确的标识，指引着报名的人前往报名处。

他并不知道，自己正好赶上了米兰魔武学院招生的最后一天。如果按照秦殇的安排，他来当一名导师都可以，但现在没了介绍信，他想要当一名学员都不简单。

按照标记的指示，叶音竹很快就找到了报名的地方。一排精致的房屋前冷清清的，每一间房屋都有数百平方米大，在房屋门前，分别写着不同的学科。

学科大体分为魔法和武技两类，其中又有很多细分的种类。叶音竹在最后一间房屋门前找到了“神音师”三个字。

数百平方米的神音师报名室内只有一个人，而且正趴在桌子上睡觉。从她披散的长发能够看出这是一位女性。

“您好。”叶音竹试探着叫道。

“嗯？”

趴着的女人有些迷蒙地抬起头，一张精致的脸出现在叶音竹面前。她看上去二十六七岁的样子，青色长发披散在肩膀上，由于刚才的贪睡而有些散乱。因为是坐着，所以看不清她的身材，但绝对是位美女。被叶音竹从睡梦中吵醒，此刻她看上去还带着几分慵懒。

“您好，我是来报名的。”

“哦，原来是报名的。填表吧，十个金币的报名费。如果没通过入学考试的话，报名费不退。”她一边说着，一边很自然地拿出一张表格放在叶音竹面前，然后又拿过一根鹅毛笔扔在报名表上。

“谢谢老师。”叶音竹答应一声，表格上只有简单的五项需要填写：姓名、性别、年龄、修炼等级、出生地。

“啊！”正在叶音竹准备开始填写的时候，突然，那女教师尖叫一声，整个人猛地站了起来，瞪大了她那双墨绿色的眼睛呆呆地看着叶音竹。

叶音竹被她吓了一跳，下意识地后退几步，险些被身旁的椅子绊倒。他问道：“您怎么了？”

“你确定你没有走错报名处的房间吗？”女教师喃喃地问道。

叶音竹转身看了一眼门口立着的“神音师”的牌子，点了点头，道：“没错啊！这里是神音师的报名处。”

女教师有些夸张地惊叫着说：“天啊！难道这就是传说中的万花丛中一点绿？我们神音系终于也有男学员了，不容易啊！快，赶快填表交报名费，神音系的入学考试应该快开始了，现在还来得及。”

虽然觉得这女教师有些怪异，但叶音竹还是按照她的话做了，身上的金币也一下子少了一半。

“老师，在什么地方考试？”

“我带你去，应该也不会再有人来报名了。别的报名处前几天都是人流涌动，只有我这里门可罗雀。跟我来。”

走出报名处后，女教师停下脚步，双手在胸前合拢，食指交叉画出一幅六芒星的图案，低低地念了几句咒语，一道光芒从她胸口处喷涌而出，使得她用手指画出的六芒星被染成了橙色，光芒一闪，一个庞大的身影出现在她面前。

那是一匹角马，但和叶音竹之前骑过的不同。这匹角马是白色的，而且要比他之前骑过的角马大三倍，身长足有五米多，高度也接近两米，身上散发出的气息明显不是一阶魔兽所有的。

它刚一出现，就温顺地俯下身体，让那女教师骑了上去。

“老师，这是您的魔兽吗？”

“是的。我的名字叫碧姬，你可以叫我碧姬老师。上来吧，要是走路，那要花不短的时间，还是骑马快一些。”

叶音竹也不客气，直接翻身上马。由于这匹白角马的身体很长，所以他上马之后也不会碰到前面碧姬的身体。白角马站起，在碧姬的指示下大步前行，虽然速度很快，坐在上面却没有太大的震动，感觉平稳而舒适。

“老师，学院里是可以骑魔兽的吗？”

“当然。米兰魔武学院有米兰城的五分之一大。如果用脚走路，那些武技部的还好说，可我们这些魔法师怎么办？我的小白是一匹三阶的玉角马，很难得的，耐力极好。”

“三阶？魔法师也会有低阶的魔兽吗？”叶音竹惊讶地看着身前的碧姬。安雅告诉过他，由于魔兽对魔法师非常重要，所以一般来说，魔法师都会等到自己的魔法提升到一定程度之后，才决定要拥有哪种魔兽。

战士和魔兽也要签订契约，但战士无法像魔法师那样随时将自己的魔兽召唤到身前，且战士与自己的魔兽之间的契约不像魔法师的契约那样固定，一旦魔兽死亡，战士在付出一定代价的情况下还有机会与新的魔兽签订契约。

碧姬哼了一声，道：“我虽然是魔法师，但只不过是一名橙级的神音师。我们神音师又不需要战斗，魔兽只要能够代步就行了。如果你希望能变强大，现在去改换专业还来得及。”

“不用了，我就是选神音师的。”说完叶音竹就沉默下来。通过与安雅以及面前这位碧姬老师的接触，他已经彻底明白了神音师在大陆上的地位。难怪选择这个职业的人如此之少了。

当玉角马顺着大道绕过几个弯后，眼前的景色忽然变了，众多高大的建筑和大片的空地逐渐出现在叶音竹眼前，学员也越来越多。

碧姬催动着玉角马在一座圆形建筑前停了下来，道：“到了，这里是我们神音系的礼堂。”

没等叶音竹仔细观察眼前的建筑，碧姬就带他走入了礼堂之中。礼堂不算大，大约能容纳五百人，但在座的只有四十多个人，显得空荡荡的。由于叶音竹和碧姬是从后面进入礼堂的，因此只能看到这些人的背影。正像叶音竹猜到的那样，这些人都是少女，每名少女面前的桌子上都摆放着她们自己的乐器。

礼堂最里面的台上此时只有一名少女，她坐在一张古色古香的木桌后面，木桌上摆放着一张古筝。少女身穿一件白色的长裙，与叶音竹一样，她也有一头黑发，她一直在低着头调试古筝，黑发完全遮挡住了她的面容，使叶音竹无法看到她长什么样，她那拨弄着古筝的一双手，完全吸引了叶音竹的注意力。

那是一双如同春葱般细嫩的手，手指纤细而修长，每一根手指上都留有长约一寸、如同水晶般晶莹的指甲，手指轻拨之间，自然和谐的动作是那么优雅动人。

“找地方坐下吧，入学考试马上就要开始了。”碧姬对叶音竹说道。

“碧姬老师，入学考试要考什么呢？”

碧姬微微一笑，道：“只要你听她弹上一首曲子之后，考试就完成了。”说完，她径自走到一旁的角落坐了下来。

叶音竹朝周围看了看，突然眼前一亮，他看到了一张古琴，他没有任何犹豫，快步走到那名拥有古琴的少女身旁坐了下来。之后他的眼眸就再也离不开面前的古琴了。玉韵琴，这是玉韵琴啊！

“音竹，古琴是最早的弹弦乐器，是传统文化之瑰宝，堪称乐器之最。我们琴宗所拥有的五张古琴，虽然都是一代名琴，但还远远不够，因为我们并没有一张真正堪称神器的古琴。

“如果你发现其他的名琴，一定要尽可能地得到它。尤其是传说中的五张绝代名琴，那是等同于神器的存在。”

“秦爷爷，那名琴都有哪些呢？”

“名琴有很多种，有很多种类，如神龙式、连珠式、师旷式、灵机式、凤势式……”

叶音竹脑海中闪过秦殇说的话。玉韵琴虽然不是堪比神器的绝代名琴，但也是和春雷琴同级的名琴啊！

此时，那名少女转头看向叶音竹，发现坐在自己身边的竟然是一名男子时，不禁惊讶得小嘴微张。

她穿着一身淡蓝色的衣裤，同色的长发静静地搭在肩膀上，虽然没有像安雅那样惊心动魄的美，但眉宇间的温婉还是很容易给人留下好印象。尤其是她那双天蓝色的眼眸，目光非常柔和。

正在这时，古筝的声音响起，只是一刹那，就已经震撼全场。叶音竹落在玉韵琴上的目光也被强行拉了过去。

古筝外形像古琴，却比古琴大，弦也多，共二十一根。声音华丽彰显，嘹亮破空，且比古琴容易控制。秦殇对叶音竹说过，在众多的上古乐器之中，琴为帝，筝为后。

琴很难与除箫外的其他乐器合奏，而筝却可以和任意乐器合奏、重奏。虽然古筝的音比古琴的音更为清亮动听，音域也更广，但古筝比古琴少了些儒雅深邃的气质和悠长的余韵。

此时，台上少女所弹奏的古筝一响起，如同高山流水一般的筝音带着橙色的光彩，牵引着全场人的精神。

清亮而充满了质感的声音中略带几许悲伤的气息。台上少女那双修长的手在筝弦上滚拂而动，与从声音之中释放的橙色光彩交映生辉。古筝的声音就像是精神的丝线，牵绊着每一个人的心神。

叶音竹直视着台上的白衣少女，目光中已经多了几分迷离，喃喃念道：“《倩女幽魂》。”

“倩女幽魂”四字并不是对台上少女的形容，而是这首曲子的名字。

少女双手律动的速度极快，但那行云流水般的感觉丝毫不令人觉得突兀。古筝的声音清亮悠远，动听的声音清晰地传入了每个人耳中。

悲凉委婉的曲子带动着众人的情绪，每个人的情绪都开始随着曲子的变化而上下起伏，即使是和叶音竹同来的碧姬老师也不例外。

叶音竹的目光变得迷离了，别人或许都是因为那悲凉的音波而迷失了自我，但他的心是完全沉浸在了美妙的曲意深处。只有真正懂的人，才能完全理解这首曲子中包含的一切情绪。

“好一首《倩女幽魂》。”

叶音竹仿佛不受控制似的，将玉韵琴挪至自己面前，他并没有调音，双手已经轻抚弦上。

他右手拇指轻托，双手飘然地落在七弦之上，刹那间，赤子的单纯消失。虽然他身上的白袍已经因为路途的奔波而有些破损，但此时此刻，那白袍丝毫不影响他高贵儒雅的气质。

古拙质朴的琴音悄然响起，叶音竹的动作比台上少女要慢了许多，但是每一声琴音都带着袅袅余音，指法不动声色地控制着轻重缓急，带着回旋往复的缠绵。玉韵琴清朗悠长的琴音与筝音相合，使原本的乐曲增添了几分沉厚之势。

深红色的光芒伴随着琴音释放，与那白衣少女的橙色光芒一前一后，在整个礼堂内交映生辉。琴音的介入不但没有任何突兀的感觉，反而显得那么和谐。

那低头弄筝的白衣少女第一次抬起了头。

黑发半遮面，只露出了半张脸，可就是那半张脸，令叶音竹的心弦猛地颤动了一下。

苍白的脸，冰冷而幽深的黑眸看到叶音竹时，并没有半分惊讶，只是眼中的冰冷略微消散了几分。

琴与筝，原本是不能相合的两种乐器，就在叶音竹那完美的操控之下合二为一，似乎是上天赐予的奇迹一般。

白衣少女看着叶音竹，叶音竹也在看着她，两人手上的弦都没有半分错乱的波动。

叶音竹的双手姿势一变，先将琴弦轻拨弹动，然后缓缓开口，优雅而低沉的歌声就在这整个礼堂之中回荡。

此时此刻，仿佛整个礼堂之中只剩下他们俩。古琴的基本演奏方法有两种，一种是独奏，另一种就是琴歌，琴音与歌声的结合。

白衣少女眼中的冰冷已经融化，只剩下无尽的忧伤。少女不由自主地接着唱了起来。她那略带沙哑，却如凤鸣般动人的声音打动了在场众人的心。

叶音竹的手势再变，右手食、中二指成半圆，左手大、中、无名三指同时按弦，音波颤动，变得比之前柔和了几分，将《倩女幽魂》曲中的忧伤冲淡了。

随着琴筝和鸣的伴奏，两人情不自禁地合唱完了整首曲子。

配合无间的歌声悄然而止，琴筝之音袅袅，在一声嗡鸣中，带着无尽的余韵悄然淡去。叶音竹双眸清如明镜，那白衣少女的黑眸中却已经多了几分迷惘。

“再崎岖的路也有阳光普照。姐姐，你的筝曲太悲伤了，为什么不能快乐一点呢？”叶音竹双手按弦，站起身微笑地说道。童稚赤子之气再现，冲淡了他刚才表现出来的优雅高贵。

白衣少女从迷惘中清醒过来，心中暗道：我这是怎么了？我从来没有唱完过《倩女幽魂》，今天却不知不觉地唱到了最后，难道是受他的感染吗？

“风惊鹤舞势，风送轻云势，鸾凤和鸣势，落花随水势。你用了四种手法来完成这一曲，可与筝相合的古琴，只要这样就足够了吗？你为什么要用琴曲影响我的心境？”白衣少女的声音依旧是在沙哑中带着清亮，她目光灼灼地盯着叶音竹说。

“因为我听懂了你筝曲中的悲伤啊！”叶音竹有些不明白，为什么一曲结束，白衣少女变得更冰冷了。

“你懂？你真的懂吗？”少女冷哼一声，将古筝从桌上抱起，转身朝后台而去。

叶音竹缓缓地坐下，将玉韵琴小心地放回身旁的少女面前，脸上露出了思索的神情。

“当！”

一声钟鸣响起，微弱的青光在礼堂中一闪，台上出现了一名身穿青色长裙的老妇。

老妇看上去至少也有六七十岁，左手拿着一个精致小巧的钟，显然刚刚就是她敲的钟。

“啊！”众人发出如梦方醒的声音，包括叶音竹身边的少女和坐在角落中的碧姬老师。

在筝曲刚一响起的时候，大多数人就已经沉迷其中，很多人根本就不知道后来叶音竹加入了演奏。

一时间，她们还都处于如梦似幻的感觉之中，只有少数几名少女的眼神比较清明，脸上同样露出了与叶音竹相似的思索的神情。

## 第八章

# 报名风波

“好了，今天的考试到此为止。接下来，我念到名字的人留下进行入学注册，其余的人可以离开，明年再来吧。”老妇的声音很低沉，听不出她的情绪。

一共十二个名字从老妇口中念出，被念到的人大多面露喜色，没被念到的人则带着不满走出了礼堂。

叶音竹是被念到的人之一，但他面色如常，因为他还在琢磨刚才那弹筝的白衣少女离开前所说的话。

“你，站起来，告诉我你的名字。”

“喂，妮娜主任叫你呢。”叶音竹身边那拥有玉韵琴的少女轻轻地碰了他一下，将他从沉思中惊醒。这名少女也是留下的人之一。

此时，她看着叶音竹的目光中已经没有了丝毫惊讶，反而多了几分其他的情绪。

“啊？”叶音竹连忙站起身，说道，“我叫叶音竹。您好，妮娜奶奶。”

整个礼堂突然完全陷入一片寂静之中。

“我很老吗？”咬牙切齿的怒吼声似乎要将整个礼堂冲破。轻笑声中，十一名少女的目光已经完全集中在了与她们同龄的少年身上。

谁都知道神音系系主任妮娜最讨厌别人说她老。

“这个……我爷爷说，看到岁数大的就叫奶奶，这是礼貌。”

“你……”看着叶音竹一脸茫然的样子，妮娜恨不得将自己手中的钟砸过去，但当她看到叶音竹那双清澈的黑眸时，还是强忍住了内心的怒火。

“你也是来报名加入神音系的？”

碧姬此时已经走上台，替叶音竹回答了这个问题：“是的，主任，他是刚刚来报名的，我就带他过来了。您看？”她一边说着，一边深深地看了台下的叶音竹一眼。

在刚才听叶音竹与白衣少女合奏的人中，她可以说是最清醒的一个。作为一名橙级神音师，她实在无法相信，台下这个少年的琴艺居然达到了令她望尘莫及的程度。

妮娜哼了一声，道：“没想到还有男孩子来学神音师。好了，你也被录取了，现在你们可以去进行入学注册，都去吧。”说完，她头也不回地走了。

“哇，男性神音师！居然还有男性选这个专业，太好玩了！”一声惊呼吓了叶音竹一跳。只见一名身材娇小，年龄在十六七岁的短发少女蹦蹦跳跳地跑到他身旁，好奇地看着他，一脸不可思议的样子。其他通过考试的少女也都围了过来。

“喂，你为什么选择神音师这个专业啊？好像从来没有男生愿意学习这个鸡肋魔法啊！”

叶音竹被众人围住，不禁羞红了脸，少女的幽香萦绕在鼻尖，他明显感觉到自己的心跳在加速。从未有过的异样感令他心中有些忐忑，他挠了挠头，道：“神音师有什么不好吗？”

“不是啊，只是很少有男生学这个而已。你好有意思啊！万花丛中一点绿，好帅的小男生。刚才我好像看到你弹琴了，你是学琴的吗？”最先跑过来的娇俏少女兴奋地问道。

叶音竹点了点头，道：“是啊。”

“你好，我是吹箫的。”

叶音竹眼睛一亮，要知道，箫可是唯一能够和琴完成完美合奏的乐器。

“太好了，那以后一定要领教一下你的技艺。”

“好了，以后你们还要一起学习，有的是机会交流，现在先跟我去注册。”在碧姬的带领下，包括叶音竹在内一共十二名神音系的新学员走出礼堂。

叶音竹走在最后面，看着这些活泼的少女，心中感觉到很舒服，暗想：看来我未来在米兰魔武学院的生活应该很不错啊！

“你好。”一个温柔而有些羞怯的声音在叶音竹身边响起，正是之前坐在叶音竹身旁，那名拥有玉韵琴的少女。

她的身高刚到叶音竹胸口的位置，蓝色衣裤配上她那温柔如水的天蓝色眼眸，令叶音竹想起了安雅，只不过眼前的少女和安雅比起来要青涩得多。

叶音竹羞涩地道：“你好，刚才我借用了你的琴……”

少女赶忙道：“没关系的，你的琴弹得真好，哦，歌唱得也好。”

“你听到了？”叶音竹惊讶地看着少女。虽然他刚才没有刻意去控制自己的情绪和魔法力，但如果对琴曲没有一定认识，没有不俗的精神力，是不可能听到自己的琴音的。

少女点了点头，道：“是啊！但只是听到前半段，后面我就记不清了，完全沉浸在你们的琴筝和鸣之中。我记得，琴和筝是不能合奏的，你是怎么做到的，能告诉我吗？哦，对了，你叫叶音竹是吧，我叫蓝曦。”

叶音竹道：“琴和筝确实不太容易合奏，但如果只是一首比较短的乐曲，用一些技巧和不同的指法还是能够做到的，可是很难起到相辅相成的作用，只能一方给另一方做陪衬。”

蓝曦恍然大悟道：“原来是这样，但如果没有高超的技巧，恐怕也很难做到吧？你的琴弹得这么好，以后能教教我吗？我还只是刚刚入门而已。”

叶音竹微笑着道：“没关系啦，我可做不了你的老师，我还差得远呢！不过，你有什么问题可以问我，只要是我知道的，我都会告诉你。”

“谢谢你，你真是个好人。”

蓝曦吐了吐可爱的小舌头，道：“刚才你胆子好大啊！居然叫妮娜主任奶奶，难道你不知道她最讨厌别人说她老吗？还好你琴弹得好，否则就很难入选了呢。”

叶音竹惊讶地道：“是吗？我不知道啊！”

蓝曦露出被他打败了的表情，道：“你不会什么都不知道吧？难道你在来考试之前，没调查过米兰魔武学院吗？别告诉我你对这里一无所知。”

叶音竹认真地点了点头，道：“我确实不知道啊！”

蓝曦捂着小嘴，道：“赞美法蓝。原来你真的是……这样都能考上，你运气也太好了！

“不过幸好你选的是神音系，我们神音系人少，相对来说淘汰率低一些。其他系的淘汰率都非常高。

“每年来米兰魔武学院报名的至少有二十万人，但最后录取的从来都没超过两千人，这可是百分之一的概率。

“米兰魔武学院共分为南北两区。南区是武技区，所有和武技有关的专业都在那边。我们北区这边是魔法区，所有和魔法有关的专业都在这边。

“不论是南区还是北区，教学区都在学院内部中心地带，外围则是各个专业的试炼场。还好教学区之间隔得比较近，否则我们从一个地方走路去另一个地方上课可就要受苦了。今天是注册报到的最后一天，所有专业都是在一起的。”

正说着，碧姬已经带着他们来到了一栋高大的教学楼前，楼前有许多临时搭建的石台，都是负责新学员注册收费的，不分专业。

碧姬挥了挥手，道：“好了，大家自己去吧。后天正式上课，你们注册完以后可以到学院分配的宿舍去休息，也可以出去走走，不过要记得注意安全。”说完，她瞥了叶音竹一眼，这才再次召唤出自己的玉角马离开。

“赞美法蓝。快看，新入学的神音系的美女们来了！”不知道是谁喊了一声。

虽然神音师在米兰魔武学院是一个偏门专业，但不得不承认，选择这个专业的女孩子几乎都是美女。

顿时，十几名新生成了全场的焦点，正在进行新生注册的其他系学员的目光都集中过来。

不论在什么地方，美女的杀伤力都是极大的。原本有序的场面一时变得混乱起来，趁机献殷勤的大有人在。

“来这里注册吧！神音系的美女从来都不需要排队的。”立刻有几处注册点被让了出来，如群星捧月一般，神音系十一名女生很快就完成了注册。

叶音竹排在女生们后面，正当他也准备注册的时候，有人拦住了他。

“小子，你是哪个系的，想要浑水摸鱼吗？”两名身材高大的男学员直接将叶音竹拦了下来，怒视着他。

叶音竹一愣，道：“我也是神音系的，为什么我不能注册？”

“你是神音系的？编谎话也不好好想想，哪有男生选择神音系的？”其中一名红头发的男学员不屑地哼了一声，比了比自己硕大的拳头，想借此吓退叶音竹。

“谁说我们神音系就不能有男生了。我证明，他就是我们神音系的。”刚注册完毕的短发女生不知道什么时候已经站到叶音竹身边。

“啊？”

刹那间，全场一片寂静。不论是正在注册的学员，还是正在向神音系女生献殷勤的学员，所有人的目光都集中在了叶音竹身上，令他一下就成为全场焦点。

红发男学员呆呆地看着叶音竹，道：“他真的是神音系的？”

短发女生傲然道：“没错，难道我雪玲还会说谎吗？”

男学员的脸色变了变，突然，他一个箭步就来到了叶音竹面前，正在叶音竹准备应对之时，那名男学员一脸激动地拉起了他的手。

“偶像啊！为了能接近神音系女生，你居然不惜自残进入神音系。佩服，太佩服了！偶像，收我做小弟吧！一定要把你的绝学传授给我。”

一时间全场哄然，各种羡慕、嫉妒、不屑的目光都落在叶音竹身上。也是从这一刻开始，万花丛中一点绿、神音系第一美少年、情圣等称呼都加在了叶音竹头上，使他成为这一届新生的焦点，甚至成为整个米兰魔武学院的名人。

叶音竹甩开对方的手，皱眉道：“自残？我为什么要自残？神音系就真的没有过男生吗？”

红发男学员毫不犹豫地道：“当然。自从米兰魔武学院成立，数百年以来，你绝对是唯一一个男生。偶像，我为你的牺牲精神赞叹，我当初怎么就没想到呢？我是剑师系的费斯切拉，你可一定要记住我啊！既然你是神音系的，就赶快注册吧！”他一边说着，一边在心中暗想：看这小子挺单纯的，和他搞好关系，还怕以后没机会接近神音系的女生吗？想到这里，他不禁笑了。

有雪玲证明叶音竹是神音系的，此时没有人再来阻拦他。

“一百个金币。”办公桌后老师冰冷的声音让人感觉像是到了冬天。

“啊？这么贵。”叶音竹目瞪口呆地看着他，从安雅送他的戒指中取出了自己的全部财产——十个金币。

“老师，我只有这么多了。”他虽然也想过这里的学费会很贵，却没想过贵得如此离谱。一百个金币，足够一个普通人家几年的开销了，在这里只是一个学期的学费而已。

“没钱你来米兰魔武学院干什么？这些还只是学费和住宿费，一些学习用的魔法材料和场地费还要另算的。既然你没钱，那就走吧。”对方嫌恶地对叶音竹挥挥手，像赶苍蝇一样。

“我还以为敢批评我们佣兵团的人有多么了不起，没想到，是个连学费都交不起的穷光蛋。”刚才还在排队的人流自动分开，一个粉红色的身影进入众人的视野。

这个人叶音竹认识，正是他之前在佣兵公会见过的S级佣兵团的那名魔法少女。

此时，她正一步步朝着叶音竹走来，正在注册的学员们纷纷让路，显然是认识她的。

“我不是穷光蛋。”叶音竹沉声道。

少女哼了一声，然后道：“来米兰魔武学院上学连学费都没有，还不是穷光蛋吗？一个穷小子，居然也敢评论我们紫罗兰佣兵团，我看你还是赶快滚出这里吧，米兰魔武学院不欢迎穷鬼。”

“你……”叶音竹怒目而视，左脚踏出一步，右拳已经攥得紧紧的，强忍着心中的怒火，说道，“我不打女人。”

“哈哈……”少女大笑起来，道，“笑话，你想打我？就凭你一个赤级魔法师？没钱交学费就快滚，别在这儿碍眼。”少女的言语中充满了轻蔑。

“谁说他没钱交学费，他的学费我交了。”一个冰冷的声音从人群外响起，又是一条通道出现在人群中。修长的身影逐渐变得清晰，白色长裙，幽幽寒气，来的竟然是之前在礼堂内和叶音竹合奏一曲的白衣少女。

黑发依旧遮挡着她右边的脸。她缓步走到叶音竹身边，将一个红宝石币扔在桌子上，向负责报名注册的老师道：“这是他的学费。”红宝石币很少在市面上流通，只有大贵族才会使用，一个红宝石币相当于一百个金币。

“海洋，又是你和我作对。”少女魔法师怒声道。

“罗兰，我不是和你作对，只是我不能看着你欺负我们神音系的新生。”海洋的声音听起来依旧是那么冰冷，却让叶音竹心中升起了一团暖意。

罗兰指着叶音竹道：“好，这次算你过关。不过，如果你是个男人的话，三天后的新生大赛我们擂台上见。如果你不来，以后见到我就趁早绕路走。”说到这里，她停顿了一下，眼中充满了嘲讽的光芒，装出一副恍然大悟的样子道：“我忘记了，你是神音系的。神音系从来都不参加新生大赛的，谁让你们没有攻击力呢！”

“我参加。”叶音竹几乎是脱口而出，直接答应了罗兰的挑战。

海洋眉头微皱，低声道：“别冲动……”

“我参加。”叶音竹重复了一次刚才的话，目光坚定而执着，“虽然我不知道新生大赛是什么，但是，我接受你的挑战。”

此时此刻，他想起了小时候，爷爷第一次传授他竹宗斗气时说过的话：人，不能有傲气，但不能没有傲骨，作为竹宗传人，就需要拥有像竹子一样挺拔的脊梁。

罗兰哼了一声，道：“好啊！那我倒要看看你能不能在擂台上遇到我。估计你连第一场都过不了就要躺到床上去了，或者你干脆连参赛的资格都没有。”说完，她瞥了叶音竹身边的海洋一眼，转身而去。

看着罗兰的背影，叶音竹若有所思。这一刻，他似乎长大了几分。

“你真的要参加新生大赛？那可不是我们神音师参加的啊！”雪玲有些不安地说。

叶音竹向雪玲点了点头，道：“是的，我要参加。爷爷说过，一个男人，面对任何困难都不能退缩。”

雪玲惊讶地看着叶音竹，美眸中似乎多了点什么，笑着道：“好啊！那也算我一个。”

“还有我，我也帮你。”怯生生的声音传来，说话的正是叶音竹刚认识不久的蓝曦。

海洋的声音依旧冷静而平淡：“新生大赛似乎需要一位本系学长带领。”

叶音竹突然想起学费，赶忙道：“谢谢你，不过，我不能要你的钱。”他转身想去桌子上找那个红宝石币，但红宝石币早已经被老师收起来了。

海洋缓步向外走去，一边走一边道：“借你而已，要还的。”她走了，但不论是她的筝，还是她的人，都在叶音竹心中留下了深刻的印象。

“这是你的校服，还有宿舍钥匙。宿舍在混合区623室。”负责报名的老师连看都不愿意多看叶音竹一眼，将东西塞到他手上就忙别的去了。

“混合区623室？那在哪里？”叶音竹有些茫然。身边的雪玲和蓝曦也都摇了摇头，表示不知道。

“我知道，我带你去。”费斯切拉主动开口道。

“那谢谢你了。”叶音竹心中一喜，刚才遇到罗兰而产生的烦恼已经抛诸脑后，在他看来，学院中还是好人多一些。

“那明天见。”雪玲热情地向叶音竹挥了挥手。蓝曦则含蓄得多，只是微笑地朝着他点了点头。

这一场风波过去，新生们继续有条不紊地完成注册。费斯切拉拍了拍叶音竹的后背，道：“走吧，我们跑步去，那样还快一点。”

两人从人群中走出来，费斯切拉就朝前面跑，因为步幅很大，所以速度也不慢。

叶音竹迈开脚步跟在他身边，问道：“费斯切拉，混合区在什么地方，很远吗？”

费斯切拉笑着道：“还好，不是特别远。估计那报名老师看你没什么钱才给你安排到混合区的。

“当然，如果你是女学员的话，直接到神音系宿舍就行了。可惜，你是神音系第一名男学员，不能和女生混住。

“混合区那里也称为工读生区，都是一些工读生住在那里。虽然环境差了点，但是这样的话，一些本身有潜力的学员就算没钱也可以半工半读。”

叶音竹眼睛一亮，道：“这么说，我也可以了？”

费斯切拉道：“当然可以，不过工作要你自己去找。对了，你真的要参加新生大赛吗？”

叶音竹认真地点了点头，道：“是啊！你能不能告诉我什么是新生大赛？”

费斯切拉脚下一个踉跄险些摔倒，大跌眼镜道：“不会吧？你连什么是新生大赛都不知道，就敢接受罗兰那个小魔女的挑战？你真不愧是我的偶像。”

虽然嘴上这么说，但他看向叶音竹的目光怎么都像是在看笨蛋。

叶音竹有些不好意思地挠了挠头，道：“我是从阿卡迪亚来的，对这里的一切都不熟悉。”

费斯切拉道：“是这样的，每年学院在招了新生之后，都会举办一次新生大赛，以检验新生的整体素质。在比赛中获得名次的学员，很有可能会得到学院的重点培养，而且前三名还有奖金拿。”

“这么好！”叶音竹露出惊喜的表情。他现在最缺的就是钱，别的不说，海洋那一百个金币总是要还的，还有今后的生活费。

费斯切拉翻了个白眼，道：“好？你以为拿到名次那么容易啊！因为新生大赛是按照系来分的，每个系都会派出最强的新生队伍来参加。所以，光本系内就要先进行三天艰难的选拔赛，然后选出最优秀的四人加上一名本系上一届的学长一起参加真正的新生大赛。

“系与系之间通过抽签对抗，我们武技部一共是十七个系，你们魔法部是九个系。神音师甚至不算是一个完整的系，只是挂靠在精神系下的一个小分支。

“在循环比赛之后，武技部和魔法部会各取两个成绩最好的系进入半决赛。经过淘汰之后，再进行决赛，这样才能产生最后的冠军。

“能进入米兰魔武学院学习的学员几乎都是精锐，想从这么多人中脱颖而出是极其困难的。

“在米兰魔武学院历史上，神音系还从来没有参加过新生大赛。精神系倒是比较热门，连续三年的新生都进入了决赛。

“刚才那小魔女叫罗兰，是紫罗兰家族族长的孙女，天才风系魔法师，才十六岁就达到了黄级中阶的水准，可以算是新生中的佼佼者了。而你们神音系别说是获胜了，估计就连找出五个人来参赛都很难。”

虽然听起来比较复杂，但叶音竹的记忆力一向超强，他立马就将赛制完全记牢了。

他心中不禁有些犯难，如果说只是自己一个人参加倒没什么，可现在需要五个人，神音师真的就那么鸡肋吗？

刚才雪玲、蓝曦和海洋都愿意支持自己参赛，可除了海洋之外，雪玲和蓝曦的精神力明显不强，何况还差了一个人。难怪罗兰会用那样的眼神看自己，原来参加这个新生大赛是这么困难的事。

不行，无论如何也要参赛，即使只有自己一个人，也要去。想到这里，他问道："费斯切拉，那获胜的规则是什么呢？五局三胜吗？"

费斯切拉道："这个是可以选择的。有三种方式，经比赛双方协商后选择，一种是五局三胜，一种是双方直接进行五对五团队战，至于最后一种狼群战就是从第一场开始，赢的一方可以继续比赛，直到被打败为止。如果有实力的话，甚至可以轮番接受对方的挑战，但需要将对方所有学员全部击败才算获胜。"

"好，这样最好了。"听了最后一种方法，叶音竹不禁心中大喜。这件事是自己惹下的，就让自己一个人来解决好了，大不了一个一个将对手击败。此时的他，还没有意识到自己将面对怎样的对手。

米兰魔武学院确实很大，从报名处到混合区宿舍，两人足足跑了半个多小时。令费斯切拉惊讶的是，连他都有些气喘了，叶音竹却完全没事，哪怕是脸色都没有丝毫变化。

"就是这里了，623室。"费斯切拉指着一片平房中的一间。果然，上面挂着623室的牌子。

"谢谢你了，费斯切拉。"叶音竹感激地说道。

费斯切拉嘿嘿一笑，道："谢倒是不用，如果你真的要谢的话，以后你们系有什么活动，可一定要叫上我啊！偶像。"

"哦，好的。"叶音竹并没有听出费斯切拉话语中的深意，只是觉得他人不错，就直接答应了。

费斯切拉走了，叶音竹一个人来到623室用钥匙打开门。他刚一踏进自己的宿舍，就看到一个瘦小的身影正在忙碌着。

作为工读生的宿舍，这里实在小得可怜。

房间内有一个勉强能挤进一个人的洗手间，而所谓的厅堂能让两个人坐下就不错了。至于里面的卧室，摆放两张床和一张桌子之后，几乎就没什么空地了。

那瘦小的身影此时正在不停地打扫着。他的动作很麻利，一身灰色的衣裤很大，看上去虽然破旧，但很干净。

他的身高大约只到叶音竹胸口的位置。他的手很小巧，却非常灵活。小小的623室此时已经被他打扫得很干净了。

“你好。”叶音竹和那瘦小的身影打了个招呼。

听到有人说话，那人转过身来。

一张英俊却有些苍白的脸出现在叶音竹面前。他褐色的长发搭在肩膀上，一双充满了灵气的大眼睛转来转去。他那瘦小的身材和不太健康的脸色，怎么看都像是营养不良。

当他看到叶音竹的时候，整个人完全呆在那里，连手中的抹布掉了都没有察觉。

叶音竹以为自己吓到了对方，赶忙道：“我也是住这间宿舍的，你是我的室友吗？”

“啊？”此时那瘦小的学员才反应过来，赶忙道，“是啊！地方小，快请进。”在他弯腰捡起掉在地上的抹布时，那双充满灵气的眼眸中瞬间闪过一道诧异的光芒。

叶音竹走到里面的卧室，他什么行李都没有，直接将刚才发的校服放在一张空着的床上。“你好，我叫叶音竹。”他一边说着，一边向那瘦小的学员伸出了自己的手。

“你好，叫我苏拉就行了。你的手怎么了？”苏拉握住叶音竹的手，立刻就发现他只有四指。

叶音竹笑着道：“没什么，我天生就只有八根手指。”他一边说着，一边把自己的另一只手也伸了出来，在苏拉面前晃了晃。

“还好只是尾指，并不影响什么。”苏拉露出一丝笑容，“你是什么系的？”

叶音竹道：“我是神音系的。”

“神音系？你是神音师？”苏拉目瞪口呆地看着叶音竹。

叶音竹苦笑着道：“为什么一听我是神音系的你们都这么惊讶呢？”

苏拉笑着道：“不管谁看到一个男生选神音师这样的专业都会惊讶的，那毕竟是一个偏门的专业。”

叶音竹笑了笑，说：“你还算厚道，他们都说神音师是鸡肋呢！你真勤快，宿舍都打扫干净了。还有什么需要我帮忙的吗？”

苏拉连连摇手，道：“没有了，我一个人就行了，你看这里地方这么小，都转不过身来。我来的时候这里很脏的，现在干净多了。这样吧，你给我一个银币算了。”

“一个银币？”叶音竹一愣。

苏拉有些尴尬地笑了笑，道：“是啊！在这个世界上，什么东西都是要钱的。你看，我费了不少工夫才将这里打扫干净的。”

叶音竹这才明白过来，看着苏拉那营养不良的样子也没有多说什么，取出自己十分之一的财产——一个金币，递给苏拉，道：“我只有这个，没有银币。”

苏拉一把就从叶音竹掌心中抓过了那个金币，他看着金币的目光充满了痴迷和欣喜。

“金币当然更好了。这样吧，以后咱们宿舍的卫生我包了。这个金币就算你付给我三个月的工钱好不好？

“还有，既然你也是工读生，不如以后我们不去食堂，就在宿舍里自己弄东西吃吧？我做饭很棒的哟！

“你一个月只要给我三个金币就行了。学院食堂一个月没有十个金币肯定是不够的。”他一边说着，一边还朝叶音竹比出三根手指，一脸兴奋的样子。

“好吧。”叶音竹又掏出三个金币递给苏拉，说道，“苏拉，你是什么系的？”

“我？我是刺客系的，也算是偏门的系了。你看，我这种身材，当刺客不是最合适吗？”

“刺客啊！”叶音竹不禁有些羡慕苏拉。他听爷爷说过，刺客是一门非常难修炼的职业，在修炼的时候，本身从不防御，完全是进攻，只依靠隐匿等特殊技能保护自己。

一旦发动，要么将对手一击毙命，要么自己完蛋。身材瘦小的苏拉确实很适合这个职业。

“那你们刺客系参加新生大赛吗？”

苏拉惊讶地看着叶音竹，道：“你开什么玩笑？哪有刺客在擂台上和人家光明正大比赛的？那就不是刺客了。别告诉我你要参加。”

叶音竹点了点头，道：“是啊！我已经决定参加了。”

第九章

# 神音系的宝藏

“赞美法蓝。你没发烧吧？”苏拉伸出手摸叶音竹的额头。他的手很小，但手指很长，凉凉的，摸在额头上很舒服。

“你也不看好我？其实，我们神音师并不是完全的鸡肋。”叶音竹很认真地说道，“可惜，我的琴和空间戒指在路上丢了，不然我现在就可以弹一首曲子给你听。”

苏拉眼底闪过一道怪异的光，叹惋道：“那真是可惜了。好了，你饿了吧？我去做饭，让你先品尝一下我的手艺，好证明你那三个金币并没有白花。”说着，他快步蹿了出去。

苏拉的动作确实很快，一会儿的工夫，午饭已经好了。

两个菜，还有馒头。菜是很普通的青菜，甚至连一点肉都没有。叶音竹发现苏拉的手艺确实非常好，普通的青菜让他做出来，色香味俱全。

他从小到大都是吃竹笋，本来就喜欢清淡的食物，因此他一点也没有挑剔，吃得异常香甜。

就这样，一代琴帝叶音竹与暗夜君王苏拉一起吃下了他们的第一顿午餐。

第二天，叶音竹很早就从床上爬了起来，苏拉已经不见了，桌子上有一个馒头和一碗稀饭，显然是给他准备的早点。

早点虽然很简单，却让叶音竹感到很温暖。苏拉除了财迷一点，其他不论是打扫卫生还是做饭都很在行，这三个金币花得值。

叶音竹用力伸展了一下自己的身体，竹宗斗气缓缓流转，舒适畅快的感觉传遍身体的每一条经脉。夜晚的斗气与冥想同时修炼早已经成了他的习惯。

接着叶音竹摸了摸自己的右腕，自言自语道："还好它没有丢。"

昨天和苏拉聊过之后叶音竹才知道，原来校服上的红白竖条是有含义的。一对红白竖条就代表着一年级的学员，而米兰魔武学院是五年制的，每升一个年级就多一对竖条。

当然，学员每一学期都必须通过考试才能升学，否则就必须留在原本的年级继续学习。因此凡是从米兰魔武学院毕业的学生，至少也是黄级高阶的水准。

穿上校服的叶音竹，给人一种飒爽英姿的感觉。

学院比较人性化，昨天发校服的时候叶音竹还得到了一本校内地图，幸好有这东西，他才顺利地找到了神音系所在的位置。

从混合区宿舍到神音系，叶音竹整整跑了一个小时。不过他并不在意，就当是活动身体了。

神音系教学楼坐落在米兰魔武学院中一个地势非常好的地方，一栋四层高的白色小楼典雅而精致。楼的左侧是一片上千平方米的湖，其他方向均被植物环绕，只有数条小径从不同的方向通向主楼。

主楼后面就是神音系的宿舍，一栋栋白色的小别墅极为别致。当然，想要住在这里，住宿费是要单独交的，价格也极其昂贵。

"音竹，这里。"雪玲趴在二楼的窗口处向外看，正好看到从远处跑来的叶音竹。

通过地图上的介绍叶音竹知道，这栋四层小楼中，一层是精神魔法教学室，剩余的三层都是学员上课的教室。

一进教学楼，叶音竹第一感觉就是这里是宫殿而不是学院。金碧辉煌的装饰与大量的植物互相点缀却不显得俗气。虽然此时还没到上课的时间，但楼里已经有乐器演奏的声音。

“真是好地方啊！难怪这么贵。”叶音竹自言自语地说了一声。

“贵？大陆上谁都知道米兰魔武学院的教学质量和它的学费同样高。”

叶音竹回头看时，只见昨天那位系主任不知道什么时候已经来到了他身边。

“您好，妮娜奶……哦，不，妮娜主任。”叶音竹还是长了记性的，没等妮娜发作就及时改口。

妮娜哼了一声，道：“以后在学院里，要注意你的言辞。听说，昨天你接受了风系一个新生的挑战，要参加这次的新生大赛？”

叶音竹点了点头。

“那你有把握吗？”妮娜眼底闪过一道精光。

“有。”叶音竹很简单地回答道。

“有？你凭什么？”

“我是神音师，当然是凭自己的音乐魔法了。”叶音竹用清澈的目光看着妮娜。

妮娜低下头想了想，道：“既然如此，你跟我来。”她带着叶音竹直接来到了二层，这是一年级新生上课的教室。

教室很大，可以容纳四十名学员，可这一届的新生加上叶音竹，也只有十二个，所以教室里显得有些空旷。妮娜指了指空位，示意叶音竹找个位置坐下。

叶音竹毫不犹豫地坐到了蓝曦身边，弄得蓝曦一阵脸红。其实，倒不是他对蓝曦有什么特殊的好感，主要是因为蓝曦和他一样，是学琴的，而他自己又没琴。

妮娜站在讲台上，目光从新生们的脸上扫过，教室内顿时安静下来。

妮娜道：“首先，作为神音系的系主任，我代表神音系欢迎各位的到来。不论你们为什么选择了神音系，既然来了，我希望你们能够顺利地完成你们的学业。

“正式的学习将在一周后开始，我想原因你们也都知道，学院一年一度的新生大赛将在三天后举行。

“别的系这三天都在选拔参加比赛的人，只有我们神音系例外。但是，叶音竹学员在昨天报名注册的时候，已经代表我们神音系宣布要参赛了。

“现在我想知道，谁愿意和他一起参赛。如果没有五个人，神音系将没有参赛资格。”

“妮娜主任，我愿意。”雪玲第一个举起了手。蓝曦随后也表示参加。

妮娜苍老的脸上露出一丝笑容，她接着说道：“好，还差两个。”

“妮娜主任，海洋学姐昨天说要带我们参加比赛的，就差一个人了。”

妮娜有些惊讶地看着说话的雪玲，道：“海洋也要参加？好，那还差一个人。”

这一次，教室里安静下来。妮娜见没有人再开口，淡淡地道：“我们神音系一向是米兰魔武学院的第一系。

“但是，在第一系的名头背后，不知道有多少人说我们是鸡肋魔法师。

“既然这次由叶音竹学员提出要参加新生大赛，那么不论胜负，我都希望你们能捍卫神音系的尊严。

“我代表神音系，将赠送参赛学员一件乐器和三百个金币。”

听妮娜这么一说，叶音竹不禁心中大喜。三百个金币，那足够自己很长一段时间的开销了，何况还有乐器。

不过，还没等他高兴起来，就听妮娜接着说：“叶音竹学员除外。作为一名新生，入学第一天就和其他系的学员发生冲突，取消对他的参赛鼓励作为惩罚。”

“妮娜奶奶，不要啊！”叶音竹哀号一声，无意间又触到了妮娜的逆鳞。

“好，我决定了，如果这次你不能带领神音系赢一场的话，以后你的学费加倍。”

“啊？”叶音竹这才知道这位妮娜主任有多么恐怖。本着不能再祸从口出的原则，他只能苦着脸闭口不言。

雪玲在一旁低笑着道："你的样子太可爱了。"

叶音竹无奈地道："'可爱'似乎不是用来形容男生的。"

正在这时，教室最后面的一个位置上，一名少女站了起来，道："妮娜主任，我也参加。"

那是一名身材高挑的女生，看上去要比雪玲和蓝曦大一点，脸上的神情略显骄傲。

蓝曦压低声音在叶音竹耳边说："她叫孔雀，乐器是琵琶，好像是赤级高阶，比我和雪玲强一些。"

"刚才妮娜奶奶说我们神音系是米兰魔武学院第一系，这不是真的吧？其他系的不是都说我们是鸡肋吗？"

蓝曦扑哧一笑，道："这是真的，不过说的是地位而不是实力。我们神音系最厉害的地方，是曾经同时有九位公主在这里一起学习，而且她们大多来自不同国家，地位自然是所有系里最高的。这第一系之名可是名副其实。"

"啊！那你呢？你是什么身份？"

蓝曦摆了摆手，道："不能问。神音系每一名学员的身份都是保密的。毕竟，大陆各国之间的关系并不是很和谐。在这里，大家都是学员而已。"

妮娜拍了拍手，道："在正式开课之前的这几天，其他人可以随意活动，你们四个跟我来。"

妮娜将他们带到一层的精神魔法教学室之中。这是一间巨大的教室，一共有一百个位置，墙壁都是用特殊材料加固过的。

"工欲善其事，必先利其器。我带你们来这里，就是要给你们挑选几件装备。这是神音系第一次参加新生大赛，绝对不能一败涂地。"说到这里，妮娜显得有些伤感，叹息一声，说，"或许，我们神音系本就不应该被划在魔法师范围之内。由于没有攻击力，私底下其他魔法系的学员和老师对我们从来都是蔑视的。虽然这次是叶音竹偶然挑起的事端，但我想借这次的事让其他系知道，神音系并不是一无是处。你们身上肩负的是神音系的荣耀。"

蓝曦有些犹豫地道："可是，妮娜主任，我们真的能获胜吗？我们的音乐魔法……"

妮娜打断她的话，淡淡地道："一直以来，几乎所有人都认为神音师是一无是处的。

"其实他们错了。真正的神音师无比强大，甚至是精神系魔法师中最强大的。只不过因为修炼太过困难，所以才很少有人知道这个秘密。

"在大陆上，曾经有一位神音师凭借一人之力，同时击败六名其他系的魔法师。

"简单来说，除了精神系魔法师以外，我们神音师几乎是其余魔法师的克星。你们谁能告诉我，神音师的含义是什么？"

孔雀道："把精神力加入音乐之中，引人共鸣。"

妮娜道："不错。神音师所掌握的全都是范围性的魔法，这种情况在所有魔法师中可以说是唯一的。而且音乐是无孔不入的，不能依靠任何防护来抵挡，除非脱离了声音所在的范围。

"通过音乐，我们的精神力可以大范围地释放出来。只要拥有足够强大的精神力，我们就可以凭借音乐来控制对手，到了那时，胜负将没有任何悬念。

"在同等级的情况下，只有精神系魔法师的精神力才能和我们相比，而其他系的魔法师则与我们没有可比性。叶音竹，你告诉我，神音师的弊病在什么地方？"

"在于演奏乐曲的时间。一般来说，乐曲要演奏到三分之一以后，精神力才能产生效果。相对其他系魔法师吟唱的咒语和瞬发魔法来说，我们太慢了。"这是当初秦殇告诉他的原话，叶音竹记得很熟。

这次轮到妮娜惊讶了，说："三分之一？你说得不准确，应该是演奏到二分之一后才能发挥作用，除非实力到了青级以上。"

她哪里知道，作为赤子琴心的修炼者，叶音竹的琴曲确实只需要弹奏到三分之一就可以产生效果了。

“在新生大赛中，各系挑选出来的参赛选手，魔法水平一般都在赤级高阶到黄级初阶之间。而带队的上一届学长，也不会超过黄级高阶。

“所以，只要能够解决音乐魔法生效的时间问题，在海洋的带领下，你们是完全有机会的。就算是实力比海洋高上一两阶的魔法师，在精神力上也很难强过她。因此，在比赛中，你们需要以团队对战的形式和你们的对手比拼。”

“你们四个的任务就是在海洋的乐曲魔法发挥出效果之前，将对手拖住，让他们无法影响到海洋。”妮娜眼中光芒闪烁，这样的战术显然是她早已经想好的。

“不，作为一名高贵的神音师，我绝对不当别人的陪衬。”孔雀无比坚定地看着妮娜。

妮娜皱了皱眉，道：“你自认为要强过海洋？孔雀，如果你不能将团队的胜负摆在第一位的话，那么，你就不用参加这次的新生大赛了。”无形的威压从她身上释放出来，令骄傲的孔雀为之一怔。

妮娜走到讲台后画有六芒星的墙壁前，伸出自己的右手，按在了六芒星的中央。一声声低沉的吟唱充满了韵律，但叶音竹他们根本听不清妮娜吟唱的是什么。

耀眼的青色光芒从她手上发出，顷刻间就将那六芒星完全染成了青色。看这光芒，妮娜至少是中阶魔导士。将神音师修炼到这种程度，恐怕整个大陆也找不出几个来。

一首悠扬的乐曲在教室中响起，妮娜面前的六芒星悄无声息地向两旁裂开，露出一条宽阔的甬道。

甬道是斜着向下方延伸的，叶音竹他们惊讶地跟着妮娜走进了这个未知的地方。

甬道顶部每隔十米就镶嵌着一颗乳白色的魔法球，散发着柔和的光芒。这里的空气很干爽，甬道也没有给人一种很压抑的感觉。

一直前行了百米，一扇雕刻着古朴花纹的大门挡住了他们的去路。妮娜停下脚步，淡淡地道："回去以后，忘记你们今天看到的一切。"

和刚才类似的吟唱声响起，一颗六边形的宝石不知道什么时候出现在她掌心之中，一圈紫色的光晕在宝石嵌入那扇门之后亮起。

一股令人窒息的魔法波动瞬间出现，让叶音竹他们的身体都变僵硬了。

大门缓缓向内侧开启，这是一个大约有五十平方米的房间，房间内除开墙上布满了格子，并没有其他摆设。那些格子也不知道是用什么东西打造的，与墙壁浑然一体。

左边墙壁上的格子内摆放的都是各种乐器，从古朴的样式就能看出乐器的年代很久远。

右边墙壁上放着魔法袍、魔法杖，甚至是魔法盔甲和武器之类的东西。而与大门正对的墙壁格子是最多的，里面摆放的都是魔法宝石。

那令人窒息的魔法元素波动，就是从这数百颗宝石中散发出来的。这里简直就是一个小型的宝库。

蓝曦、雪玲和孔雀她们一进门就被这些宝石吸引了，三个人的眼神变得痴迷，就算是高傲的孔雀，此刻美眸中的痴迷也无法掩饰。

叶音竹的目光被吸引到了左边，因为在那里他看到了一张琴，整个神音系宝藏中唯一的一张琴。

栗壳色漆，流水断纹，一层莹润的光彩中带着它孤傲的气息，它被摆放在正中央的位置，其他乐器都距离它很远，就像是臣子护卫着帝王一般。

仿佛有什么东西牵引着叶音竹的心，使他忘记了其他人的存在，他一步步朝着那张古琴走去。离得近了，他才看清那闪烁着微弱青光的琴弦，看到那由珍珠镶嵌而成的十三琴徽，犹如十三个缩小的明月一般，和谐地枕于琴上。

呆住的还有另一个人——妮娜。

带着四名新学员走入这神音系的宝藏库，她回过身的时候，就看到了叶音竹那痴迷的目光，看到他不受控制地走向那张古琴。她的心仿佛在这一刻凝固了一般，一股强烈的刺痛顷刻间从内心深处释放到身体的每一寸肌肤。之前还很威严的妮娜主任，在这一刻，身体竟然在颤抖。

“像，真是太像了。竟然和当初来到这里的他一模一样，同样不被宝石所迷惑，同样的目光只落在琴上。”

妮娜出现在叶音竹面前，挡住了他的视线。失去了琴的踪影，叶音竹顿时从痴迷中清醒过来。他看到了妮娜呆滞的目光。

一根紫色的长箫落入她的手中，淡淡的寒气从箫身上散发出来，妮娜喃喃地道：

漏长香拢，云飞无影，音鸟声声啼在纤瘦的指端。

望断天涯，那是用思念染就的海月清辉，是心中无法抹去的幕幕，或许，还有一寸难以消洒的愁肠。

明月的凝碧如堆，亦把念念不经意间堆满了眉头心上。

今夜，箫还在。

紫玉寒箫，一单矗立的背影与旁边的玉弦明珠，而今你在何兮？

当化成寂寞的星光如缀，波回曲终时，守在月下琴边。你可知，我已等得太久太久……

“呜”，一声悲凉的箫音带着些许愤懑和无尽的思念裂空响起，久久盘旋不去。青色的光芒以妮娜为中心，瞬间照亮了整个宝库。泪水，顺着妮娜的脸悄然滑落。

几乎同一时间，刚才还痴迷于宝石的几个女生摔倒在地，眼中充满了痛苦，泪水不受控制地流淌而下，她们的心似乎被那悲凉的箫音打碎了。

叶音竹的情况也好不到哪去，他的精神力和妮娜相差太远，而且距离妮娜又最近，一种无法言喻的悲痛充斥在他心头，脸色变得一片苍白。

幸亏他用赤子琴心打好了基础，让他的心无比单纯与坚定，才使得他没有沉迷在箫音之中。

他猛地一咬舌尖，令自己混沌的大脑清醒几分。淡黄色的光芒笼罩着他的身体，叶音竹一个箭步，已经绕过了妮娜，双手八指同时从七根闪耀着青光的琴弦上抚过，一串悦耳的琴音趁着下一声箫音还没有响起，将其强行打断。

妮娜立刻就清醒过来了，这才意识到自己刚才做了什么。自己在情绪有些失控的情况下竟然用了爆音，要是给这几个孩子造成不可治愈的精神创伤就麻烦了。

爆音即瞬间爆发的音波，极具穿透力，相当于其他系魔法师的瞬发魔法，是神音师达到绿级以后才能施展的能力。叶音竹距离使用爆音还差一阶。

妮娜赶忙收了手中的紫玉寒箫，快步走到三个女生身边，释放精神力探查着她们的情况。

探查完毕，妮娜紧张的心情放松了许多。幸好，这三个女生本身的精神力基础都不错，再加上叶音竹及时打断了爆音，她们虽然受到了一定程度的精神冲击，但问题不是很大，休息一会儿就能恢复过来。

妮娜想起了叶音竹，目光变得凌厉起来，道："叶音竹，告诉我，你和秦殇是什么关系？"

"啊？"叶音竹的精神力在受到冲击后才刚刚恢复，因此他一时间没反应过来。

"你不需要掩饰了。如果你不是和秦殇修炼着同样的琴魔法，以你的赤级实力根本不可能挡得住我青级的精神力。

"难怪那天你能在海洋的筝曲中不受影响还与她合奏，原来你和那个浑蛋一样，红色魔法力代表的不是三阶而是九阶。"

"秦爷爷不是浑蛋。"叶音竹微怒道。此时，那张古琴已经在不知不觉间被他紧紧地抱入怀中，琴魔法师与古琴之间那血脉相连的感觉使他怎么也不愿意将它放下。

"秦爷爷？你是他的孙子？"妮娜的脸色瞬间变得惨白，身体一晃，似乎下一刻就要跌倒。

叶音竹摇了摇头，道："不，我是秦爷爷的弟子。"

妮娜一愣，脸色这才好看了一些，问："是他让你来找我的？"

叶音竹回想起离开碧空海时秦殇对他说的话，道：“是啊！秦爷爷让我带封信给神音系的系主任，应该就是您吧？”

“信呢？”妮娜几步就来到叶音竹面前，呼吸明显变得不平稳了。

“丢了。”

“什么？到底怎么回事？”

当下，叶音竹将自己好心施舍乞丐，结果空间戒指被偷的事详细说了一遍。

“哼，让我知道那个小偷是谁，我一定要他好看。”暴怒中的妮娜已经有些口不择言了。联想起她刚才释放的爆音，叶音竹越来越明白为什么那些女学员都很怕她了。

良久之后，妮娜才平静下来，恶狠狠地看着叶音竹，道：“这么多年了，他自己不来找我，却让你来，他什么意思？

“我还以为他早就把我忘了。他让你来干什么？是不是为了这张海月清辉琴？”

叶音竹茫然地摇头，道：“我也不知道，秦爷爷只说让我带信来，没说干什么，可能是让我来当学员的吧。”

“笑话。他自己不会教吗？以他的水平，还用得着让你来这里学？”

“我也不知道秦爷爷为什么让我来。妮娜奶奶，您没事吧？”叶音竹试探着问道，“哦，对不起，妮娜主任，我又称呼错了。”

出奇的是这一次妮娜并没有因为他叫她奶奶而生气，反而平和地说：“你以后就叫我妮娜奶奶好了。他还好吗？”

“挺好的啊！只是有时候他喜欢一个人发呆。不过大多数时间他都和我在一起，教我弹琴。”

“那他结婚了没有？”妮娜问出这句话的时候显得有些忸怩。

叶音竹摇了摇头，道：“我不知道。不过这十多年，秦爷爷一直是一个人。”

妮娜如释重负地松了口气，但紧接着她又说道：“这个笨蛋，没结婚也不来找我，难道我就那么可怕吗？笨蛋，真是个大笨蛋。告诉我，他在什么地方？”

“妮娜奶奶，我不能说。我走的时候，秦爷爷特意叮嘱我，不能向任何人透露他的行踪。”

妮娜脸上的怒气消失了，取而代之的是一张笑得连眼睛都看不见的脸，道：“音竹乖，告诉妮娜奶奶，你师父在什么地方啊？

“只要你告诉奶奶，奶奶就把这张海月清辉琴送给你，好不好？这可是当世名琴之一，一点都不比你丢的那些差，当初你师父管我要我都没给他呢。”

叶音竹依依不舍地看了一眼怀中的海月清辉琴，深吸一口气，果断地将古琴送到妮娜面前，说道：“那我不要了。我不能违背和秦爷爷的约定。”

“你……这个大笨蛋教出来的小笨蛋！”妮娜愤怒地夺回海月清辉琴。突然，她灵光一闪，不生气了。

“好你个秦殇，你不是不来找我吗？好啊！你徒弟在这里，你要是不出现，我就把他扣了，我看你来不来。”

一想通了，妮娜的心思也活络起来，她上下打量了叶音竹几眼，问道：“你的琴魔法修炼到什么程度了？放心说，我和你秦爷爷是老朋友，他的事我几乎都知道。你们修炼的等级和我们普通神音师不一样，分为三部分，每一部分分九阶，对吧？”

叶音竹点了点头，从妮娜能够说出他与秦殇的关联，他就已经相信了面前这位妮娜奶奶，道：“秦爷爷说我快要达到剑胆琴心初阶了，只是需要机缘和时间才能突破。”

快要达到剑胆琴心初阶？妮娜心中一惊，道：“这么说，你现在拥有相当于黄级高阶神音师的修为了？”

“好像是的。”

“哈哈，哈哈哈哈，这真是太好了！上天送给我这么一个好机会，我怎么能放过？”

“哼，这次我就让其他系的人看看，什么才是真正的神音师。新生大赛必将因为我们神音系而颤抖，拿着！”一边说着，她一边将海月清辉琴送到叶音竹手中。

“你秦爷爷的本事你学到了几成？”妮娜问。

“不知道，秦爷爷说我还差得远。妮娜奶奶，您情绪波动太大，对于神音师来说，这样不太好。”

妮娜哼了一声，道：“我的事不用你管。真是可笑啊！昨天那个风系的小丫头居然挑衅你，她哪里知道你才是真正的天才。十六七岁就达到黄级高阶的神音师，在擂台上同样是很出色的。

“叶音竹，你给我听好了，不管怎么样，这次新生大赛，你一定要带领神音系取得一个好成绩。

“如果能进入决赛的话，那么，我将以神音系系主任的身份帮你争取奖学金，免除你今后所有的学费，还把这张海月清辉琴一直给你使用。”

“真的吗？那太好了。”叶音竹大喜，他现在最缺的就是钱和琴，这下都有了。

妮娜瞪了他一眼，道：“你不要以为很容易。别忘了，神音师可是没什么攻击力的。就按照我刚才的计划，不过，主攻由你改成海洋。”

叶音竹摇了摇头，道：“不，这不好。我不能让女孩子当我的挡箭牌。妮娜奶奶，我觉得我自己可以的。”

“好，有志气，不愧是秦殇的弟子。不过，在这里你就要听我的。有了你这个变数，比赛时用什么战术我要重新想一想，回头再说。哦，对了，不要让任何人知道你的琴魔法和普通神音师的不一样。别人越轻视你，你就越有利。”

“哦，好。”叶音竹答应一声。

妮娜叹息一声，道：“以后在学院里如果遇到什么麻烦你就来找我。既然你师父把你交给我了，我会好好照顾你的。你跟我过来。”她带着叶音竹走到宝库右边的架子前，从最上面的格子内拿下一套白色的魔法袍塞到他怀中。然后又带他走到放宝石的架子前，从上面拿出一个手镯和一条项链给了他。

“你先走，我还要帮这几个丫头挑选一些装备。我给你的这三件东西一定不要丢了，尤其是魔法袍。

“魔法袍名叫月神守护，是精灵族出产的，自带元素光罩技能和自我清洁水系魔法，永远不会沾染上任何污垢。

“元素光罩根据使用者的精神力大小覆盖的范围不同，每天可以使用三次，不论是对物理攻击还是对魔法攻击，都有不错的抗性。”

“妮娜奶奶，这太贵重了。”从这三件东西上面散发的元素波动，叶音竹就看出这是不可多得的好东西。

“又不是给你的，只是为了让你在新生大赛上给神音系出力而已。

“项链叫心灵守护，是专门守护精神力的，对你平时修炼也有些好处。一旦遇到精神魔法的攻击，还可以护住你的精神本源，让你不至于迷失自我。

“那个生命守护手镯每天可以召唤一次绝对防御。虽然是绝对防御，但对手如果超过紫级，还是很危险的，你自己回去琢磨吧。”

叶音竹按照妮娜的吩咐提前离开了。妮娜看着他离去的背影，眼中泪光再现，自言自语道：“大笨蛋，你当初不要的神之守护三件套，我给了你徒弟。你知道吗？这是我当初准备送给你的定情信物……”

第十章

# 新生大赛之初战

夜幕降临，碧空海的竹屋前，秦殇的身影显得有些孤独，一张古琴横于他面前的桌案上。

“音竹应该已经到了米兰魔武学院，你见到他了吗？妮娜啊妮娜，你可知我有多么想去见你，但是我不能。我的身上，背负了太多太多的东西。”

漏长香拢，云飞无影，音鸟声声啼在纤瘦的指端。

望断天涯，那是用思念染就的海月清辉，是心中无法抹去的幕幕，或许，还有一寸难以消洒的愁肠。

明月的凝碧如堆，亦把念念不经意间堆满了眉头心上。

今夜，箫还在。

紫玉寒箫，一单矗立的背影与旁边的玉弦明珠，而今你在何兮？

当化成寂寞的星光如缀，波回曲终时，守在月下琴边。你可知，我已等得太久太久……

从秦殇的双手按上琴弦的那一刻起，他就已经沉浸在了久远的回忆之中。

叶音竹没有穿月神守护，但心灵守护和生命守护手镯他已经戴好了。

心灵守护是一条银色的项链，由不知名的金属铸造而成，一颗心形的银色宝石镶嵌在吊坠上。当叶音竹戴上它的时候，宝石竟然自行吸附在他胸前，一股奇异的元素波动与他的精神力完全融合在一起。他的大脑似乎变得更加清醒了，而精神力也在那无形的元素能量的作用下被压缩得更加凝实。

生命守护手镯宽约一寸，戴在手腕上刚好贴合皮肤，一共有八颗淡绿色的宝石镶嵌在青色的金属上，柔和的能量与心脉相连，传递着温暖。

三件魔法物品都是和防御有关的，即使叶音竹对这些东西并不熟悉，也能感觉到它们的贵重。

虽然今天妮娜在知道自己是秦爷爷的弟子时显得很凶，但他还是清楚地感觉到了妮娜奶奶对秦爷爷的思念，妮娜奶奶带给他的是一种亲人般的感觉。

“喂，你傻坐着半天了，不睡觉也不冥想，想什么呢？”苏拉躺在自己的床上问道。

“啊！”叶音竹从思索中惊醒，道，“没什么。新生大赛马上就要开始了。”

苏拉扑哧一笑，他那一双大眼睛在夜晚依旧明亮。

“你还真要参加啊！别抱什么希望了，你们神音系不会有机会的。我看你还是想想以后自己怎么办比较好。”

时间很快就过去了，这些天每当叶音竹来到神音系的时候，妮娜都会将他们五人叫到一起讨论比赛战术。

她似乎已经忘记了那天的事，对叶音竹也再没有什么过多的关注，只是看向叶音竹的目光中偶尔会显露出几分柔和。

一轮金日照耀大地，米兰魔武学院处处充满了勃勃生机，各种植物都在阳光下尽情舒展自己的枝叶。虽然已经是夏天，但因为这里接近大陆的北端，所以天气依旧比较凉爽。

米兰魔武学院除了中心校区以外，其余超过三分之二的地方是各系的试炼场。毕竟，不论是魔法还是武技，修炼时都需要有充分的空间。

今天各系的试炼场格外热闹，因为试炼场正在进行新生大赛。大量学员聚集在有比赛的大试炼场周围观战，而人气最为火爆的是神音系和水系比赛的六号试炼场。

神音系的试炼场是之前新学员们参加测试的那个礼堂，那里显然是不能进行比赛的。所以，经过抽签决定比赛顺序之后，神音系就只能到水系的试炼场进行比试。

任何系的魔法都需要有一定的范围来施展，六号试炼场有上千平方米，不算很大。按说这里是水系的试炼场，观战的应该是水系学员最多。但此时此刻，整个六号试炼场周围已经围上了至少六千名外系学员，足足是水系学员的十倍。

原因很简单，自米兰魔武学院建成以来，神音系新生还是第一次参赛。要知道，选择修炼神音师的，绝大多数出身于皇族，只有他们才不需要为将来的生计担心。谁能保证这一届的新生中就没有公主呢？

“神音系！神音系！神音系……”高昂的欢呼声如同浪潮，甚至有些水系的学员也在为神音系欢呼。

其实没有人看好神音系，但能在这里欣赏神音系的众多美女，是所有男学员一直渴望的。

万一能够给美女们留下个好印象，那可就是天大的福气了。

六号试炼场的观战台上有二十个位置，原本是水系老师观看学员们比试的地方，现在却成了水系和神音系老师们的观战台。

妮娜坐在观战台中央的位置，她身边坐着水系系主任——蓝级中阶的魔导师瓦格雷。其他老师都坐在两边。

“妮娜主任，我本来还以为你们神音系参赛只是谣传，没想到竟然是真的。”

瓦格雷是个干瘦的小老头，看着妮娜，露出似笑非笑的表情，看上去很诡异。

妮娜连看都没看他一眼，目光落在试炼场双方学员身上，只是淡淡地回应道：“我们神音系既然是米兰魔武学院第一系，为什么就不能参加呢？你还是想想如何不让水系在比赛中垫底好了。”

“你！”瓦格雷大为尴尬。

水系魔法一向是比较弱的魔法，治疗魔法不如光系，攻击魔法也需要达到绿阶以上才能真正发挥出威力，所以在往届的新生大赛中都是垫底的。

而选择学习水系魔法的学员，大多数家境一般，其中以工读生居多，这就意味着学员们没有足够的财力来购买高级魔法物品。

“既然是面对全体新生的测试大赛，神音系参加自然也是正常的。”一个苍老的声音在他们背后响起。妮娜和瓦格雷惊讶地回头，这才发现一位身穿淡金色魔法袍的老者不知道什么时候来到了他们身后。

即使是一向高傲的妮娜，在见到这个人之后也连忙站起身，恭敬地道：“弗格森院长，您好。”

瓦格雷惊讶地道：“弗格森院长，您怎么也来了？”

弗格森微微一笑，道：“神音系出战，我自然也要为妮娜主任捧场了。我想，今年的神音系新生中，一定有特别出色的学员吧。”

他比瓦格雷了解妮娜。妮娜的高傲，在整个米兰帝国都是出名的，如果没有把握，那么今天妮娜绝对不会让神音系站在这个试炼场上。

瓦格雷将自己的位置让给弗格森，弗格森向周围站起朝他问好的教师们挥手道：“大家都坐吧，比赛就要开始了。”

宽阔的试炼场上，十名学员此时都聚集在场地中央。

海洋依旧是用黑发遮挡了半张脸，站在最后面，并不引人注目。蓝曦、雪玲和孔雀自然吸引了不少观战学员的目光。但真正成为焦点的不是她们，而是站在神音系参赛学员正中央的叶音竹。

洁白的月神守护片尘不染，法袍的衣领、袖口等位置都勾勒着金边；左胸的位置上，一颗乳白色弯月形的宝石发出柔和的光芒，使叶音竹显得无比的高贵。

黑色长发随意地披散在肩膀上，淡然的神情浮现在他英俊的脸上，穿上月神守护的他仿佛换了个人。

尤其是那双深邃而清澈的黑色眼眸，好像能看透人的内心。他风度翩翩，腰板挺得笔直，身边的四名少女仿佛都成为他最好的装饰品。

站在队伍的中央，这就代表他是本系主将。谁也没有想到，神音系主将不是二年级的海洋，而是接受了风系天才少女罗兰挑战的叶音竹。

水系的参赛学员是两男三女。三名女学员的相貌虽然不俗，但相比神音系这边就平庸多了，此时她们的目光全落在了叶音竹身上。

“你们好，我是水系新生大赛主将、二年级学员卡拉奇，请指教。”看着面前的神音系参赛选手，卡拉奇实在有些嫉妒。

神音系出美女也就算了，这么多年第一次出了个男学员竟然还长得这么帅，把自己的风头都压下去了。

卡拉奇比叶音竹矮半个头，相貌虽然也不错，却是一脸苍白，和叶音竹的阳光相比，明显阴郁许多。

叶音竹颔首还礼道：“你好，我是神音系主将、一年级的叶音竹，请指教。”

卡拉奇将心中的嫉妒压下，微笑着道：“不知道贵系选择哪一种比赛方式呢？”

按照新生大赛的规则，出于对女性的尊重，双方参赛学员哪一方的女学员数量多，就有权选择比赛方式。

如果女学员数量一样，则通过抽签来决定。不用问，在武技和魔法两方面的系中，会派出四名女学员的，大概也只有神音系了。

“团战。”叶音竹坚定地看着对方回答。

卡拉奇回应一声，双方同时后退。一名来自学院教务处的老师，是本场比赛的裁判，在确定了双方的比赛方式之后，他高声宣布比赛开始。

六号试炼场周围的六个点同时亮了起来，一个巨大的六芒星出现在半空之中。淡淡的乳白色光芒形成一个巨大的透明光罩，将整个试炼场笼罩在内。

以高级魔法石来完成试炼场防御罩，恐怕也只有财大气粗的米兰魔武学院才会这么做。这种充斥着各种元素的防御罩，能够经受住蓝级以下的魔法轰击。只要主持比赛的魔法师足够强大，比赛就可以一直持续下去。

海洋在本方后场坐下，将古筝放平。而以叶音竹为首的其他四人，则都站在海洋身前五米之外，排成一个弧形，护住后面的海洋。

“叶音竹，我们要开始了。”卡拉奇在对面高喊一声，他一点也不着急发动攻击。

对于神音师，他们还是有些了解的，只要乐曲不进行到一半，威力就发挥不出来。这么长的时间，就算是水系的禁咒咒语都能完成了。

回应卡拉奇的是一声铿锵有力、颤若龙吟的筝鸣，海洋的演奏已经开始。

橙色光芒伴随着清如溅玉一般的乐曲声四散开来。这一首筝曲的名字是《梦》，柔和而忧伤的曲意仿佛在抒发着海洋的心情。

卡拉奇眼中精光一闪，道：“好，橙级高阶，不愧是神音系第一天才。可惜了……”

叶音竹并不知道卡拉奇所说的可惜是什么意思，因为此时对方已经开始发起了攻击。

水系从一年级百名新生中挑选出的四名参赛学员自然是新生中的佼佼者，深浅不一的橙色同时从他们身上释放出来，他们竟然都是中级魔法师。低沉的咒语吟唱声不断响起。

卡拉奇没有吟唱，他身上发出的是淡淡的黄色光芒，这是黄级初阶的标志。一道瞬发的红色水箭直奔叶音竹胸口而去。

妮娜对第一场比赛的交代只有四个字：出奇制胜。神音系从没有在新生大赛上出现过，没有人熟悉神音师，这就是他们最大的优势。

叶音竹左脚向身侧跨出一步，虽然水箭冲过来的速度很快，但是他用一个看似漫不经心的动作正好避开了水箭。红色水箭射在试炼场防御罩上，溅起一片涟漪。

卡拉奇一愣，因为在魔法师和魔法师的对抗中，是很少出现闪躲情况的。

他怎么也没想到叶音竹会这样来应付自己的攻击。正在这时，他发现不对劲了。按照原本的计划，四名同伴的第一波魔法应该已经释放出来了，可到现在他们的咒语依旧没有完成。

为什么会这样？是筝音！

卡拉奇突然明白过来，神情变得严肃起来。他发现，神音师并不是一无是处，至少海洋的筝曲已经发挥作用了。

必须阻止她！

好不容易出了个神音系代替水系垫底，他可不愿意错过这机会。

瞬发水箭一道接一道地朝着叶音竹他们射去，有些甚至是朝他们几个之间的缝隙处而去，此时水箭的目标是海洋。卡拉奇想，只要打断筝曲，他们就赢定了。

孔雀不屑地哼了一声，道："原来就这水平啊！"她右手一挥，中指上的一枚戒指发出强烈的元素光芒。

一面橙色的光盾瞬间开启，挡在四人面前。赤级的水箭面对橙级的防御，完全被挡在了外面，发出一阵清脆的撞击声。

这时，水系的另外四名学员终于完成了他们的魔法——水咆哮，这是巨浪魔法。如果只是一名橙级魔法师施展这个魔法，威力自然有限，但由四名魔法师同时施展，效果就很不一样了。四重叠加的橙色巨浪带着巨大的呼啸声朝着神音系一方冲去。

卡拉奇举起手中的魔法杖，杖头上一颗璀璨的蓝色宝石散发出柔和的光晕，他的吟唱已经开始了。台下不知道谁喊了一声："水精灵的庇佑。"

一层橙级的防御自然不足以挡住四个水咆哮，于是蓝曦、雪玲同时伸出自己的右手，与孔雀的光盾一模一样的橙色光盾释放出来，形成叠加的三层防御。

当水咆哮与三重防御撞击在一起的时候，试炼场内顿时掀起一阵橙色的魔法元素旋风，防御盾竟有些抵挡不住了。

看台上，瓦格雷不屑地哼了一声，道：“就算是利用强大的魔法物品，魔法师也只能发挥出比自身高一级的威力。从目前的情况来看，神音系是防不住的，况且卡拉奇的水精灵庇佑魔法杖，可以将水系魔法吟唱时间减少百分之三十。”

妮娜冷笑一声，道：“你就看着吧，永远不要低估对手。”

水精灵庇佑是瓦格雷的魔法杖，她自然是知道的。此时瓦格雷把它给了卡拉奇使用，算是掏出了压箱底的宝贝。

但是，妮娜没有丝毫担心。比法宝，哪个系也不能和公主、大贵族必选的神音系相比，第一系的威名可不是白来的。

四重水咆哮的威力消失的同时，三层橙色魔法防御盾也消失了。魔法物品也需要一定的精神力支持，现在还只是赤级初阶的雪玲和蓝曦脸色已经有些苍白。

趁着水咆哮和水精灵庇佑对筝音的影响，卡拉奇的魔法刚好完成。一条长约三米的水龙咆哮而出，闪烁着黄色的光芒朝着叶音竹他们扑去。

完成这个魔法的卡拉奇，此时脸色更加苍白了。

这是因为筝音的影响越来越大，他只得尽快施展出自己威力最大的魔法——水龙吟，否则时间再长一些……

一片惊呼从观战的人群中传来。他们都看得出，就算神音系的学员们还能再施展出魔法盾牌，也不可能挡得住黄级魔法的攻击。比赛结果似乎已经明朗了。

就在这个时候，叶音竹淡然一笑，和雪玲她们三个女生同时退到海洋身边。乳白色的光芒从他身上发出，瞬间扩展到周边十米范围，将五人笼罩在内。

“轰”，水龙吟的威力确实不小。但是，在瞬间的撞击之后，约三米长的黄色水龙便支离破碎，而乳白色的光罩却只是出现了一些细微的裂痕而已。

“不可能。”瓦格雷瞪大了眼睛站起身。叶音竹身上发出的魔法光芒明明是赤色啊！

弗格森饱含深意地看了妮娜一眼，说："月神守护。连我都要羡慕神音系了。"

《梦》已过半，再也没有任何悬念。不论是卡拉奇还是他的伙伴，都没能再释放出下一个魔法。

他的学弟学妹甚至直接在《梦》的影响下进入了梦乡。他也昏昏欲睡，再也吟唱不出一句咒语了。

《梦》自然不会影响到叶音竹他们，选择性攻击是所有神音师都拥有的特殊技能。

"水系全体学员失去抵抗能力，神音系获胜。"

裁判给出了准确的判断。就算魔法师肉搏能力差，但把睡着的人扔下擂台还是完全可以做到的。

"我们赢了！我们真的赢了呢！"雪玲兴奋地跳了起来，抱住叶音竹的脖子在他脸上亲了一下，弄得叶音竹一阵脸红，尴尬得不知道该怎么办才好。

蓝曦就含蓄多了，脸上挂着笑容。

孔雀骄傲地道："神音系是最强的。"

海洋的反应最平淡，她抱着自己的古筝，朝试炼场外而去。

全场鸦雀无声。

比赛开始前，除了叶音竹他们，绝对没有一个人认为神音系会获胜。

魔法师的比赛，以往都是双方互相用魔法攻击，哪一方魔法力先耗尽才输掉比赛，完全是魔法力的比拼。

今天的比赛结束得实在太快了。水系的学员们甚至只释放出一个攻击魔法，就败在了神音系面前。此时此刻，很多学员都对神音系的鸡肋之名产生了怀疑。

瓦格雷有些呆滞地站在那里，不停地道："不可能，这不可能。就算是月神守护，由赤级的学员发动也不可能挡住水龙吟。"

本来以为神音系参赛水系就不用垫底的他，心情已经完全跌入了谷底。

妮娜站起身，高傲地扬起了头，说："瓦格雷，这才只是个开始。"

瓦格雷怒哼一声，也不答话，带着水系的老师们转身就走。输给了神音系，他实在没脸再待在这里。

弗格森微微一笑，说："水系魔法其实是很不错的，可惜在学员魔法等级比较低的时候威力不够。妮娜主任，你们神音系那个叫叶音竹的学员很有意思。"

瓦格雷说的话有一点他是赞同的。即使是月神守护，由赤级的魔法师发动也不可能挡住黄级魔法。

神音系在新生大赛上战胜水系的消息在第一时间传遍了整个米兰魔武学院。比赛结束得简单而快速，令所有人惊讶。

各种关于神音系的话题开始在学院内疯传起来。叶音竹和参赛的四名女生都成为大家讨论的对象，尤其是叶音竹在最后时刻释放出的元素护罩和海洋的筝音，更是讨论的焦点。

叶音竹并不知道别人在讨论他，比赛一结束，他第一时间离开了六号试炼场，朝着一个方向狂奔而去。

因为就在比赛结束时的那一刻，他听到了一个声音，一个令他极度激动的声音。

黄色光芒一掠而过，一些魔法师不禁想到，这又是武技部的哪个高年级学员跑到魔法区来了。

为了能用最快的速度赶到目的地，叶音竹甚至不再掩饰自己的竹宗斗气，毕竟米兰魔武学院实在是太大了。

在竹宗斗气的支持下，他将速度提升到了极限，只花十分钟就跑出了学院。

出了学院，叶音竹一直朝北方疾驰了十里才在一片树林前停下脚步，神色间的激动难以掩饰，心潮澎湃间他不禁高声喊了出来："紫，你在哪里？我来了！"

是的，就在刚才比赛结束时，紫的声音在他耳边响起。紫只说了一句话：

“我在学院外北面十里的树林处等你。”

对于叶音竹来说，虽然已经在米兰魔武学院安定下来，但这里毕竟不是他的家，而紫是和他在一起十年的伙伴，除了亲人以外，紫绝对是他最信任的人。

高大魁伟的身影从树林之中走出来。他的头发依旧有些散乱，星辰般璀璨的紫眸中流露出几分疲倦之色，但那刚毅的脸上没有丝毫改变。

看到叶音竹，他原本冷漠的眼中多了几分温柔。只有和叶音竹在一起的时候，他的表情才会出现这样的变化。

“音竹。”低沉而充满磁性的声音令叶音竹感到无比亲切。

“紫！”叶音竹兴奋地叫了一声，如同箭矢一般，带着一道强烈的黄光，眨眼间就到了他面前。

紫微微一笑，道：“我如约来了，也看到了你刚才在台上的比赛。看来，你已经适应了这里的生活。”

叶音竹点了点头，道：“紫，你还好吗？”

紫眼中闪过一道寒光，道：“还好，只是去做了一件应该做的事。而且，这还只是个开端而已。”

叶音竹心中一惊，忙追问：“紫，你还要走？”问出这句话的时候，他的音调已经变了几分。

紫难得地露出一丝微笑，道：“你是这里的学员，总不能半途而废吧！你就在这里学习，这儿对你适应大陆上的一切非常有益。

“我打听过了，米兰魔武学院又称为米兰皇家学院，在大陆上有着极高的威望。或许你的琴魔法无法在这里得到提高，但在这里能让你增加社会经验，而且，在这里你不会有什么危险。”

叶音竹眼中闪过一道坚定的光芒，右手如同闪电般探出，猛地抓住紫的左臂，道：“紫，如果你要走的话，我跟你一起走。两位爷爷让我在大陆上历练，和你在一起同样是历练。我不想再和你分开。”

他的手虽然只有四指，但是无比有力，连紫都有些惊讶叶音竹的力气居然这么大。

紫拍了拍叶音竹的肩膀，说：“我也不想和你分开。但是现在的我们，还不足以在这一片大陆上立足，留下来对你有好处。所以，我现在有一个折中的办法，不知道你愿不愿意？”

“什么办法？”叶音竹好奇地问道。

紫道：“我虽然不在你身边，但是这个办法可以让我们能随时相见。”

叶音竹一愣，疑惑地道：“有这样的办法吗？”

紫点了点头，眼中流露出一丝坚定的光芒，说：“我能有今天，都是你赐予我的。不要问我为什么，等你再强大一些，我会将一切都告诉你。我所说的这个办法，就叫作平等本命契约。”

“平等本命契约？那是什么？”

紫道：“大陆上不止战士可以拥有自己的魔兽，魔法师也可以召唤魔兽守护自己。

“但是，在召唤的时候，什么等级的魔法师就只能召唤什么等级的魔兽，而且魔法师一生之中只能与一只魔兽签订契约。

“因此，低级的魔法师不会轻易与魔兽签订契约，一般都会等到自己的魔法水平提升之后，再寻找一只适合自己的魔兽作为一辈子的伙伴。这就是所谓的主从契约。

“魔兽之所以不能被越级召唤，原因很简单，就是因为在召唤的时候会消耗巨大的精神力，一旦越级，将会对魔法师造成伤害。只有专门修炼召唤术的召唤系魔法师除外。

“因此，像你们米兰魔武学院中的学员，除非是成长型的魔兽，否则不太可能在自己能力提升到一定阶段前拥有自己的魔兽。

“而我所说的平等本命契约，却打破了这种主从契约的规则。同样的，一个人一生之中只有一次机会完成这种契约。一旦完成，就不可更改。

“简单来说，如果你和我签订了这样的契约，那么我们就会成为契约伙伴。

今后，不论我们在什么地方，精神上都会有一丝联系。你可以将我召唤到你身边，我也可以将你召唤到我身边。

“并且每次召唤的时间可以持续半个小时，对本身的精神力的消耗极少。这样的话，不论我们距离多远，都可以见面。”

叶音竹惊喜地道：“还有这样神奇的契约？太好了，那我们现在就开始吧。”

紫刚要说些什么，突然，他脸色一变，冰冷地朝树林的一侧看去。

“等一下。”

一道闪烁着黄色光芒的身影眨眼间就来到了两人面前，即使是叶音竹，也没有看清这道身影的模样，因为他实在太快了。但是，识别不一定需要靠眼睛，还可以靠鼻子，对方的气息对他来说实在是太熟悉了。

“爸爸。”叶音竹兴奋地大叫一声。没错，这突然出现的身影，正是叶音竹的父亲叶重。

叶重身穿一件灰色的战士装，他虽然接近四十岁了，但看上去似乎比叶音竹大不了多少，只是要成熟些。他将一柄碧绿色的长剑背在身后，看着叶音竹的目光中充满了慈爱。

紫看向叶重，叶重也将目光转向他，两人的目光对上的一瞬间，叶音竹仿佛看到半空中激起一串火花。

十六年的时间，叶音竹长大了，叶重的竹宗斗气也从当初的黄级初阶修炼到了现在的黄级六阶。现在的他相当于彩虹等级中的青级高阶天空战士，距离战师只有一步之遥。

“难怪离开碧空海的时候，我始终感觉到有人在跟踪我们，原来是你。”紫沉声道。

叶重微微一笑，道：“我只有这么一个儿子，不论是我和他妈妈，还是他的两位爷爷，都不可能完全放心让他一个人在大陆上行走。

“所以我一直在暗中保护着他。现在他已经到达了米兰魔武学院，我的任务也算是完成了。”

“什么？爸爸，你一直在跟着我？”叶音竹吃惊地看着叶重，“那你知道偷了我的空间戒指的那个人在哪里吗？”

叶重还没开口，紫已经脸色大变，目光落在叶音竹的左手上，这才发现当初的空间戒指已经换成了另一枚。

“音竹，你的空间戒指丢了？那你的琴……”

叶音竹苦笑着道：“琴、介绍信还有钱都一起丢了。”

“什么？”紫低吼一声，一股霸道的气息从他身上骤然释放。虽然没有任何斗气的光芒，叶重却看到紫脚下的土地竟然无声无息地出现了一片龟裂的痕迹。

紫的愤怒甚至令他都感觉到几分压力。紫握紧双拳，发出一阵噼啪声。

“让我知道是谁，我一定会捏碎他的每一根骨头。”

第十一章

# 平等本命契约

叶重深深地看了儿子一眼，正色道：“你丢了的东西，需要靠自己的力量找回来。我只能告诉你，当初偷走你的空间戒指的那个人也在这里。儿子，你要记住，想要成为一名强者，就先要学会观察和感知周围的一切。”

“那人也在这里？”叶音竹看着父亲，想了想后，坚定地道，“爸爸，我一定会依靠自己的力量找回空间戒指的。”

叶重向紫道：“紫，我想单独和音竹说几句话。”

紫没有理会叶重，目光在叶音竹身上停留了片刻后，就转身朝树林里走去。

“音竹，这一路上你所遇到的事我都看在眼里。但不论是你在露娜城遇到那几名魔法师，还是后来丢失秦爷爷给你的空间戒指，我都没有出面，你知不知道这是为什么？”

叶音竹有些茫然地摇了摇头。

叶重沉声道：“因为我希望你能够从自己的经历中成长起来，而不是一直在庇护下成长。

“或许这一次因为有我在暗中保护，我能帮你找回丢失的空间戒指，但是下次我不在你身边呢?

“你今年十六岁，已经算是成年了，今后你必须学会独立，学会自己面对一切困难。

“虽然你现在不是按照你秦爷爷的安排在行动，但是我觉得这反而是一件好事，你自己的路就要自己走下去。你要时刻记着你两位爷爷对你的教诲。”

叶音竹对上父亲严厉的目光，发现自己离开碧空海后一直存在的彷徨消失了，“独立”二字已在他心底生根发芽。

“爸，我会的。”

从“爸爸”变成了“爸”，虽然只是一个字的差距，但是叶重感觉到儿子真的长大了。

“音竹，我希望你能明白，杀人并不是解决问题的方法。很多时候，有些人虽然犯了罪，但罪不至死，这个时候就需要用别的办法来处理。

“同样，杀人也要付出代价的。像你上次在魔法师公会的行为，承受代价的虽然不是你，却是整个魔法师公会，甚至是整个王国。

“虽然紫对你没有任何恶意，但在某些方面，他有些偏执。他的话不一定都是正确的，你必须有自己的判断力。

“在你们分开的那段时间里，我跟踪过他，后来因为担心你没了琴会出事才回头跟在你身边。紫一定有很神秘的身世，他似乎和极北荒原的兽人有什么特殊的关系。”

听了父亲的话，叶音竹不禁皱了皱眉，坚决地道：“爸，紫绝对不会害我。我们是兄弟。还有阿卡迪亚替我承受了什么代价？”

叶重微微一笑，道：“阿卡迪亚的事你还不需要知道，你的两位爷爷会处理的。

“我只是提醒你，并不是帮你做出判断。刚才紫提出的建议我也听到了。虽然我不知道平等本命契约的真正含义是什么，但我可以肯定一点，一旦你和他完成了这个契约，那么，你今后就不可能再拥有别的魔兽了。

“这种契约都具有单一性。作为一名魔法师，自己的魔兽极为重要。你秦爷爷就是因为早年修炼琴魔法时实力太弱，不得已与一只低阶魔兽签订契约而导致后来无法拥有强大的魔兽。”

“秦爷爷也有魔兽吗？我怎么不知道？”

叶重叹息一声，道：“你秦爷爷的魔兽为了保护他，很早就战死了。为了纪念它，也因为曾经的契约的影响，你秦爷爷才一直都没有再拥有魔兽。

“如何处理和紫之间的关系，就看你自己了。我要走了。这次离开碧空海，一是为了护送你到米兰，二是要去阿斯科利王国办点事。你就留在学院，这学期结束也不用回家，我们会联系你。你长大了，我们竹宗和琴宗也该有所行动了。”

说完，叶重拥抱了儿子一下，没等叶音竹再说什么，他就腾身而起，几个起落后就不见了。

“爸，我一定会变强大的。”叶音竹强忍着父亲离去带来的失落感，清澈的目光中多了几分其他的东西。

结合这段时间的经历，叶重给他上的这一课极为重要。叶音竹已经逐渐脱离了当初在碧空海除了修炼以外什么都不需要管的生活，他明白今后能依靠的只有自己。

看着走回自己身边的高大身影，叶音竹微微一笑，朝他点了点头，道：“我们开始吧！”

紫一愣，问：“开始？开始什么？”

叶音竹道：“当然是平等本命契约啊！”

紫沉声道：“你真的决定了？我想，刚才你父亲在和你交谈的时候，一定将契约的弊端和对你未来的影响都告诉你了。我希望你能考虑清楚，不要将来后悔。”

“没什么好考虑的，我已经想得很清楚了。其实，在刚才爸和我说完契约对今后召唤魔兽产生的影响的时候，我只问了自己一个问题。我问自己，拥有一只强大的魔兽和拥有能时刻将你带到身边的能力相比，哪个更重要，答案就不用我多说了吧？”

叶音竹自始至终都没有因为魔兽的问题想要拒绝平等本命契约，他的心思很单纯，却往往能在思考时抓住重点。

签订契约不仅是对他的限制，对紫同样是限制。紫都不担心，自己还有什么可担心的？没有魔兽就不能成为一代强者吗？

父亲刚告诉过自己，想变得强大，只能依靠自己。

看着叶音竹脸上和煦的微笑，紫璀璨的眼眸中突然喷发出深切的情感：“好兄弟，我永远也不会辜负你的信任。”

“我们是兄弟。”叶音竹只说了五个字。是啊，既然是兄弟，还需要多说什么呢？

“紫，开始吧！”叶音竹看得出紫很激动，他也很激动。只要完成这个契约，今后即使自己在学院中也可以随时见到紫了。

“好，你跟我念。”紫从来就不是一个犹豫的人，“在万古恒存之日月星河的见证下，我紫。”

“在万古恒存之日月星河的见证下，我叶音竹。”

紫有些艰难地咬破自己的右手食指，他的血竟然是淡紫色的，看上去极为诡异。

叶音竹做出同样的动作，两人渗出鲜血的手指在空中连接在一起，两种不同颜色的血液顷刻间就混合到了一起。

一团强烈的魔法元素波动瞬间爆发，如同风暴一般将二人的身体席卷在内。半空中似乎有一道光芒从天而降，隔绝了周围的一切。

刹那间，叶音竹只觉得自己仿佛来到了另一个世界，周围的一切好像都消失了。他能感觉到的，只有威严的气息。

周围的一切都很绚丽，那是日月星辰带来的光辉，但叶音竹看到的，只有面前的紫。

“开启吧！契约之门！释放尊贵之荣光加持于我身，不灭封印将在此构成。大地拥有界限，海洋存在边缘，朔风流转于迷宫，烽火燃烧于圣园。聆听永信者的心愿，以彼此之血为引，我紫，愿意从此刻开始，将我的生命与叶音竹共享，同等互助，永不改变。”

耀眼的紫色光芒升腾而起，刹那间，从紫的眼眸中射出两道光芒直刺叶音竹内心深处。叶音竹清晰地感觉到，自己的大脑中多了些什么东西，紫的一切，以更加深刻的方式烙印在了他的灵魂与记忆之中。无形中，紫的身体好像变得无比巨大。

“开启吧！契约之门！释放尊贵之荣光加持于我身，不灭封印将在此构成。大地拥有界限，海洋存在边缘，朔风流转于迷宫，烽火燃烧于圣园。聆听永信者的心愿，以彼此之血为引，我叶音竹，愿意从此刻开始，将我的生命与紫共享，同等互助，永不改变。”

叶音竹身上腾起的光芒是乳白色的，柔和的白光与霸气的紫光瞬间混合在一起，在交缠中升腾。威严的气息消失了，不论是叶音竹还是紫，此时此刻都感觉到了对方的一切。

叶音竹感受到了紫心中出现过的无尽的悲伤和近乎疯狂的愤怒。

一个巨大的，由紫、白两色凝聚而成的六芒星出现在他们头顶上方，两人的身体被吸附在一起，开始缓慢地旋转。

他们的精神力在这一刻交融，就连体内的血脉也开始发生细微的变化。叶音竹觉得自己的身体充满了无穷的力量，而紫则感觉到自己的头脑变得越来越清醒。

其实，连紫自己都不知道，平等本命契约是所有契约中最高等的，一旦签订，不仅是双方可以彼此召唤，在完成契约的一瞬间，双方的能力还会得到一定的互补和提升。

叶音竹的生命气息和肉体强度都得到了提升，而紫的精神力得到了提升，思想也变得通透了许多，这是在不影响他们本身能力的前提下的叠加。紫的精神力提升后表现还不明显。叶音竹的竹宗斗气在身体强度大幅度提升之后悄然升级到了黄竹二阶，也就是彩虹等级中的绿级中阶。

弗格森作为米兰魔武学院院长，居住在整座学院最优美的一栋高塔建筑中，虽然这高塔无法与法蓝七塔相比，却也代表着他在米兰魔武学院中的地位。

此时，弗格森正在阳台的躺椅上一边晒着温暖的阳光，一边悠闲地看着老朋友的一本魔法手札。

“咦，这是什么力量？居然如此奇怪。”弗格森原本慵懒的目光顿时变得凌厉起来，他翻身而起，朝着北方望去。

淡淡的白紫色气流在空中流转，足足持续了半分钟才逐渐消失。

弗格森感受着那远方的气流，心中暗想：好剧烈的元素波动，但似乎并不是攻击和防御时发出的，难道有什么强大的魔兽出世了吗？不，不对，那股气流很平和，不像是魔兽发出的，倒像是召唤或者是契约的元素波动。看那气流发出的地方，分明在数十里之外，这么远都能感觉到，这会是一种什么样的契约或者召唤呢？

在这里能够引起弗格森兴趣的事实在不多，今天那名凭借赤级实力使用月神守护挡住黄级水龙吟的学员令他产生了一些兴趣，此时这白紫色的元素波动则给他带来更大的诱惑。

“出来吧，我的老朋友，科萨。”

他右手在空中一圈，一道紫色气流轻松地在半空之中形成一个六芒星。紧接着，低沉的吼声响起，一个巨大的身影从那六芒星中钻了出来。

那是一条体形庞大的红色巨龙。红龙是龙族中的一个支系，虽然并不是最强大的，但是拥有惊人的力量。

成年红龙的位阶可以达到八阶，红龙王更是有接近九阶的实力。八阶红龙的火系魔法加上庞大的身体和极强的抗击能力，没有紫级实力的人是不可能对付得了的。

弗格森召唤出来的这条叫科萨的红龙，身长超过二十米，明显是一条成年红龙。八阶的威压使高塔周围树林中的小动物们全部昏了过去。

科萨拍打着背后那对能够制造飓风的翅膀，抬起相对短小的前爪拍了拍自己的头，一副睡眼蒙眬的样子，道：“老朋友，叫我干什么？”

作为超过七阶的智慧型魔兽，它虽然没有九阶魔兽那种可以幻化成人形的能力，但说话还是没有丝毫问题的。

弗格森微笑着道：“抱歉，科萨，打扰你休息了。不过，我刚才发现一股奇异的元素波动，想过去看看。你也知道，我是一个精神系魔法师，是不会飞行的。”

科萨翻了个白眼，无奈地在高塔前转过身，把自己肥大的屁股对着弗格森，然后说：“上来吧，反正我就是给你当坐骑的命了。”

弗格森嘿嘿一笑，一副我吃定你的样子，摇摇晃晃地走上科萨的后背，一直走到它的脖子位置才坐了下来。

他可不担心自己会掉下去，以科萨的实力，就算他想从它身上跳下去都不是简单的事。

科萨挥动巨大翅膀的瞬间，带起一阵狂风和一股灼热的气流，朝着弗格森指引的方向而去。

只不过是十几次呼吸的时间而已，就到达了元素波动所在的位置，弗格森让科萨落了下去。

刚一落到地面，科萨的身体突然剧烈地颤动了一下，庞大的龙威骤然释放，淡蓝色的火焰围绕着它那巨大的身体旋转，就连不远处的树林都被烤成了焦黄色。

“科萨，你怎么了？”弗格森感觉到了自己伙伴的不安。

科萨眼中的睡意此时已荡然无存，目光锐利，不断朝四周看，说：“这是成长型魔兽的气息，而且是一种我非常厌恶的气息。”

“哦？”这句话马上勾起了弗格森的兴趣，他追问道，“那你能不能断定这究竟是什么魔兽？”

科萨摇了摇巨大的头，说：“我无法确定。我只能感觉到这只成长型魔兽的气息给我带来巨大的压力，但这种气息我还是第一次遇到，无法判断属于什么魔兽的气息。而且，这里还有人类的气息，应该是有人在这里召唤魔兽。”

龙族对气息的感应能力比人类强上百倍，弗格森丝毫不会怀疑自己伙伴的话。这不禁让他陷入了沉思之中。

就算是成长型魔兽，在没有达到九阶之前，也不可能让科萨感觉到巨大压力。如果真的有九阶魔兽出现在这里……

让科萨感觉到厌恶，至少能够说明一个问题，这只魔兽绝对不是龙族。

叶音竹可不知道自己刚才和紫完成的平等本命契约引起了弗格森院长的注意，此时他正和紫一起走在回学院的路上。

“音竹，我要走了。如果以后你遇到什么解决不了的麻烦，就召唤我。”

紫站在叶音竹身旁，此时他眼中的冰冷完全消失了，只有像兄长关心弟弟一样的柔情。

“紫，那你要是有什么麻烦的话，也一定要召唤我。我说过要保护你的。”

叶音竹微微一笑，这一次他不再担心紫一去不回了。因为只要他愿意，就能随时见到紫。

契约完成之后，叶音竹和紫的脑海中就有了一种莫名的精神联系。彼此的气息令他们感觉亲切，凭借着这丝精神联系，他们甚至能够察觉到对方的情绪变化。

“紫，我有些犹豫。”叶音竹道。

“犹豫什么？”

“今天，新生大赛已经开始了，我们第一场赢了水系。但妮娜奶奶说过，水系是魔法九系中最弱的一个，其他系的对手都非常强大。我现在不知道是不是该把音刃融合到乐曲中与他们抗衡。

“秦爷爷说过，看到我音刃的敌人都必须死，可是爸刚才又对我说有些人罪不至死。这只是比赛，我该怎么办？”

紫自然知道叶音竹心中的疑惑，淡然一笑，道：“这件事你自己决定。我只能说，你的秦爷爷怕你过早地显露能力，所以有所顾虑。但是，你想要成为一名强者，如果不让自己增加实战经验的话，也没有好处。隐藏不是最好的办法，这并不能让你成长为强者。”

叶音竹点了点头，道：“我也是这么想的。更重要的是，神音系除了我以外都是女生，我不希望在接下来的比赛中让她们受到什么伤害，也不希望她们帮我来抵挡对手的攻击。我是一个男人，我要站在最前面。”

“音竹，你成长得很快。这样我也能放心地走了。你要记住一点，我们的平等本命契约只有在对方不处于战斗状态的时候才能进行召唤。也就是说，如果你现在想将我召唤到身边，那么我必须没有处于战斗状态，否则召唤将不成功，反之亦然。记住，只有战斗的一方可以召唤并不处于战斗状态中的另一方。”紫再次拍拍叶音竹的肩膀，便转身离去。

叶音竹这才发现，不知不觉间，自己已经回到了米兰魔武学院门前。

此时的他不再着急了，一个人慢慢地朝着混合区的方向走去。

他的记忆力很好，才在学院里生活了几天，他就已经将学院里主要区域的路线记熟了。

他呼吸着学院里的新鲜空气，穿过北区，眼看就要到混合区了，却被一行人拦住了。

一共有七个人，高矮不一，身上携带的武器显示他们并不属于北区的魔法部。

“站住，你就是叶音竹吧？”七人一字排开，挡在叶音竹面前。

“你们有事吗？”叶音竹皱了皱眉，直觉告诉他，这些人并没有什么善意。

“有事，当然有事了。小子，今天你让我们输了不少钱。本来准备赚点零花钱，没想到却让你给破坏了，你说怎么办吧？”

为首的男子身材高大，和费斯切拉差不多，看上去二十岁左右，一身匪气，背后挂着两柄巨大的战斧。

叶音竹有些茫然地道：“我让你们输钱了？”

“当然。我加内帝还会说谎不成？原本我们压的水系赢，但是今天你们神音系赢了水系，结果让我们血本无归。”

原来，在新生大赛之中，一些高年级学员会偷偷开设赌局，从而获取一些钱财。今日神音系与水系一战是整个新生大赛的焦点，因为没有人看好神音系，他们赌的也不是神音系是否能获胜，而是神音系能否在水系面前坚持半个小时，显然最后绝大多数人都输了。

面前这个加内帝与另外六人都是住在混合区的工读生，本来就没什么钱。原以为稳赚不赔的赌局却输了不少，一时间气不过，他们不敢去为难神音系的女生，就在这里堵上了同样住在混合区的叶音竹，准备用他顺顺气。

“赌博本来就不对，你们说的这些和我有什么关系？”叶音竹可不是那么好欺负的。

面对加内帝等七人的挑衅，他心中正琢磨着应该怎么应对。

“我们也不想怎么样，只要你赔偿我们的损失就可以了。不多，一共四十个金币，给钱我们就走。否则的话，今天你就免不了要吃点皮肉之苦了。”

加内帝的身材和紫差不了多少，蒲扇般的手掌相互握紧，发出一阵噼啪声，再加上他那凶恶的外表，确实很吓人。

可惜，他今天选错了对象。

“我没钱，有也不会给你们。”

一层微弱的光浮现在叶音竹的脸上，此时他体内的竹宗斗气流转，因为与紫的契约增强了自身的力量，这股力量正在他体内澎湃欲出。面对这些人，他并不准备动用自己刚得到的海月清辉琴。

正在这时候，奇异的一幕出现了。刚要发作的加内帝身体突然变得僵直，一动不动地站在那里，眼中充满了惊恐的光芒。

一柄只有七寸长的匕首不知道什么时候已经架在了他的咽喉上。

匕首是黑色的，并不反光，但阴森的气息令他的身体一阵战栗。冰冷的匕首刺激着他的喉咙，他仿佛已经感觉到自己体内的热血即将喷涌而出。

“对，就这样，不要动，我可不能保证自己的手会一直这么稳当。”柔和的声音从加内帝背后响起。

加内帝的六名同伴骇然看去，不知道什么时候，加内帝背后多了一个瘦小的身影。此时，他一只手按在加内帝宽厚的肩膀上支撑着自己的身体，另一只手正握着那柄黑刃匕首。他虽然脸上露着淡淡的微笑，但那双眼睛充满了冰冷的杀意。

“你是谁？”加内帝惊恐地大叫一声。他很清楚自己的处境，这人真会要了自己的命。

“这里是米兰魔武学院，我当然和你一样，也是这里的学员。你们想欺负我的室友，是不是应该先问问我同不同意？”这个瘦小的学员正是叶音竹的室友——苏拉。

冷汗顺着加内帝的额头流下，他已经猜到背后的人一定是刺客系的。在武技部那边，不论多么强的战士，也不愿意和刺客系的人作对。

因为刺客是无处不在的，谁也不希望自己被一名杀手盯上。

加内帝一向对自己的实力很有信心，此时被苏拉突然摸到身后却没有丝毫感觉，可见背后的刺客并不是他能对付的。即使这是在学院之中，也不会有人怀疑刺客的狠辣。

刺客系上的第一课就是面对敌人，不论在哪里，都要立即将可能出现的威胁扼杀在摇篮之中。所以在米兰魔武学院一直流传着这样一句话：宁可招惹老师，也不要招惹刺客系的任何一名学员。

“这位大哥，我知道错了，不知道叶音竹是您的室友。放过我吧！我们立刻就走。”加内帝的声音已经有些颤抖了，因为脖子上的黑刃似乎正在与他的皮肤摩擦。

“下次看到你们，我不会再说话。”苏拉温和的声音突然变得冰冷。不说话的刺客代表着什么？代表着毁灭。

黑刃如同变魔术一般消失了。在加内帝的六名同伴的注视下，苏拉微微一晃，就从原地消失了。隐匿是只有高等刺客才能掌握的技能。

深深的恐惧袭上七人心头。加内帝看了叶音竹一眼，甚至连场面话都不敢说，就带着同伴们灰溜溜地跑了。

叶音竹向左一动，瘦小的身体悄无声息地出现，正是苏拉。

“苏拉，谢谢你。”叶音竹微微一笑。

苏拉有些惊讶地看着叶音竹，因为苏拉感觉到在自己出现的一瞬间，一股无形的精神波动锁定了自己的身体。

“即使我不出手，相信你也能解决。不过，吓吓他们更好，估计他们不敢再找你麻烦了。那个加内帝是重剑系二年级的佼佼者，武技很不错。”苏拉嘻嘻一笑，眼神和气息都恢复如常。

苏拉刚才的表现给了叶音竹陌生的感觉。此时他才知道，自己的室友竟然这么强大。

“恭喜了，音竹。”

“恭喜？你是说今天我们和水系的比赛吗？”

苏拉竖起大拇指，道：“真没想到你们神音系也有翻身的一天。走，我们回宿舍。今天晚上想吃点什么？我给你做。”

叶音竹莞尔一笑，道：“你真是个称职的好管家，这四个金币真是花得太值了！现在我不但不用收拾房间，还有饭吃，甚至还有一个免费的保镖。”

苏拉嘿嘿一笑，道：“你要是认为物美价廉的话，给我加薪我也不反对。”他一边说着，一边搓起手来，样子显得有些好笑。现在的他，完全没有刚刚的气势了。

宿舍还是那么小，但干净整洁。叶音竹每次回到这里，都会有种温馨的感觉。

自从来到米兰魔武学院，给他印象最深的老师自然是妮娜，而学员中让他印象最深的却并不是神音系的那些美女，而是他的室友苏拉。

苏拉极为能干，总是把宿舍里的一切处理得井井有条，宿舍里很难找到一丝尘埃。叶音竹甚至不知道他是什么时候收拾的。

今天又见识到了苏拉身为刺客的实力，不禁令他大为惊讶。虽然每个人身上都有属于自己的秘密，但是苏拉的秘密似乎格外多。

或许连加内帝都不知道苏拉是什么级别的实力，因为刺客不会轻易释放出自己的斗气。不让对手摸清自己的实力，是刺客的第一法则。

但是，叶音竹的精神力比同龄人的要强得多。就在苏拉放过加内帝，隐匿身形之时，他感觉到苏拉身上散发出的斗气气息竟然和自己的相差不多。

这就意味着，苏拉至少有绿级初阶的斗气水平。在同龄人中，这是很难想象的。

要知道，即使是叶音竹，也是经过十多年心无旁骛的苦修，才能把斗气提升到这种程度啊！叶音竹不需要去打听也能猜到，苏拉绝对是这一届刺客系新生中的最强者。

“吃饭了，想什么呢？”

恢复常态的苏拉依旧是一脸无忧无虑的样子，从怀中掏出钱袋，正在计算伙食费。

今天的午餐比前两天要丰盛，一个荤菜一个素菜，以及四个馒头，居然还有一小盆青菜汤。

“这么多好吃的！”叶音竹惊讶地道。

苏拉笑着道：“当然！我们正是长身体的时候，每个月总要吃点肉的。下午你们还有一场比赛，赶快吃，我下午没事，吃完饭我跟你一起去比赛场地，给你加油。”

“谢谢你，苏拉。”叶音竹感动得说不出别的话来。

苏拉低下头，眼中闪过一道异样的光彩，嘴上说道：“不用谢。你要真想谢我的话，就继续努力，要是能拿个名次得些奖金，以后我们的生活可就好过多了。”

“一定！”

为了自己的尊严，也为了苏拉，叶音竹第一次确定了自己的目标——新生大赛的冠军。

狼吞虎咽地吃完午餐后，苏拉陪着叶音竹一起回到了神音系。此时，神音系的女生都在等叶音竹了。

或许因为上午对战水系获得了胜利，此时神音系内尽是一片欢腾的气氛。

“音竹，你可来了。比赛结束后你干什么去了？”雪玲眼尖，叶音竹刚一进教室就被她看到了。

叶音竹还记得今天雪玲激动的一吻，看到她不禁有些尴尬，俊脸一红，道：“我回去吃饭了。我给你们介绍一下，这位是我的室友、刺客系的苏拉。”

苏拉和费斯切拉绝对是两种类型的人，费斯切拉看到女生时恨不能把眼珠从眼眶里瞪出来，而苏拉的反应却非常平淡，他只是微微颔首和雪玲打了个招呼。

第十二章

# 幽冥雪魄

神音系的新生们都在教室里，当然还有海洋。海洋此时正坐在角落中，调试着她的筝弦。

雪玲向叶音竹道："大家正在商量下午的比赛呢。"

叶音竹疑惑地道："商量？妮娜奶奶不是早已经订好计划了吗？"

雪玲嘻嘻一笑，道："我们商量的是啦啦队的事。高年级的学姐们说了，如果我们能再赢一场的话，等到明天比赛时，她们就集体出动给我们加油哟！到时候场面绝对震撼。音竹，你怎么还叫妮娜主任奶奶？你不怕死，我们还怕被连累呢！"

叶音竹微微一笑，没有回答。正在这时，教室门被打开了，妮娜从外面走了进来。虽然她看上去依旧是那么高傲，但谁都感觉得到，今天的妮娜心情很不错。

妮娜拍了拍手，将众人的注意力吸引到自己身上后，道："好了，大家都听我说。我刚抽完签回来，我们下午的对手是暗魔系。战术和上午的一样，不过你们一定要小心，一旦抵挡不住对方的攻击，就要立刻认输。叶音竹，这一点由你来掌握。"

为了公平起见，新生大赛在循环赛阶段，都是结束一场后再进行下一场的抽签，抽签时会排除已经对战过的新生。

一听说下一场的对手是暗魔系，雪玲和蓝曦同时惊呼出声。孔雀虽然没有吭声，但她高傲的脸上多了几分阴郁。只有坐在角落中的海洋没有什么变化，依旧是那么冰冷而平静。

魔法部的九大系分别是水系、火系、风系、土系、光明系、暗魔系、召唤系、精神系和空间领域系。其中，前六者属于元素类魔法，后三者属于特殊类魔法。最为玄妙的自然是空间领域系，最强大的是精神系和召唤系，但最让人不愿意面对的，是暗魔系。

秦殇详细地给叶音竹讲解过各系魔法的奥妙。水系魔法在初期相对比较弱。而暗魔系则刚好相反，是初期最强的魔法，有“绿级以下暗魔第一”之说。

暗魔系魔法大多是以自身某些东西为祭礼，召唤黑暗元素为自己所用，威力极大，其中的腐蚀性魔法更是任何人都不愿意面对的。

一旦被腐蚀性魔法命中，造成的伤害往往会无法治愈，这也是神音系的女生们产生恐惧的原因。

“妮娜奶奶，下午的比赛，能不能让我来安排战术？”虽然叶音竹不是第一次当众叫妮娜奶奶，但这绝对是他叫得最坦然的一次。

妮娜瞪了他一眼，却没有发火，反而点了点头，道：“好，既然你是主将，那就由你来做主吧。不过有一点我要事先说明——一切以安全为重。我不希望你们出现任何闪失。”

叶音竹点了点头，道：“我明白。海洋学姐，下午能不能请你再弹奏一次《倩女幽魂》？”

海洋一愣，苍白的俏脸上露出一丝诧异的表情，问：“为什么？《倩女幽魂》只能抒发悲伤的情感。暗魔系的学员可不像水系的那么容易对付，就算是《倩女幽魂》弹奏成功了，也未必能让他们失去战斗能力。”

叶音竹自信地道：“就请海洋学姐听我的安排吧。还有雪玲、蓝曦、孔雀，你们应该也会这首比较流行的乐曲，请你们分别用自己擅长的乐器将它演奏出来。蓝曦，到时候你在我身边演奏，琴最难与其他乐器合奏，你要注意我的手法。”

蓝曦有些兴奋地点头答应，叶音竹的琴艺她是亲眼见过的，早就想请他指点自己了。

一旁的孔雀却不干了，她没好气地道：“叶音竹，你这是什么意思？大家都去演奏《倩女幽魂》，那谁来防御暗魔系学员的魔法攻击？”

“我。”叶音竹的回答只有一个字。

孔雀有些不屑地道：“你行吗？”

在参赛的四名女生中，就数孔雀让叶音竹最没好感了，所以他淡淡地道：“我不行难道你行？如果你能够抵挡住对手的魔法攻击，那我就把主将之位让给你。”

“你！”孔雀大怒，“你算什么东西，竟敢和我这么说话。你信不信，我……”

“够了。比赛还没开始，你们想内讧吗？孔雀你记住，这里不是巴勒莫王国。既然我说过叶音竹是主将，那么从今天开始，比赛的一切事宜就由他安排。”妮娜毫不留情地将孔雀的话堵了回去。

神音系下午要用的比赛场地是暗魔系的四号试炼场。

这座试炼场和水系的试炼场不一样。虽然两个试炼场大小差不多，但用来建造暗魔系的试炼场的各种材料都是黑色的。第一次来这里的人，都会感觉到几分阴森的气息。

四号试炼场现在可以说是非常热闹。来观看神音系和暗魔系的这场比赛的人，竟然比上午观看神音系和水系那场比赛的人还多。虽然神音系已经赢了一场，但到现在为止，依旧没有人看好他们。

大多数学员认为，上午水系之所以会输掉比赛，主要还是因为水系的新生们在开始时太大意了，导致攻击速度慢了一些。但他们又哪里知道，水系学员们释放魔法的速度慢，可不是因为大意，而是因为受了乐曲的影响。

“音竹，你可一定要加油啊！我花了一个金币赌你们神音系胜。”苏拉朝正准备上场的叶音竹低声笑着道。

叶音竹皱了皱眉，道：“爷爷说过，赌博不好。”

苏拉嘿嘿一笑，道：“小赌怡情嘛，没什么。好啦，你赶快上场吧，我会一直给你加油的。”

和第一场比赛时不同，这一次神音系搬到试炼场的不是一套桌椅，而是三套。叶音竹的桌椅自然是自己搬的，其他两套则是其他系的学员代劳的。

“神音系，加油！神音系，必胜！”

清脆的呼喊声和足以吸引人眼球的娇颜成了全场的亮点。

神音系新生中，除了参赛的四人之外，其他人此时都穿着校服，在试炼场一旁为叶音竹他们加油。此时，众多女学员的目光直接落在了叶音竹身上。

虽然叶音竹给人的感觉是出身贫寒，但他的气质、相貌实在太出色了。

如果他不是神音师，恐怕早就有女学员展开倒追行动了。只可惜，这个世界是以实力为先的。

在魔法部九大系中，暗魔系的学员数量最少，比精神系的分支神音系的学员多不了多少。暗魔系每个年级都只有二三十人，此时聚集在一起后，与其他系的学员们相比，显得有些势单力薄。

叶音竹的桌椅放在最前面，身后左右两边分别是蓝曦和海洋，雪玲和孔雀站在最后。

叶音竹还是第一次看到她们的乐器。雪玲的乐器是一管蓝色的玉箫，而孔雀的乐器则是乳黄色的琵琶，像是用象牙雕琢而成的，触弦时发出的声音像金属发出的铿锵之音。

对战双方都已经到齐，此刻正面对面站在场地中央。

令叶音竹有些惊讶的是，暗魔系的人员搭配和神音系的正好相反。神音系这边是一男四女，暗魔系则是四男一女，更令人想不到的是，那名女学员才是他们的主将。从她校服上的标志来看，她还是一名新生。

“暗魔系主将，一年级学员，月冥。请选择比赛方式。”暗魔系的女主将说话很简洁。

她穿着黑色的魔法袍，暗蓝色的长发披散在背后，一双动人的大眼睛里满是寒光，全身冰冷得仿佛没有一丝生气。

“神音系主将，一年级学员，叶音竹。团战。”叶音竹的回答同样简洁。

面前这个叫月冥的女孩子已经引起了他的警惕，他心中暗想：米兰魔武学院果然不愧是大陆第一学院，仅仅是新生，竟然就有如此强大的实力。眼前的暗魔系，明显不是上午的水系所能相比的。

一名暗魔系的学员不屑地哼了一声，道：“你们神音系上战场时也要搬桌子吗？”

叶音竹背后的雪玲反唇相讥道：“你见过神音师上战场吗？先赢了我们再说吧。”

叶音竹和月冥彼此点了下头，带着本系学员同时后退。四号试炼场防御罩开启。

看台上，妮娜和暗魔系的系主任都在。和瓦格雷不同，暗魔系的系主任冰冷得很，从他出现到比赛开始，他一句话都没有说过。或许是被神音系勾起了兴趣，院长弗格森又一次出现在了看台上。

“月冥这孩子越来越出色了，不知道今日一战，神音系能坚持多久？”即使是他，也绝对不会看好神音系，因为月冥是他一位老友的孙女，他很清楚她有多强。

裁判喊出“开始”之后，十个充满死亡气息的赤色光球出现在半空之中，朝着叶音竹五人射去。黄光闪烁，暗魔系的五名学员竟然全都是黄级魔法师，为首的月冥身上散发的元素光芒甚至是代表黄级高阶的暗黄色。

瞬发暗之球，一下就令在试炼场周围观战的学员们发出一片惊呼。

“一切有我。”叶音竹淡定自若地交代了一声，同时他左手戒指上的那颗水滴形的宝石光芒一闪，海月清辉琴出现在他面前的桌案之上。面对月冥带来的压力，他心中充满了强烈的战意。

叶音竹端坐于琴前，优雅从容地将双手按于弦上，仿佛变了个人。此时，他的心和海月清辉琴产生了奇妙的共鸣。

眼看那十个暗之球越来越近了，叶音竹并没有发动月神守护。只见他的右手轻拨琴弦，伴随着一声低沉而浑厚的嗡鸣，对面的五名暗魔系学员同时身体一震，他们刚刚开始吟唱的魔法咒语竟然直接被强行打断了。

看台上，妮娜猛地从自己的位置上站了起来，吃惊地看着试炼场中的叶音竹。

难道是爆音？否则怎么可能在琴音未起之时就将对方的咒语打断？可他再强也不可能达到了绿级的魔法水平啊？

在那声低沉的嗡鸣后，悠远浑厚的琴音紧接着响起，一道混合着黄红色光芒的音刃在那琴音的环绕之下从叶音竹的琴弦上破空而起，这道音刃仿佛长了眼睛一般，就那么将半空中飞来的十个暗之球同时抹去了，没有留下一丝痕迹。

本来妮娜一个人站在看台上还显得有些突兀，但此时，另一个人也站起来了。这第二个站起身的，正是米兰魔武学院院长、精神系的紫级大魔导师弗格森。

“魔武合一！”弗格森口中发出吃惊的声音，在场的人中，没有谁的感官比他的更加敏锐，他清晰地感觉到叶音竹所发出的那道音刃绝对不仅仅是魔法那么简单。

红色的是琴音带起的精神魔法力，而那黄色的却是斗气啊！最令弗格森惊叹的是，琴音与斗气的完美结合，形成了特殊的能量。

暗之球在赤级魔法中算是威力最大的，但此刻，那十个暗之球竟然连叶音竹轻拨琴弦所产生的音刃都抵挡不住。

没有人想到会出现这样的局面，就连叶音竹背后的四名女生也都惊呆了。但下一刻，她们的神志就被叶音竹的琴音唤醒了。

同样是《倩女幽魂》，叶音竹演奏出来的与海洋演奏出来的却完全不同。

曲中那淡淡的忧伤，如同陈年老酒一般回味悠长。绵绵的琴音带着袅袅余音，虽然声音不大，却清晰地传入每个人耳中，即使是试炼场防御罩外的观战学员们也感觉到自己的情绪开始随着琴音而起伏了。

神音系的四名女生中，海洋的魔法修为最高，她第一个反应过来。清亮而充满质感的筝音随着她双手的滚拂从二十一根筝弦上流淌而出，似龙吟一般，与琴音相合。

紧接着，另一道略有些生涩的琴音响起。蓝曦没有去看自己面前的玉韵琴，她的目光完全集中在了叶音竹的双手之上，这时她才发现，叶音竹的双手竟然只有八指。

大珠小珠落玉盘的声音适时插入，如同银瓶乍破一般的清音穿入乐曲之中，顿时令这首《倩女幽魂》多了几分肃杀的感觉。与此同时，浑厚、悠长、细腻的箫音带着悲伤加入了。

叶音竹五人此时所展现出来的，正是神音师的合奏技能。

合奏，指多名神音师同时弹奏一首乐曲。即使这些神音师的魔法等级不同，只要他们配合巧妙，乐曲就能发挥出叠加的效果。

一时间，四股赤色光芒夹杂着海洋释放出的深橙色光芒奔涌而出，如同漩涡一般，充满了四号试炼场的每一个角落。

神音师的音乐魔法最可怕的地方就是它的不可抵御性。没有任何魔法或斗气能够挡住音律的精神攻击，魔法师只能凭借自身的精神力硬扛。

琴音刚响起的时候，除月冥以外的四名暗魔系学员都没有太在意。面前的叶音竹五人中实力最强的才到橙级，就算这些人的乐曲发挥出效果，他们也有信心能凭借精神力抵挡住。

直到眼看叶音竹的一道音刃抵消了他们发出的暗之球后，这些暗魔系的学员才知道，神音系绝对不简单。

咒语吟唱被打断后，他们第一时间反应过来，马上全力凝聚自己的魔法力，朝着叶音竹五人发出大量瞬发赤级魔法。

其实，叶音竹的第一声琴音并不是传统神音师的爆音，因为他确实还没有发出爆音所需要的绿级能力。

那一声琴音是他自己研究出来的音爆，以音为基础，以斗气引爆。当初在面对蓝级魔法师鲁菲特的时候，他就是用这一手突然袭击占得了上风。

一道道音刃随着叶音竹的双手的动作飘然而出，暗魔系魔法虽然充满了腐蚀性和攻击力，却根本无法到达叶音竹身前五米范围之内。

叶音竹的左手用空谷传声势，右手用幽谷流泉势，同时弹出，口中道：“你们也接我一招。”

四道音刃在半空中交叉成一个“米”字，朝五名暗魔系学员飘然而去。音刃极为奇妙，在半空中飘荡，仿佛没有受力一般，随时都在改变着方向，但它们的速度极快，几乎是一闪即至。

上次杀掉鲁菲特几人的时候，叶音竹自知不敌，因此趁着对手因为自己的琴音而感到吃惊之际，全力发动七杀音，使斗气和琴魔法完全爆发，这才一举成功。此时他却多少有些保留，毕竟以他现在的实力，如果发出七杀音，他将再没有任何余力。

突然，一片黑色的浓雾从月冥胸前喷薄而出，在空中形成一面黑色的雾墙。随着“米”字形音刃的射入，这个暗夜冥雾魔法剧烈地颤动了几下，最终挡住了音刃的攻击。

“暗魔裂影。”月冥低喝一声，听起来有些喘。虽然她凭借魔法物品发出了防御魔法，但四道音刃全被她接了下来，对她的魔法力影响极大。

五名暗魔系学员闻言，同时摸出一颗黑色的珠子，一齐捏碎，刹那间，众多黑色的身影出现了。

他们每个人竟然都分成了六道身影，所有身影快速散开，对神音系形成了一个包围圈。无法吟唱咒语，他们就凭借魔法物品瞬间释放出了这个黄级魔法——暗魔裂影。暗魔系可比水系富有得多，根本不缺魔法物品。

用暗魔裂影来对付现在的叶音竹再合适不过，因为暗魔系学员都没有硬挡音刃的能力，但突然释放出多个分身，就能使叶音竹无法捕捉到他们真身的位置。

音刃是特别消耗斗气和魔法力的，叶音竹自然不会轻易用出。

此时，《倩女幽魂》已经演奏了三分之一。

此时，正是叶音竹的琴曲开始发挥作用的时候。

五名暗魔系学员几乎同时感觉到内心深处有一股强烈的悲意正在上涌，潜意识中，他们似乎只想去倾听乐曲，而不是继续比赛。暗魔裂影所产生的分身已经开始变得模糊了。

月冥毕竟是和叶音竹同级别的魔法师，关键时刻，她猛地一咬下唇，利用唇瓣传来的刺痛令自己清醒了几分，而后大喝一声："出现吧，我的伙伴——冥雪！"

暗蓝色的六芒星应声出现在大片黑色身影之前，一个曼妙的身影从中走了出来，竟然是一个看上去只有六七岁的小女孩。

小女孩飘浮在半空之中，长过脚踝的深蓝色长发飘荡在背后，一双黑色的大眼睛中充满了冰冷的气息，淡淡的暗蓝色光芒围着她的身体不断旋转。最奇异的是，她的身体看上去竟然如同水晶般透明。

看台上，妮娜脸色大变，失声道："亡灵类成长型魔兽——幽冥雪魄！"

所有成长型魔兽都有进化到智慧级魔兽的可能，只不过这个过程非常漫长且艰难。而其中，亡灵类成长型魔兽的数量之稀少，甚至可以和九阶巨龙相比，更别说其中的翘楚——幽冥雪魄了。

要知道，想要与任何成长型魔兽签订契约，都必须在魔兽的幼年期签订。成年的幽冥雪魄可是九阶魔兽，而且一生只能诞下一个魄魂。

想要得到这个魄魂并且与之签订契约，不但需要先找到幽冥雪魄，同时，也必须击败等同于紫级水暗双系大魔导师的成年幽冥雪魄才行。

"魄啸。"随着月冥一声高喊，明显还未成年的幽冥雪魄口中发出一声尖锐的长啸，刺耳的啸声充满了凄厉和冰冷。正是这突如其来的啸声，一下就削弱了叶音竹五人合奏的《倩女幽魂》的威力。

“雪舞。”月冥又下达了一道命令。顿时，暗蓝色的光点开始出现在幽冥雪魄身体周围，并且逐渐凝聚成一朵朵细小的雪花，在空中飘舞起来。

利用这机会，月冥赶忙与四名暗魔系学员聚集在一起，开始了他们的咒语吟唱。

“黑暗之神呀，你从虚无中走来。”第一名暗魔系学员吟唱道。

“带着深深的悲伤，带走我的灵魂。”第二名暗魔系学员竟然接上了前一人的咒语。

“将绝望带给我的敌人，让杀伐笼罩世间。”第三名学员的衔接依旧非常和谐，仿佛咒语是由一个人持续吟唱的一般。

每一个人在吟唱时，身上都会释放出大量的黄色光芒，在五人中央的位置凝聚。

“以我的鲜血发誓，将我的灵魂贡献。”第四名学员的咒语刚刚完成，就与前三个人同时张口喷出一片血雾。之前凝聚在一起的黄色光芒，瞬间变成一片惨绿。

看台上，弗格森惊讶地道：“重叠吟唱，暗魔咒！这是一个高级暗魔系魔法。巴斯滕主任，暗魔系今年的新学员很出色啊！”说着，他那紫色的魔法力已经开始凝聚。作为学院院长，他可不希望新生大赛上出现伤亡。

一言不发的暗魔系系主任巴斯滕此时的心情只能用苦涩来形容。

暗魔咒这种暗魔系高级魔法，即使是在五年级学员中也很少有人能单独发出。这次他巧妙设计的重叠吟唱，本来是准备用在更关键的比赛中，好让暗魔系一鸣惊人，却没想到在第二场遇到号称鸡肋的神音系时就被迫用了。

虽然他认为胜利已经注定，但过早暴露实力显然不是他愿意看到的。

“暗魔咒——地狱悲号。”月冥完成了咒语的最后一句。刹那间，惨绿色的光芒将暗魔系的五名学员同时笼罩在内，无比凄厉的惨叫声瞬间响彻全场。

在暗魔系学员吟唱咒语的时候，叶音竹他们也遇到了不小的麻烦。幽冥雪魄给他们带来了极大的麻烦。

即使还处于成长期，这幽冥雪魄也已经拥有超过四阶的实力。暗蓝色的雪花不但特别冰冷，还如同利刃一般锋利，更可怕的是它们的腐蚀性。只要沾上一点，那可就会遭到腐蚀性的破坏啊！

《倩女幽魂》并没有停止。叶音竹知道，神音师的乐曲对任何拥有灵魂的生物都是绝对有效的，即使是亡灵类魔兽也不例外。

但是音刃不可能挡得住无孔不入的雪花，所以在关键时刻，他释放出了月神守护，将己方五人全部笼罩在内，任由那暗蓝色的雪花去切割月神守护防护罩。

同时，他双手微微一变，让斗气直接附着在手指之上，琴音瞬间扩大了一倍，盖过了幽冥雪魄的尖啸声。

伴随着悠扬的琴音，众人听到了叶音竹那优雅而低沉的歌声。

叶音竹上一次唱歌是为了与海洋相合，这一次，他才展现出歌曲与琴音相结合之后的威力。

琴音和歌声深深地感染了在场的人。

另一边，刚刚完成咒语的五名暗魔系学员中，除了月冥精神力出众，暂时坚持住了以外，其他四人都已经在琴歌的精神冲击下已经完全失去了自我，甚至在曲意的带动下流下了眼泪，失去了战斗能力。

最为奇异的，是距离叶音竹最近的冥雪的反应。

只见冥雪那水晶般的身体在琴歌的正面冲击下，出现了一圈如同水波纹一般的涟漪，空中的暗蓝色雪花明显减少了。

更令人惊奇的是她那双死寂的大眼睛中竟然多了几分情绪波动，一抹淡淡的悲伤出现在她那毫无瑕疵的脸上，她在飘浮着前进，仿佛被风推送着一般，来到叶音竹身前。

除月冥之外的四名暗魔系学员，此时虽然完全沉浸在琴歌之中，失去了战斗能力，但暗魔咒已经在他们的重叠吟唱中彻底完成。

一个巨大的六芒星在月冥身前无声无息地出现，紧接着，无数厉啸之声从那六芒星中爆发而出。

一道道惨绿色的光影仿佛是从地狱中挣扎出来的一般，伴随着厉啸之声钻出六芒星，铺天盖地地朝着叶音竹五人的方向扑来。

从魔法颜色来看，竟然已经达到了绿级中阶。通过四名黄级学员的重叠吟唱发出的暗魔咒威力竟能强大如斯，不禁令叶音竹和他的伙伴们同时色变。

“音竹，小心！”苏拉在斗气的辅助下焦急地高喊而出。

叶音竹顾不上已经飞到自己身边的不再攻击的冥雪，清澈的黑眸中透露出坚定之色，他知道自己绝对不能退，因为背后就是海洋她们。

现在，他只能凭借自己的力量抵挡住暗魔系最后的攻击。

刹那间，叶音竹的双眼变成了暗红色，强大的暗红色魔法气息从他周身澎湃而出。他的精神力瞬间提升到极限，将月神守护的防御力增加到了他所能支持的最强程度。

他的斗气内敛而不散，双手八指在衣袖的掩盖下变成了黄玉一般的颜色。他用八指同时揽住海月清辉琴上的七根琴弦往后收，在魔法力与斗气完全提升到极点的状态下，阵阵虚弱的感觉开始侵袭他的大脑。

叶音竹知道自己还有手腕上的生命守护可以进行绝对防御，那绝对不是暗魔咒所能击破的。

但天生傲骨的他并不愿意使用生命守护。他知道，如果自己过度依赖于生命守护的话，那么，它将成为自己将来的进步之路上的巨大障碍。所以，不到万不得已，他绝对不会轻易发动它。

暗魔咒产生的幽魂足有数十个，虽然以月冥他们的实力不可能发挥出这个高级暗魔系魔法的全部威力，但也极其恐怖了。

四号试炼场内充满了凄厉的悲啸和暗魔系元素波动，强大的挤压力令叶音竹背后除了海洋以外的三个女生同时色变。

就在叶音竹凝聚全部能量，准备与暗魔咒决一胜负之时，奇异的一幕突然出现了。

飘浮到叶音竹身边的冥雪眼中的情绪越来越明显，仿佛决定了什么似的。她的身体突然横飞，无声无息地挡在了叶音竹面前，令正准备发动全力一击的叶音竹停住了。

暗蓝色的长发无风自动，在冥雪背后，黑色的气流以她的身体为中心，竟然形成了一个巨大的黑洞，强大的吞噬力充满了冰冷的气息。

那些从六芒星中飞出的幽魂发出惊恐的尖叫，像是害怕什么似的。

面对冥雪身上释放出的黑色气流，这些被暗魔咒释放出来的幽魂竟然连一点反抗能力都没有，一个个如同一支支绿色箭矢一般，被黑色气流疯狂地吞噬着。

月冥完全呆住了，她怎么也想不到，自己费尽心机才释放出的暗魔咒竟然会被冥雪挡住。

她虽然能够感觉到冥雪和自己的精神联系，但在这一刻，她失去了对冥雪的控制。这在已签订了主从契约的魔兽身上，几乎是不可能发生的。

在台上一直保持沉默的暗魔系系主任巴斯滕终于坐不住了，他吃惊地站起身，苍老的脸上布满了惊骇之色。

魔兽不受主人的控制，这意味着什么?

难道下一刻会是反噬吗?

原本以为已胜券在握，结果竟然在最关键的时刻发生了这样的反转，他实在无法接受这个事实。

叶音竹背后的四名女生也都惊呆了，《倩女幽魂》一曲就在此时结束。

海洋的精神力修为仅次于叶音竹，身在赛场之中，她发现，冥雪的变化恐怕与他们合奏的乐曲脱不了关系。

暗魔咒产生得极为困难，但被吞噬得非常快，只是几次呼吸之间，那惨绿色的幽魂就已经完全消失，月冥身前的六芒星也悄然合拢。

因为过度消耗精神力，且心神受到了打击，月冥身体一晃，险些摔倒在地，她只能凭借着手中的魔法杖勉强支撑着不让自己倒下去。

冥雪飘浮到叶音竹身边，吞噬了暗魔咒的她，身体似乎变得强壮了几分。就在这短暂的时间内，她好像长大了一些，原本她看上去只有六七岁，现在看上去竟然已经有八九岁了。最令月冥心寒的是，她从冥雪的眼中，看到了思索的光芒。

要知道，成长型的冥雪现在只不过是四阶到五阶之间的魔兽，而思索只会出现在七阶以上的智慧型魔兽身上。

看台上，弗格森眉头微皱，一边思索一边道：“这个幽冥雪魄似乎进化了。”

第十三章

# 比蒙巨兽

叶音竹在冥雪开始吞噬暗魔咒的时候，就已经闭上了双眼，此时，他的嘴角露出一丝淡淡的微笑，之前凝聚的斗气和魔法力缓缓散去。但由于刚才临时放弃攻击，他还是遭到了一定程度的元素反噬，转头向身边喷出了一口鲜血。

“你、你对冥雪做了什么？”月冥有些惊恐地瞪着叶音竹。

叶音竹缓缓睁开眼睛，双眸依旧是那么清澈，并没有因为身体受到元素反噬而露出疲态。他微微一笑，道：“我并没有做什么。只能说，我们的音乐既可以影响到你们，也可以影响到魔兽。只要是有灵魂的生物，就都会受到乐曲中情绪的感染。

“多关心关心你的魔兽吧，她跟着你似乎并不开心。如果你不能让她真心跟随，那么，她永远也不可能成为你最好的伙伴。”

月冥失神地看着叶音竹，突然，她眼中闪过一道寒光，大喊道：“冥雪，攻击他。”

她相信，如果不是因为冥雪临阵倒戈，现在暗魔系已经获得了胜利，并且，她不相信自己的魔兽竟然会不听从自己的命令。

冥雪飘浮在那里，看看身边的叶音竹，再看看月冥，她先是缓缓地低下头，然后朝着月冥摇了摇头。

“你不肯攻击他？”月冥完全呆住了，脸上再没有一丝血色。

叶音竹朝身边的冥雪微微一笑，道：“回去吧。”

冥雪看着叶音竹，竟然非常恭敬地向他行了个礼，随后吐出了两个生涩的字：“谢谢。”

身形在空中一转，在那暗蓝色的长发的包裹下，冥雪化为一片暗蓝色的光点消失了。

月冥看着叶音竹的目光变得无比复杂，自己的魔兽竟然不听自己的，反而听从了对手的命令。此时此刻，她心中除了一片冰冷以外，只剩下对叶音竹无尽的怨恨。

冥雪是她爷爷耗费了无数心力，好不容易才帮她找到的强大魔兽。等冥雪成长到七阶以上，再加上她自身的魔法水平，她就将成为可以和龙骑将抗衡的强者。可是，这美好的一切似乎都被眼前这个神音系的男学员破坏了。

“月冥小姐，我妈妈告诉过我，要尊重女孩子。所以，我不想再攻击你了，请你认输吧。”

叶音竹有些无奈地看着月冥。其实，他自己也不清楚冥雪为什么会变成这样。此刻他的好意对月冥来说，简直就是讽刺。精神力的过度消耗加上心神受到的打击令她再也支持不住，眼前一黑，就晕倒在台上了。

四号试炼场一片寂静，观战的近八千人足足一分钟没有发出任何声音。

“神音系胜！”裁判终于反应过来，这一场跌宕起伏的比赛终于结束了。

拥有五名黄级魔法师的暗魔系竟然输了，输给了由一名橙级、四名赤级魔法师组成的神音系战队。

从未被看好过的神音系又一次创造了奇迹！

对所有人来说，这一场胜利都是不可思议的。就连神音系的系主任妮娜，在看到幽冥雪魄之后，也不再对胜利抱有任何幻想了，但胜利就这么来了。

当叶音竹走出试炼场的时候，所有人看向他的目光都变得有些异样。

米兰魔武学院的学员们都是精英，谁都看得出，这场比赛胜利的关键，就在这个神音系的第一名男学员身上。

那挡住了暗魔系瞬发魔法的神奇音刃，也第一次正式出现在了龙崎努斯大陆的历史舞台上。

弗格森院长深深地看了一眼远处的叶音竹，并没有多说什么，就转身离去了。暗魔系的老师们一脸阴沉地赶去救治被乐曲感染的暗魔系学员了。妮娜现在兴奋得有些难以自持，多少年了，神音系一直挂着米兰魔武学院第一系的名号，却被所有人忽视，此时此刻，神音系终于成了学院的焦点。

如果说，神音系在第一场战胜水系的时候，凭借的还是魔法物品和一定的运气。那么，这一场与暗魔系的比赛，就是“真刀真枪”的较量了。

“神音系，必胜！神音系，必胜！”欢呼声此起彼伏地响着，尤其是神音系一年级的那八名女生，更是兴奋地高声呼喊着。

叶音竹好不容易才从欢呼的人群中挤出来，护着四名女生和神音系其他一年级女生回到了神音系教学楼。

“音竹，你真厉害！刚才你是怎么做到的？那跟风刃一样的攻击是什么啊？”雪玲兴奋地问道，漂亮的大眼睛中闪烁着光芒。

叶音竹虽然单纯，但也知道音刃的秘密不能说，一时间不知道该如何回答，而此时正好妮娜出现了。

“叶音竹，你跟我来。”妮娜看上去很平静，只是她那双闪亮的眼睛出卖了她此时亢奋的情绪。

“哦。”叶音竹答应一声，便跟着妮娜离开了教室。

妮娜作为神音系系主任，有着一间单独的办公室。这间豪华办公室几乎和教室差不多大小，各种魔法物品装饰在办公室周围的墙壁上。妮娜指了指自己的办公桌前的沙发，道：“坐吧。”

叶音竹还是第一次来这里，不禁有些好奇地看着周围。真皮材质的沙发坐上去柔软舒适，比赛带来的疲倦，似乎在这舒适之中逐渐消失了。

“妮娜奶奶，您找我来有事吗？”叶音竹试探着问道。

妮娜沉吟半晌后，突然抬起头，目光灼灼地盯着叶音竹的双眼，说道：“告诉我，刚才你释放的音刃，是不是斗气与魔法的结合？”

叶音竹一顿，犹豫了一下才缓缓点头，道：“是的。”

紫说得对，他的音刃早晚会暴露于人前。虽然不能被别人知道其中的秘密，但音刃这种特殊的攻击不用隐藏得那么深。

妮娜有些激动地站起身，但很快她又有些颓然地坐了回去，叹息一声，道：“音竹，那这么说，你是魔武双修了。”

“算是吧。”叶音竹挠了挠头，其实，连他自己都不知道自己这算不算是魔武双修。

妮娜眉头微皱，说道：“秦殇疯了吗？难道他想要毁了你？”

“啊？妮娜奶奶，您为什么这么说？”叶音竹吃惊地看着她。

妮娜没好气地道：“低贱的武技怎么能和我们高贵的魔法相比！你在你的音乐中掺杂了武技，虽然可以改善神音师音乐效果发挥慢的问题，但是也令你的音乐不再精纯了，这样做，对你未来的提升不会有任何好处。难道秦殇不知道吗？”

叶音竹有些茫然地道：“我也不知道。从小秦爷爷就教我这样修炼，似乎没什么不好。”

妮娜哼了一声，说道：“魔武结合虽然能发挥出很大的威力，但是因为不是专修一个，到了绿级以后提升速度就会大幅度降低。

“或许也能成功，但要付出的努力是普通的魔法师和战士的数倍。而且到了紫级之后，魔武战士未必就会比普通的魔法师和战士厉害。”

叶音竹摇了摇头，道：“我不知道您说得对不对，但我相信秦爷爷绝对不会害我的。”

妮娜看着叶音竹，一时间也不知道该说什么才好。她自然不会怀疑秦殇对叶音竹的教导，毕竟秦殇是大陆第一神音师。在神音师的领域中，她难以与秦殇相比。

但是，她实在想不出为什么秦殇会让叶音竹选择魔武双修这条路。其实，她又哪里知道，叶音竹现在修炼的，并不是普通意义上的魔武双修。

“好了，先不说这些。今天比赛场上那一幕是怎么回事？那个幽冥雪魄为什么会临阵倒戈？”这才是妮娜找叶音竹来的真正原因。

叶音竹苦笑着道：“我也不知道，应该是我们的音乐感染了吧？”

妮娜坚定地道：“不对。虽然神音师擅长用音乐感染魔兽，甚至可以用音乐令一些低阶魔兽完全失去战斗能力。但是，今天你面对的是可以成长为九阶智慧型魔兽的幽冥雪魄，而且还是亡灵类魔兽，我们的音乐对她的影响可以说是微乎其微。就算你能影响到她的情绪，也不可能让她倒戈啊！”

叶音竹道：“或许和我们今天选择的《倩女幽魂》有关系吧。”

妮娜眼睛一亮，说道：“《倩女幽魂》和亡灵类的幽冥雪魄，这其中的关系……看来，我们神音系又有一个新的课题要研究了。”

“我要仔细想想。如果今后每一名神音师都能令对手的魔兽临阵倒戈，那么，就算是面对龙骑兵……”想到这里，她不禁兴奋得手舞足蹈起来，眼中光芒大放，看上去，竟然和刚才的雪玲有几分相像。”

“好了，音竹你先回去休息吧。好好恢复你的精神力，明天还要继续比赛。”有了目标的妮娜主任不再理会叶音竹，整个人完全陷入了自己的想法之中。

离开了妮娜的办公室，叶音竹没回教室。刚刚的一场胜利令整个神音系的学员都兴奋了起来，但是，所有人都忘记了叶音竹的消耗有多大。

作为主将，他一个人挡下了对面五个人加一个幽冥雪魄的全部攻击，斗气和精神力的消耗都是极大的。

如果不是因为他从小修炼赤子琴心，根基打得无比深厚，恐怕他早就坚持不住了。

尤其是最后他蓄势后的全力一击没有发出，导致他遭到元素反噬，身体受了伤，此时一阵阵虚弱感不断传来。

所以，一出了妮娜的办公室，叶音竹就加快步伐向外走去。他需要赶快回宿舍休息一下。

“音竹。”刚一出神音系教学楼，叶音竹就听到有人叫他。

苏拉不知道从什么地方钻了出来，他的脸色看上去有些苍白，看着叶音竹的目光也有些怪异。

“苏拉，你怎么了？是不是不舒服？”叶音竹强打精神，抬手摸向苏拉的额头。

“我没不舒服。”苏拉拍掉叶音竹的手，声音怪异地道，“恭喜你了，你们又赢了。”

叶音竹苦笑着道：“没什么好恭喜的，其实，运气占了不少成分。苏拉，你脸色不好。”

苏拉咬牙切齿地道：“我脸色好不了。叶音竹，我要你好看。”

苏拉突然爆发，两人之间的距离本来就近，叶音竹又因为消耗过大反应速度大幅度下降，所以还没等他反应过来，苏拉的双手就已经掐住了他的脖子。

因为身高有差距，此时他整个人都吊在了叶音竹身上。

叶音竹感到脖子上冰冰凉凉的，那是苏拉的手。苏拉的样子虽然凶狠，手上却没有真的用力。

“苏拉，你干什么？”叶音竹惊呼一声。

苏拉眼中充满了复杂的情绪，甚至还带着一层水雾。他猛地放开叶音竹，说道：“你……我恨死你了。你们神音系为什么要赢？为什么？”

“我……”来不及回答，叶音竹就两眼一黑，身体向着苏拉倒去。

苏拉心中正被另一件事困扰着，突然看到叶音竹朝自己倒来，不禁惊呼一声。没等他反应过来，叶音竹就撞在了他身上。

支撑着叶音竹的身体，苏拉的脸色变得一阵红一阵白，那柄漆黑的匕首不知道什么时候又出现在他手掌之中。看着依旧靠在自己胸口的叶音竹，他犹豫了半天，却依旧无法将匕首刺出。

极北荒原地处大陆最北部，终年苦寒，占据了龙崎努斯大陆超过四分之一的面积。极北荒原的南疆，分别与西南方的阿斯科利王国，正南方的米兰帝国和东南方的佛罗王国接壤。

人类为了抵御极北荒原的兽人，在边疆部署了重兵。同样的，兽人族也时刻提防着人类的侵略。

所以，兽人就在与这三个国家的接壤处修建了三座要塞，分别是与阿斯科利王国接壤的所罗门要塞、与米兰帝国接壤的雷神之锤要塞及与佛罗王国接壤的战神要塞。

在人类眼中，兽人就是血统不正宗的野人。事实上，兽人虽然普遍智力低下，可是很多高等兽人的智力丝毫不逊色于人类，这一点从兽人贵族与人类极为接近的外形就能看出来。

紫站在距离雷神之锤要塞五里外的一个小山包上，遥望着那足有二十丈高的要塞城墙，眼神冰冷。他双手握住那根重铁棍，支撑着自己的身体。他已经站在这里一个小时了。

“十年了，没想到我还会有重回雷神之锤的一天。你们想不到吧，当初那个被你们追杀的孩子，现在回来了。”从极北到极南，再从极南回归极北，紫的怒火，将融化极北荒原的冰雪。

两道慑人的光芒从紫的眼中射出。他手臂上的肌肉骤然膨胀了几分，青筋暴起，谁也不会怀疑那是一双充满爆炸性力量的手臂。

正在这时，雷神之锤要塞的城门突然开启，紧接着，大地也震颤起来，一个接一个的庞大身影出现在雷神之锤要塞的城门外。看到它们，紫握住重铁棍的双手握得更紧了，那双深紫色的眼眸，好像能喷出火焰一般。

那是一个个身高超过十五米的巨人，铁灰色的毛发覆盖全身，在阳光的照射下闪闪发光。最令人吃惊的是它们身上的霸道气息，就连空气中的魔法元素似乎都在因为恐惧而迅速逃离。

长达一米的巨大脚掌，每一次落在地面上，都会使大地震颤一下。它们的红色眼眸充满了嗜血的光芒，身体的每一部分都是那么粗壮，尤其是宽达五米的肩膀，两边像小山包一样隆起的三角肌，只能用恐怖来形容。在它们那粗壮的手臂末端长着百寸长的利爪，每一根都能媲美龙骑兵的龙枪。一声声低沉的喘息，仿佛要使空气为之呜咽。

没错，这就是足以和真正的巨龙相抗衡，拥有着“陆战无敌”称号的兽人族的王牌中的王牌——比蒙巨兽。

即使是巨龙的肉体，也无法和比蒙巨兽的相比。如果只是肉搏，眼前这些七阶的狂暴比蒙完全可以将八阶的巨龙撕碎。

虽然它们只有七阶，但同阶魔兽中没有一种是它们的对手，并且蓝级以下的魔法对它们完全不起作用，它们的身体如同坚固的堡垒。至于八阶的白银比蒙和九阶的黄金比蒙，那就更是陆战中无敌的象征了。

极北荒原上有很多个部落。部落的强弱，并不是以领地大小来区分的，而是以拥有比蒙巨兽的数量多少来区分。哪一个部落的比蒙巨兽数量最多，哪一个部落就是兽人部落中的最强部落。

此时，出现在雷神之锤要塞外的狂暴比蒙足有一百个，它们的阵形并不整齐，因为比蒙巨兽从不需要这些。

它们出现在这里并不是为了战斗，而是为了操练。即使是在兽人第一大要塞雷神之锤要塞，统帅也不敢让这些无比狂暴的大家伙在要塞内操练。

除了一百个狂暴比蒙以外，这里还有五个白银比蒙和两个黄金比蒙。这几乎是雷神之锤要塞内一半以上的比蒙巨兽了。

白银比蒙身上的毛发是银色的，它们的身体比狂暴比蒙的更加强壮，几乎可以免疫所有的蓝级魔法，只有紫级魔法才能对它们起作用。黄金比蒙更加可怕，这种号称比蒙王者的超级比蒙，是绝对的九阶强者，就算是紫级魔法，没有紫级三阶以上的水准，也别想让它们受哪怕是一丁点的伤。

它们身上的金色毛发比任何铠甲都要坚韧，它们那嗜血的目光，足以令巨龙为之颤抖。

正是因为比蒙巨兽的存在，人类国家才不敢进犯。

不知道兽人部落从哪里抓来的上百只四阶到六阶的驯龙被放了出来，驯龙惊恐的叫声回荡在雷神之锤要塞外。要塞城墙上，无数兽人在疯狂地呐喊着，为它们的王者助威。

龙的鲜血，是让比蒙巨兽保持狂暴的最好的东西。

狂暴比蒙们动了。

它们身形巨大，但行动起来一点也不笨拙，一个弹跳就能到雷神之锤要塞的城墙那么高。那些想要飞起来的驯龙，几乎在一瞬间就被狂暴比蒙的利爪抓回了地面，然后被生生撕裂。

比蒙巨兽的攻击方式很简单，那就是利用力量直接压制。绝对的力量，血腥的力量。没有驯龙能够反抗，也没有驯龙能够逃脱。

五分钟，它们只用了五分钟的时间！

雷神之锤要塞外，景象惨不忍睹。驯龙不见了，周围一片死寂。鲜血，浸湿了狂暴比蒙身上铁灰色的毛发，让它们血红色双眸中的光芒更盛。

就在这个时候，五个白银比蒙和两个黄金比蒙也加入了战斗，它们的目标是自己的同胞。

狂暴比蒙那巨大的身体，在这七个更加强悍的比蒙巨兽面前，竟然如同玩具一般被不断抛飞。疯狂的咆哮声仿佛要撕裂空气。

紫始终站在那里，看着远处比蒙巨兽们搏斗。他知道，这就是比蒙巨兽操练的方式。

即使只是在操练，每一个比蒙巨兽也绝对会全力以赴。因为只有不断战斗，比蒙巨兽才能保持它们那令人类战栗的强悍战斗力。并且，超强的防御力，令它们根本不怕受伤。

紫体内的血液沸腾了，他知道自己不能再留在这里了，因为他已经有些控制不住自己的情绪了。他仰天发出一声咆哮，令远处的比蒙巨兽们都停了下来，然后他的身体化为一道紫影，朝着雷神之锤要塞左侧飞驰而去，眨眼间便消失。

当叶音竹从昏迷中醒过来的时候，他发现自己正躺在宿舍的床上，阵阵饭菜的香气令他腹中发出一阵咕噜声。

一翻身，叶音竹从床上爬了起来，除了头还有些眩晕以外，他的身体已经没有任何不适。连他自己都有些惊讶，自己的身体恢复能力什么时候变得这么强了？元素反噬带来的内伤竟然已经痊愈。

“你醒了，吃饭吧。”苏拉有些冰冷的声音响起。桌上只有两盘素菜和几个馒头。

“今天不加菜了吗？”叶音竹笑着问道。

苏拉哼了一声，说道：“加菜？有吃的就不错了。”

叶音竹拿起一个馒头咬了一口，说道：“苏拉，你这是怎么了？我记得我没得罪你啊！”

他嘴上在说话，手可没闲着，不停地夹起素菜放入口中。苏拉的厨艺相当不错，味道几乎没什么可挑的。

“你说我怎么了？”苏拉咬牙切齿地道，“谁让你赢的？谁让你们神音系赢的？你这么强，为什么不早告诉我？”

“啊？你也没问过我啊！”叶音竹有些莫名其妙地道，“苏拉，你这是怎么了？我好像听爸说过，只有到更年期的人才会情绪不稳定。你不会是更年期提前了吧？”

“你！”苏拉的脸色变得更加阴沉了，突然，他“哇”的一声大哭起来，“钱，我的钱啊！你这个浑蛋，你害我输了所有的钱！我、我要杀了你！”他一边说着，一边在空气中挥舞着不知道什么时候出现的匕首，仿佛将空气当成了叶音竹似的。

“我害你输钱？我记得你只赌了一个金币吧。而且你既然是押我们神音系赢，又怎么会输钱呢？”叶音竹有些不明白了。

“这……”哭声一停，苏拉看着叶音竹的目光顿时变得尴尬起来，低下头道，“其实，我也不看好你们神音系，所以，我就把所有的钱都押了暗魔系。本来想赚点钱改善一下生活。可谁知道，你们、你们居然赢了！”

听他这么一说，叶音竹才恍然大悟，皱眉道：“早就说过赌博不好。你怎么还去赌？”

苏拉哼了一声，说道：“我不管，反正我把所有的钱都输了。这是最后一顿，吃完这一顿，我们连菜钱都没有了。你害我输了钱，你赔我。”

看着苏拉还挂着泪珠的脸，叶音竹真有些哭笑不得。他轻叹一声，手上的空间戒指微微一亮，最后剩余的几个金币出现在他手中。

“都给你吧，这是我全部的钱了。”

苏拉一愣，他怎么也没想到叶音竹不但没有怪他输了所有的钱，居然还要将剩余的钱都给他，甚至连一句责怪的话都没有。

接过金币，苏拉缓缓低下头，脸色渐渐变了，他的目光也在不知不觉中变得柔和了。

“快吃饭吧，下次不要赌了。这几个金币应该够我们吃一段时间吧？”叶音竹主动将一个馒头塞到苏拉手中，将他拉到自己对面坐下。

看着手中的馒头，苏拉半天都没有动。

“音竹。”

“嗯？”

“你是个好人。”苏拉轻叹一声。

叶音竹微微一笑，道：“我也这么认为。”

苏拉苦笑着道：“可是，我们以后的日子怎么过啊？米兰什么东西都贵，这些钱最多够我们吃一个多月。我输了几十个金币啊！那可是几十个啊！”

叶音竹无奈地道：“我也不知道怎么办了。我争取拿到新生大赛的冠军吧，那样就有钱了。”

苏拉哼了一声，道：“你以为那么容易啊？暗魔系的实力你也看到了，但在魔法部的九个系中，你们神音系只能算是挂靠在精神系下面的一个小系，暗魔系最多只能排到三四名的位置。风系、空间领域系和光明系的实力就不会比他们弱，而肯定比他们强的还有精神系和召唤系。奇迹不会总是发生的。就算你们神音系有一定的实力，后面的比赛也未必就能一直赢下去。”

叶音竹道：“我对自己有信心。”

苏拉白了他一眼，说道：“可是我对你们没信心。”

叶音竹苦笑着道：“那怎么办？天上总不会掉金币吧。”

苏拉突然眼睛一亮，道：“音竹，要不我们出去打工吧？米兰魔武学院比较注重让学员自修，每周都只上三天课，我们利用空余时间出去打工，就算只找一个普通点的工作，也够我们今后在学院的开销了。而且你别忘了，我们下学期还要交学费。一年的学费可就是一百个金币啊！那可不是小数目。”

一听苏拉说学费，叶音竹不禁想起了海洋，点了点头，道：“好吧。那我们去干什么呢？”

苏拉摇头道：“我也不知道。这样吧，你还要继续比赛，反正我也没事，这几天我出去找找看，如果有合适的工作，就带你一起去。”

叶音竹点头道：“好。”

苏拉嘿嘿一笑，道：“不过，我们以后的工资可要由我来掌管，省得你乱花。你这个人，太大手大脚了。”

叶音竹无语地看着他，心道：好像是你输掉了所有积蓄吧。

心中虽然这么想，但他嘴上并没有说出来，而是答应了苏拉的要求。对于他来说，钱并不是什么重要的东西，只要有东西吃，有地方住就足够了。

当第二天的比赛开始的时候，米兰魔武学院出现了一道亮丽的风景线。八十一名神音系学员组成了一个超级啦啦队，早早地出现在了比赛场边。

虽然神音系不是夺冠热门，但是，神音系绝对是人气最高的。这就是米兰魔武学院第一系的强大之处。

其他比赛场地的观战人数和神音系这边相比，只能用小猫两三只来形容。那些来神音系的比赛场地观战的学员和老师中，很多都不看好神音系，也不在乎神音系的比赛结果，但来看看美女总是好的。

八十一名神音系美女啊！就算不是个个绝色，算得上“美女”的也至少占了五成，其中更是有不少“极品”。再加上她们一般都出身高贵，谁不希望引起美女们的注意呢？来神音系这边观战，至少可以一饱眼福。毕竟，这还是神音系所有学员的第一次集体行动。

从这一天开始，每到神音系的比赛日，人们就能在试炼场最好的位置看到一排身穿白色短裙、蓝色小衫的明眸皓齿的少女。她们看上去清丽动人、活力四射，还不断高喊着：“神音系，必胜！”

不知道是因为神音系新生确实实力强大，还是因为啦啦队令士气变得高昂，在接下来的两天比赛中，神音系连胜三场，分别战胜了土系、火系和光明系。其中，只有在和光明系的比赛中遇到了一些麻烦。

光明系主将不像暗魔系主将月冥那样拥有一只成长型魔兽，虽然他也是黄级高阶的实力，却依旧没能破开叶音竹的防御，反而倒在了叶音竹五人合奏的乐曲之下。

一时间，神音系竟然以五战五胜的成绩，和精神系、召唤系并列魔法部新生比赛第一名。

接下来，他们要面对的对手，就是在新生注册时向叶音竹发出挑战的天才魔法少女罗兰带领的风系。

看台上的妮娜眉头紧锁，看上去有些憔悴。即使神音系这两天连胜三场，她也一直都没露出过笑容。

“为什么不行呢？明明我的魔法力比叶音竹那小子的强得多，为什么我的箫音就无法控制对手的魔兽呢？难道那天他只是凑巧做到的吗？”

“妮娜主任在想什么？比赛就要开始了。”一个温和的声音响起，将妮娜从自己的世界中拉了回来。

妮娜抬头一看，只见院长弗格森不知什么时候已经来到了她身边。

不知道是不是因为突然杀出了神音系这匹黑马，弗格森竟然每场必到，每次都是静静地看完比赛，再悄然离去。

“院长您好。我只是在想一些乐曲上的问题。”妮娜淡淡地回应道。

弗格森微笑着道：“神音系的比赛真是让我大开眼界，可惜神音师的等级很难提升，否则神音师将在战场上重创对手。”

确实，神音师最大的问题不是乐曲的弹奏时间，而是提升等级非常困难。

神音师的魔法力只有在演奏的时候修炼才能提升。比起普通魔法师的冥想，这要困难得多，否则神音系也不会出现像碧姬那样等级较低的教师。

神音系是五年学制，只要能将实力提升到橙级就可以毕业，比其他魔法系的要求低得多。

第十四章

# 约定之战

妮娜轻叹一声，说道：“从黄级开始，神音师实力的提升就只能靠天赋了。没有天赋，再努力也是白费。否则，神音师也不会被称为最鸡肋的职业了。但是我一直都相信，神音师才是大陆上最强大的魔法师。总有一天，法蓝七塔之外，会再多加一座神音师之塔。”

弗格森一惊，向妮娜使个眼色，说道：“赞美法蓝。妮娜主任，这种话不要再说了。”

妮娜也意识到自己失言了，心中一凛，闭口不言。

弗格森的目光转向台下的神音系啦啦队。看到她们那么青春洋溢，弗格森不禁越来越羡慕年轻人了。

“叶音竹，你要加油啊！我们神音系是最强大的。”动听的声音在神音系啦啦队最前面响起，一名少女挥舞着手中特制的花棒，兴奋地高喊着。

如果说全场至少有五千名男学员，那么，这五千多人中，就有百分之九十五以上的男学员将目光落在了这名少女身上。

作为神音系啦啦队队长、米兰魔武学院第一美女的香鸾，绝对有得到如此关注的资本。

香鸾并不是她的名字，而是她的代号，因为没有人知道她真正的名字是什么，即使是在学院的学员资料中，她的名字也是用香鸾来代替的。

香鸾是一种花的名字，是幸福的象征，它宁静、和谐、大方，代表米兰帝国自由乐观和光明磊落的精神，是米兰帝国国花。米兰人都很爱它，又叫它金百合。

再次听到这个声音，站在台上的叶音竹不由自主地将目光朝香鸾投去。虽然这已经不是他第一次见到香鸾了，但是一看到她，他还是忍不住心跳加速。

同样的白裙蓝衣，穿在香鸾身上却有着一种脱俗出尘的美感。她一米七左右的身高，有着完美的黄金分割比例，金粉色的大波浪长发披散在身后，淡紫色的清澈眼眸波光流转。

她身形轻动间“翩若惊鸿，婉若游龙，荣曜秋菊，华茂春松。髣髴兮若轻云之蔽月，飘飖兮若流风之回雪。远而望之，皎若太阳升朝霞；迫而察之，灼若芙蕖出渌波”。

任何人都无法把目光从她身上挪开。其他的神音系美女们站在她身后，所有的美丽相加，也不及她一人。

第一次见到香鸾的时候，叶音竹的大脑一片空白。神音系的美女他见过不少，但令他心跳加速的只有香鸾。香鸾带给他的感觉是完全不同的。那容颜，仿佛要印入人的心底一般。

此时，四目相对，叶音竹又一次看到了香鸾那鼓励的目光，只一眼，叶音竹就觉得全身有了用不完的力气。

他心想：她在看着我，她是在鼓励我吗？赢，我一定要和神音系的其他四名学员一起赢下去！

“喂，别看了，还没看够啊？”雪玲嗔怪的声音将叶音竹惊醒。

“啊！我……”单纯的他脸上有些发烫。

雪玲哼了一声，凑到叶音竹身边低声道：“别看了，看也没用。你知道咱们学院有多少人追香鸾学姐吗？别的不说，就算她真的看上了你，你也无福消受。”

“为什么？”叶音竹问道。

雪玲道："难道你想成为全学院男学员的众矢之的吗？要比赛了，集中精神吧。"

叶音竹深吸一口气，不再去看香鸾，收敛心神朝对手看去。

罗兰今天穿着米兰魔武学院的校服，虽然她也很美，但见过香鸾和神音系众多美女的叶音竹几乎可以对她免疫了。

他参加新生大赛就是为了证明自己，而罗兰可以说是这一切的始作俑者。

作为风系的主将，罗兰的脸色看上去有些阴沉。她确实没想到叶音竹竟然真的能带领神音系参加比赛，而且还取得了连战连胜的成绩。

"罗兰，我们又见面了。"作为神音系的主将，叶音竹走到了罗兰面前。

罗兰冷哼一声，道："没想到你这穷小子还有几分本事，不过，你们的连胜也就到此为止了。我会亲自告诉你，什么才是真正的魔法、真正的实力。"

叶音竹这些天在学院学到了不少东西，加上他生性平和，又是在碧空海之中受着音乐的熏陶长大的，心态、气质都是万中无一，自然不会再那么容易被激怒了。

他微微一笑，道："那就开始吧。我们选择团战。"他不会争辩，用事实来证明一切才是最好的选择。

风系的参赛学员除了罗兰以外都是男性。在裁判宣布比赛正式开始之后，五团黄色光芒同时亮起。继和暗魔系、光明系的两战之后，神音系又遇到了五名对手全部是黄级的情况。

罗兰和另外三名新生都是黄级中阶，而那名二年级学员更是达到了黄级高阶。风系魔法虽然不是攻击力最强的，但绝对是速度最快的。

刺耳的尖啸声在第一时间响起，数十道赤色风刃从五人的魔法杖上飞出，铺天盖地地朝着叶音竹五人而来。

乳白色光芒亮起，月神守护一如往常地悄然出现，护住了叶音竹五人的身体。

今天他们选择的合奏乐曲为《白雪》，依旧是一首悲伤的乐曲。对于神音师来说，悲伤的乐曲最容易感染他人，也最容易让他们凭借精神力控制对手的情绪。

在他们的魔法等级比其他系的学员低的情况下，妮娜安排他们在比赛中合奏的乐曲基调都是以悲伤为主的。

为了抵御对手的攻击，叶音竹一直处于戒备状态。海洋首先开始弹奏，就在清亮的筝音刚刚响起的一瞬间，扑向他们的风刃发生了变化。

数十道风刃在距离他们数米的时候突然改变了方向，风刃之间快速地发生着碰撞，一声声刺耳的尖啸顿时打乱了乐曲的节奏。海洋的手停顿了一下，《白雪》竟然在这一瞬间被强行打断了。

雪玲、蓝曦、孔雀三人的脸色同时一变。乐曲是神音系制胜的唯一法宝，却一上来就被风啸声打断了，显然不是个好兆头。

风刃在空中不停地碰撞，刺耳的风啸一声接一声响起。

除了罗兰和那名黄级高阶的风系学员以外，其余三人不断瞬发风刃。他们也不攻击，就在月神守护周围不断彼此碰撞，通过风刃碰撞时产生的声音来阻碍神音系的四名女生合奏乐曲。

海洋还好一点，在被打断之后，她依旧是一脸冰冷，古筝之音虽慢不乱，继续勉强弹奏着《白雪》。

但雪玲、蓝曦和孔雀就不行了。她们的精神力远不如海洋，此时此刻在风啸的影响下，她们的演奏根本无法成曲，反而还因为弹错音而在一定程度上影响了海洋的弹奏。比赛刚一开始，神音系就已经处于相对不利的局面。

罗兰向叶音竹投来挑衅的目光。就算海洋的演奏还能勉强成曲，在风啸的影响下，乐曲对这些黄级魔法师也已经起不了什么作用了，根本不足以影响他们吟唱咒语。罗兰和身边的二年级学员已经开始了低沉而冗长的吟唱。

叶音竹坐在那里没有动，也没有去理会那些相互碰撞的风刃，他的目光始终落在罗兰身上，他似乎在等待着什么。

低沉的咒语吟唱声越来越快，罗兰两人释放出耀眼的黄色光芒，尤其是那名二年级的黄级高阶学员身上的黄色光芒更是浓郁，淡淡的六芒星图案开始浮现在他们身前。

叶音竹笑了，似乎外界的一切都与他无关，此时此刻，他眼中只有面前的海月清辉琴。

他右手虚抬，四指轻挥，以鹰隼捷击势瞬间划过琴弦，一串低沉的嗡鸣骤然响起，如同晨钟暮鼓一般发人深省。

爆音，正是叶音竹那结合了斗气的瞬发爆音！暗红色的魔法能量瞬间提升，只是刹那间，便使得不断碰撞的风刃停止了。五名风系学员同时身体剧震。

和上一次对付暗魔系时的爆音不一样，这一次，叶音竹用的是连续爆音。

不要小看他那简单的一划，那是他从一开始就在酝酿的，是斗气与精神力完美融合后产生的爆音之极品——七音连爆。

七音连爆对精神力的攻击效果，绝对不亚于任何一个黄级精神系魔法。

爆音在什么时候发出最具威力？秦殇仔细地给叶音竹讲过这个问题。

不论是哪个系的魔法，只要咒语吟唱超过一半，那么这个咒语就无法停止了。就像琴曲一样，神音师在琴魔法力的催动下弹奏琴曲时，只要弹了超过一半就必须弹完，否则很可能会遭到反噬。

很显然，爆音在对手的魔法咒语吟唱了一半以上的时候发动，产生的威力最大。

强行打断已经开始生效的咒语，对魔法师的伤害是非常大的。对方自己不打断，叶音竹就用爆音来帮他们打断。

这样一来，仅仅是元素反噬就能令对手受伤了，从而使自己立于不败之地。当然，爆音毕竟只比那些普通系的瞬发魔法高级一点，因此，只要对手的精神力够强，想要打断对手的吟唱就没那么容易了。

叶音竹对自己很有信心，尤其对自己的爆音有信心，但对方毕竟有一名黄级高阶魔法师，所以他一出手就用了七音连爆。

七声爆音连在一起后所产生的威力，绝对不是七声爆音的威力相加那么简单。叠加的效果在一瞬间就打断了罗兰和那名黄级高阶学员的吟唱。

咒语被打断了，罗兰二人脸色大变。一团淡绿色的光芒在罗兰的衣襟内亮起，一闪而逝。剧烈的魔法波动令罗兰的身体再次颤抖了一下。

显然，她也拥有类似于心灵守护的魔法物品，在危急关头帮她化解了元素反噬。但是，那名二年级学员就没这么幸运了。风系元素反噬令他身体周围的黄色光芒剧烈地波动起来，仿佛在相互冲击一般。他惨叫一声，而后身体瘫倒在地。

另外三名风系魔法师此时只觉得耳中嗡嗡之音不断，大脑一片茫然，一时间也失去了战斗能力。

叶音竹第一次使用七音连爆，就起到了意想不到的效果。此时此刻，虽然罗兰还保持着清醒，但她眼中的轻蔑已经完全消失了。

她现在才完全明白，神音系能够连胜五场，绝对不是运气所致。叶音竹的琴音，更不是那么好抵挡的。风系研究出来的针对神音系的比赛策略，被七音连爆完全破坏了。

弗格森对叶音竹带来的惊喜已经有些见怪不怪了，他低声自言自语道：“赞美法蓝。好奇特的魔法波动，刚才那一下，绝对达到了绿级以上的水准，可他只有赤级。魔武双修用在神音师身上，难道效果真的会这么好吗？”

他哪里知道，神音师的魔武双修是所有魔武双修中最难的，否则秦殇早就修炼了。即使是叶音竹这样万中无一的天生八指之人，也用了整整十六年才使赤子琴心取得初步的成效。

海洋四人终于开始顺利弹奏《白雪》，叶音竹没有与她们合奏，他抬头看向罗兰，淡淡地道：“认输吧，你们已经没有机会了。”

风系学员中能接着战斗的人只有罗兰，而拥有音刃、爆音两大魔法能力的叶音竹，绝对不会再让风啸出现。黄级中阶的罗兰，已经完全被压制。

想要在神音师的乐曲之中吟唱魔法咒语，简直是难上加难，更何况刚才尽管有魔法物品帮她化解了元素反噬，她的身体也还是受到了一定的伤害。

“不，我是不会输的，尤其不会输给你。”罗兰的脸上露出倔强的神情，“出现吧，我的伙伴——肥肥。”

青色六芒星出现在她身前，青光闪烁之间，一个巨大的青色身影从六芒星中挤了出来。

弗格森和妮娜同时惊呼出声：“风系成长型魔兽——绿龙！”

弗格森微笑着道：“赞美法蓝。现在的孩子们真是越来越强了，又是一只成长型魔兽。难道在现在的龙崎努斯大陆，成长型魔兽已经普遍到这个程度了吗？看来，我们米兰魔武学院的黄金一代要出现了。”

妮娜的脸色可没弗格森的那么好看。

绿龙并不是驯龙，而是真正的龙。虽然最强的绿龙也只能成长到八阶，比那天的幽冥雪魄的成长性差一些。但是它的肉搏能力不是幽冥雪魄能够比的。

只有拥有真正的龙作为坐骑的魔法师，才能被称为龙魔法师，这一点和龙骑兵截然不同。

显然，罗兰就是一名龙魔法师。即使她的绿龙现在不过五阶左右，智力还没有觉醒，也已经非常恐怖了。

身长七米、高三米的绿龙看上去明显有些臃肿，胖乎乎的，看上去极为可爱。

刚一出现，它就用前爪拍了拍自己的脑袋，然后扭头去找罗兰。

“肥肥，攻击！给我把他们打败，否则晚上没饭吃。”罗兰愤怒地发出了命令。

肥肥转身看向比它矮小得多的叶音竹五人，之前还温和的目光顿时变得凶狠起来，它还举了举自己的前爪，似乎在说“为了晚饭，拼了”。

叶音竹还是第一次面对真正的龙。只见它绿色的身体上覆盖着一层细密的鳞片，憨态可掬，看上去远没有金晶暴龙王凶悍。看它那慢吞吞的样子，很难想象它能带来什么威胁。不过，这一次叶音竹可是看走眼了。

一对巨大的翅膀在肥肥背后展开，让它之前还笨拙的身体瞬间加速。它那庞大的身体竟然在半空之中带出了一道残影，只是一眨眼的工夫，就来到了叶音竹的月神守护前。

它那庞大的身体带着巨大的冲击力，直接撞击在了月神守护之上。风属性的巨龙，就算是胖了点，速度又怎么可能会慢呢？

“轰——”

高三米、长七米的身体在瞬间加速后能产生多大的力量？肥肥此时就证明给叶音竹看了。

月神守护在肥肥强悍的冲击下直接瓦解了，几乎是眨眼间就变成了点点白光。幸好叶音竹的月神守护防护罩有媲美绿级防御魔法的威力，就算被摧毁了，也暂时挡住了肥肥的身体，这才没有让它这座“肉山”直接撞击在他们身上。

罗兰在远处高声喊道：“风刃吐息。”

“不可！”妮娜大喊，但是已经晚了。

一团绿色的狂风从肥肥口中喷吐而出，那是由无数风刃组成的狂风。

吐息是龙族本身的能力，不同种族的龙吐息也不相同。肥肥这绿级的风刃吐息，显然和之前风系学员们发出的风刃有着天壤之别。叶音竹五人没有了月神守护，一瞬间，那绿色的风刃就朝着他们飞快地扑了过去。

此时，叶音竹已经来不及调动自己的精神力再次开启月神守护了。

魔法师被拥有强大肉搏能力和魔法能力的巨龙近身攻击，会是什么结果？

观战的神音系啦啦队队员们，此时已经没有了半点声音，大多数女孩子都闭上了眼睛，不忍再看。

就算是裁判和在外面观战的老师们也不可能瞬间完成救援，谁也没想到会有这么强大的巨龙突然加入比赛之中。

肥肥距离叶音竹他们实在太近了。眼看着那大片的绿级风刃疯狂地飞向他们，所有人都屏住了呼吸。

罗兰此时也呆住了，强烈的悔意充斥在她心中。肥肥的智力有限，一举一动都要完全依靠她的操控。

在被七音连爆刺激后，她忘记了巨龙的可怕。眼看着叶音竹就要被肥肥毁掉了，她想阻止也来不及了。

《白雪》的演奏已经没有任何意义了。雪玲惊呆了；蓝曦看着风刃袭来，眼中充满恐惧；孔雀已经尖叫出声；海洋抬起头，双手按在筝弦之上，她的眼中除了平静，竟然还有解脱。

风刃带起的狂风吹起了海洋的黑发，露出了她那半张始终被长发遮掩的脸，那是半张萎缩的脸。

她的右脸上好像有一大块疤痕，和她绝美的左脸形成了鲜明的对比。此时此刻，在面对毁灭性的绿级风刃的时候，海洋的秘密终于暴露了。如果说香鸾是神音系第一美女，那么，她就是神音系第一丑女。

叶音竹没有慌，也没有绝望。眼看着那绿色的风刃铺天盖地地疯狂袭来，这一次，他动的并不是琴弦，而是他的手，只有四指的右手。

一道翡翠般的光芒眨眼间蔓延到了三丈之外，光芒在空中一转，一圈翡翠色的涟漪便荡漾而出，就在那一刹那，绿龙肥肥所发出的风刃居然被那一圈光芒完全笼罩了。

圆形翡翠色涟漪剧烈地激荡了一下，叶音竹口中随之发出了一声闷哼，气劲激荡之下，他的身体狠狠地震动了一下，鲜血自嘴角流下。但他没有后退，目光锁定面前的庞然大物，迎着肥肥冲了上去。

虚幻的脚步带着他的身体在千钧一发之际躲开了肥肥拍击而下的前爪，他的身体箭矢一般蹿起，只是一眨眼的工夫，他竟然就已经来到肥肥背上，那道柔和的圆形翡翠色涟漪悄然圈上了肥肥粗壮的脖子。

这时，眼尖的人看到，从叶音竹的右手飘荡而出的一根翡翠色的丝线，此时正闪着黄色光芒，紧紧地勒在肥肥的脖子上。肥肥痛呼一声，那看上去非常纤细的翡翠色丝线竟然勒进了它坚实的鳞甲。

叶音竹整个人紧紧地贴在它的后背上，双手同时用力，将那翡翠色丝线不断收紧。

脖子上传来的剧烈刺痛让肥肥愤怒了，疯狂了，它巨大的身体腾空而起，不断地挣扎跃动，想将叶音竹甩下来。

但事与愿违，缠绕在它脖子上的翡翠色丝线变得越来越紧，它的痛苦也越来越强烈，大滴大滴的龙血不断地顺着它那粗壮的脖子滑落。而叶音竹的身体就像黏在了它身上似的，怎么甩也甩不掉。肥肥只好猛地飞起来，让身体重重地撞击在试炼场顶部的结界上，想把叶音竹撞下来。叶音竹喷出一口鲜血，抓着翡翠色丝线的双手却更加用力了。

“收回你的龙然后认输，否则，我只能杀了它。”叶音竹冰冷的声音传遍全场。

战局忽然反转，大部分观战的人没有看清叶音竹的动作，此时他们都惊呆了。

罗兰感觉到肥肥非常痛苦，虽然她很渴望获得这场比赛的胜利，但对她来说，肥肥更加重要。她几乎没有任何犹豫，六芒星再次出现，她召回了肥肥。

叶音竹在半空中翻转一圈，手中三丈长的翡翠色丝线如同鞭子一般，带着黄竹二阶的斗气抽击在地面上，让身体的下坠之势减慢，这才落在地面上。之后翡翠色丝线重新化为一圈圈涟漪，缩进他右腕的袖口之中消失不见了。尽管脸色已经惨白如纸，他却依旧毫不动摇地站在那里，其人傲如竹。

风系输了，罗兰也输了，不论是比赛还是气势，她都完全输给了叶音竹。

“神音系胜！”裁判终止了比赛，他的心跳依旧非常快。

刚才神音系的五名学员险些死在风刃吐息之下的一幕，令他心胆俱寒。要知道，神音系的这些女孩子大都出身不凡，万一出了问题，那将是整个米兰魔武学院的大麻烦啊！

罗兰和清醒过来的其他风系参赛学员黯然离去了，此时，她甚至不敢去看叶音竹那清澈的双眼。

叶音竹站在那里，目光锁定了啦啦队中的香鸾，嘴角勾起一丝微笑，似乎在向她说：我赢了，神音系赢了。

“音竹。”雪玲第一个跑上来，蓝曦、孔雀和海洋跟在后面。此时，海洋的黑发重新垂下，盖住了她萎缩的半张脸，她的脸色很难看，白得没有一丝血色。

叶音竹看着她们说道：“我们赢了！我说过，会替你们挡住所有攻击，我做到了！哇——”

话刚说完，叶音竹喷出一口鲜血，身体朝着海洋的方向倒了下去。

海洋一惊，赶忙抱住叶音竹的身体。淡淡的血腥气和男人特有的味道扑鼻而来，她那原本苍白的脸上顿时多出了几分红晕，她一时间竟有些手足无措，不知道该如何是好。

恍惚间，叶音竹似乎看到了自己体内的一切，经脉、血液、五脏六腑都在眼前。

他疑惑自己为什么能看到这些。就在这时，他的血液发生了变化，原本鲜红的血液不知道为什么变成了紫色，淡淡的紫色。很快，紫色的血液就将他眼前所看到的一切都渲染成了淡淡的紫色。

突然，酥痒的感觉传遍全身，仿佛痒到了骨头里，他想挠，却偏偏什么都不能做。酥痒感变得越来越强烈，一丝丝热气不断在体内游走，痒比疼更加折磨人，他根本无法忍耐。他感觉全身无处不痒，那种痛苦令他内心拼命地挣扎，可惜，这一切他都控制不了。

不知道过了多长时间，就在叶音竹感觉自己快要崩溃的时候，那一丝丝热气变成了洪流，吞噬了所有的酥痒。他感觉自己的身体仿佛正被放在岩浆中烹煮一般，不过，此时的灼热总比之前的痒要好得多。

终于，热流逐渐退去。叶音竹的意识又变得模糊起来，他在通体舒爽的感觉之中沉沉地陷入了黑暗。

清凉的东西在脸上摩挲，说不出的舒服，叶音竹哼了一声，缓缓睁开了双眼。

“赞美法蓝。音竹，你终于醒了。”苏拉兴奋地叫起来，声音中浓浓的关切令叶音竹心中一片温暖。

模糊的视线逐渐变得清晰起来，六感逐一回归。叶音竹发现，自己正枕在谁的大腿上。舒服，真的好舒服，这是他有生以来枕过的最好的“枕头”。同时，他还发现，自己似乎正抱着什么柔软的东西。

“海洋，怎么是你？你怎么会在这里？”清醒过来的叶音竹目瞪口呆地看着眼前的一切。

叶音竹在第一时间松开抱住海洋的双手，猛地坐了起来，却发觉自己的双臂和身体都有些僵硬，显然他保持刚才那姿势的时间不短。想到这里，他的心跳瞬间加快，甚至比看到香鸾的时候跳得还要快。

海洋依旧是黑发半遮面，低着头。叶音竹看不到她的表情，但她露出的半张俏脸已经变得通红。

苏拉站在一旁，手中拿着毛巾，之前叶音竹脸上的清凉感显然是这毛巾带来的。他似笑非笑地看着叶音竹道：“你还问人家，你在试炼场晕就晕了，偏偏倒在人家海洋身上，还顺势搂住人家说什么都不松手。没办法，海洋只能跟你一起回来了。本来以为把你放到床上就好了，可谁知道你抱得更紧了。只是换了个地方而已，你还真把人家当枕头了。这也就是海洋心软，换了是我，哼哼……”

“这个……”叶音竹尴尬得不知道该说什么好，此刻他的脸甚至比海洋的还要红。他羞臊地低下头，不敢去看海洋。

海洋脸上的红晕渐渐退去，重新恢复冰冷，那苍白的俏脸看上去令人心疼。

“你没事了？”海洋问道。

叶音竹这才想起来，自己是因为和绿龙肥肥战斗才受了重创。绿龙的风刃吐息不是那么好挡的，仓促之间，叶音竹虽然凭借自己的斗气和特殊武器化解了风刃，但自身也受到了巨大的冲击，之后又在肥肥挣扎的时候撞上了结界，身体两次受创，这才吐血昏迷。

活动了一下身体后，他惊讶地发现，自己不但没有一点疼痛的感觉，甚至连魔法力和斗气也恢复了七八成。不仅如此，此时他感觉自己全身都充满了力量，有种澎湃欲出的感觉。唯一不好的就是他感觉身上黏黏的，似乎出了很多汗，有些难受。

“没事了。怎么好得这么快？我昏迷后你们帮我治疗了吗？”

苏拉道：“没有。把你弄回来以后，你全身一会儿冷一会儿热的，还不停地发抖。我试图把斗气输入你体内帮你疗伤，却被一股力反弹了回来。后来，你就不断地出汗，身上好像有一股紫色的气流在不断颤动似的，折腾了一个小时你才安静下来，之后就搂着人家海洋睡着了。当时看你伤得挺重的，现在真的没事了吗？”

没等叶音竹开口，海洋就站起身来。她那洁白的长裙上确实多了一大片汗渍，显然是叶音竹留下的。

“既然你没事，那我就先走了。如果你没有完全恢复，明天就不要比赛了。”说完，她转身朝外走去。在那一瞬间，叶音竹分明看到了她掩盖在黑发下的半张丑陋的脸。

“海洋。”叶音竹叫了一声。

海洋的脚步顿了一下。

“谢谢你。”

她轻轻地摇了摇头，没有多说什么，飘然离去。看着海洋的背影，叶音竹心中已有了打算。

他看得出，海洋之所以会拒人于千里之外，最大的原因就是她的脸，那明显是后天造成的。

“别看了，人家都走了。音竹，你快告诉我，今天你在比赛时最后用的是什么武器啊？我好像从来没见过。”苏拉一脸好奇地看着他。

“那个啊，那是……”

第十五章

# 晋级决赛

叶音竹拉起自己右手的衣袖，一个碧绿色的手镯在他手腕上闪着柔和的光芒。与完全贴合在肌肤上的生命守护手镯不同，这个碧绿色的手镯就是套在手腕上的。

“好漂亮的手镯啊！这得值多少钱？”苏拉立马双眼放光。

叶音竹苦笑着道：“你就知道钱。”

苏拉哼了一声，道：“钱虽然不是万能的，但是没有钱是万万不能的。没钱我们吃什么？你一个男孩子居然还戴手镯。”

突然，他仿佛想到了什么，瞪大了眼睛道：“你不会是要告诉我，这个手镯就是今天你用的那个武器吧？”

叶音竹微微一笑，道：“它叫碧丝，你看。”他一边说着，一边将手腕轻轻一抖，眨眼间那碧绿色手镯就变成了一根三丈长的碧绿丝线。那丝线仿佛拥有生命一般，在淡淡的黄色斗气的控制下不断变幻着各种形态。

苏拉抬手抓住空中的碧丝，才发现碧丝只比头发粗一点，抓在手中有一种温润的感觉，他用手轻拉，碧丝却没有任何反应。

碧丝在叶音竹的四指的控制下一圈圈卷起，重新缠绕在他的手腕上，变回了手镯的样子。

“我住的地方叫碧空海，是阿卡迪亚王国里的一个小地方。碧空海就是一片面积极大的竹林，在这片竹林中央有一株生命之竹，是整个碧空海的核心。生命之竹的中央有芯，每一百年生长一寸，就是碧丝。它可以说是这个世界上最为坚韧的东西，而且拥有强大的生命力。”叶音竹说道。

苏拉目瞪口呆地道：“一百年一寸？你这根碧丝足有三丈，那岂不是长了三万年？”

叶音竹微笑着道：“是啊！正是因为如此，它的生命力才会无比强大。你不要看它只是一根细丝，实际上它能软能硬，有无数用途，其锋利程度不会逊色于任何一种武器，甚至可以击石成粉。”

叶音竹没有说的是，这根碧丝乃竹宗至宝。他天生八指，并不适合练剑，因此叶离经过了十多年的研究，才以竹宗武技为基础，以碧丝为兵器，创造了一套适合他学习的特殊武技。

当年，秦殇与叶离约定，十五年内不传授叶音竹任何武技。是以直到十五岁那年，碧丝才到了叶音竹手中。除了修炼赤子琴心，离开碧空海的前一年他一直都在苦修碧丝，因此碧丝就是他的武技。

作为竹宗的嫡传弟子，叶音竹虽然未能将碧丝修炼到出神入化的境界，但至少叶离传授给他的竹宗武技他已经能够施展了。

今天在面对肥肥的时候，因为肥肥的速度太快了，他来不及用音刃对抗，无奈之下才使用了这种武技。如果不是因为碧丝非常坚韧与锋利，又怎么可能使绿龙这种真正的龙受伤呢？

“原来你真的是魔武双修，拥有黄级斗气啊！”苏拉看着叶音竹手上的碧丝，眼中闪过一丝异样。

叶音竹微笑不语。虽然他很信任苏拉，但关于他的修炼的秘密，他还是不能轻易说出。

正在这时，传来了敲门声。

“这么晚了，谁会来？难道是海洋又回来了吗？”苏拉一边奇怪地说着，一边起身去外间开门。

只见穿着白色魔法袍的妮娜从外面走了进来，一进门就问道："叶音竹怎么样了？"

"啊，是妮娜主任，您好。音竹他已经醒了。"苏拉赶忙将妮娜让进屋。

"妮娜奶奶，您怎么来了？"叶音竹站起身。房间实在有些小，他只得让妮娜坐在自己的床上。

妮娜上下看了叶音竹几眼，从他那清澈的双眼她就能看出他现在的身体状况不错。"你没事了？好得这么快？真不知道你的身体是什么做的。"妮娜说道。看到叶音竹没事，她明显松了口气。

叶音竹挠了挠头，道："我也不知道为什么会恢复得这么快，可能是我的身体比较结实吧。"

嘴上虽然这么说着，他却不禁想起了那个令身体奇痒难耐的梦，心中隐隐感觉到自己身体的恢复似乎和那个梦有关。

"你没事我也就放心了。我今天来，一是想看看你身体如何了，二是要告诉你一个好消息。"妮娜难得露出一丝微笑。她现在心情非常好，可以说她已经很多年没有这么开心过了。

"好消息？什么好消息？"叶音竹赶忙问道。

妮娜微笑着道："我们神音系闯进了新生大赛的半决赛。"

"啊？我们不是才比了六场初赛吗？"叶音竹诧异地问道。

妮娜得意地道："赞美法蓝。或许这就是上天的眷顾吧。我们神音系六战六胜，已经率先进入半决赛了。不论是在魔法部还是在武技部，我们都是第一个进入半决赛的系。"

一旁的苏拉道："不会吧，就算神音系今年作为黑马杀了出来，可是还有空间系、召唤系和精神系三个热门系啊！神音系的最后三场要面对他们，无疑将会是三场苦战，您现在就能断定神音系必胜吗？"

妮娜道："当然不是。因为后面三场即使不战，我们也已经出线了。精神系和空间系这一届的新生虽然都不错，但是他们的实力太接近了。在今天下午同时进行的比赛中，他们拼了个两败俱伤。双方的十名参赛学员中，包括主将在内的八人受了重伤，现在他们都已经弃权，放弃了明天的比赛。

“也就是说，他们最多只能有七胜二负的成绩。而这两个系正好是我们明天的对手。我们不战而胜，于是就成了八胜。所以不论最后一场和召唤系的比赛结果如何，魔法部的两个出线名额中必然会有我们一个。召唤系的运气也不错。他们也是在最后的两天比赛中才需要面对我们神音系和空间、精神两系，几乎可以肯定会和我们携手出线了。”

叶音竹惊喜地道：“原来是这样，看来我们的运气真是太好了。妮娜奶奶，您放心，我一定会为和召唤系的比赛做好准备，争取战胜他们。”

妮娜摇了摇头，道：“不，我们和召唤系的比赛我已经决定放弃了。”

“为什么？”叶音竹瞪大了眼睛。

妮娜道：“经过这几天的比赛，明眼人都看得出，虽然神音系派了五人参赛，却相当于是你一个人战胜了六大魔法部系，你太辛苦了，不论是魔法力还是精神力的消耗都不小。尽管你的身体现在已经没什么问题，但我还是希望你能多休息休息，尽量让身体恢复到最佳状态之后再参加半决赛。还有，如果在半决赛中再遇到昨天那样的危险情况，你就立刻认输。这毕竟只是一个比赛，我不希望发生什么意外。”

妮娜的语气虽然很平淡，但叶音竹和苏拉都听得出她话语中的关心。

“妮娜奶奶，半决赛上我们的对手是谁呢？”叶音竹问道。

妮娜道：“现在还很难说。武技部那边有十七个系，循环赛要比我们多进行几天，其中几个大系的实力相差不多，现在还很难说谁能进入半决赛。我们如果以魔法部第二名的身份出现，就将在半决赛中面对武技部的第一名。武技部的几个大系实力比较均衡，前两名的实力不会相差很多，所以我们放弃魔法部第一名的位置也没有什么。半决赛阶段的比赛至少要一周后才会开始，这几天你也不用去神音系报到了，就在宿舍休息吧。”

“好的，谢谢您，妮娜奶奶。”叶音竹感激道。

“哦，对了，这次我们神音系的比赛，弗格森院长一直都在观战。作为学院院长，也是最强大的精神系魔法师，他私下里对我说，有意指导你精神力的修炼。虽然我们神音系和精神系的魔法有些差异，但应用过程殊途同归。等到这学期真正开学以后，我希望你能接受他的指点，这样对你比较有好处。我要走了，你送我出去吧。”

妮娜站起身在叶音竹的陪伴下走出了宿舍。她看了一眼，见苏拉没跟出来，这才对叶音竹道：“音竹，如果弗格森院长来找你，说他要指点你修炼魔法，那没关系，你可以答应，但是你要记住，秦殇教你的奥秘不能告诉他。你明白我的意思吗？”

叶音竹点了点头，道：“我明白。”

“你在这里住得还好吗？”妮娜看了一眼叶音竹背后的宿舍，不禁皱了皱眉。

叶音竹颔首道：“挺好的。”

“好？我看一点都不好。回头我帮你调换一下，我们神音系的学员怎么能住在这种地方？”

“可是我没钱。”叶音竹低声说。

妮娜淡然道：“我有减免本系学员部分费用的权力。你不用管了。”

“妮娜奶奶，我……”

“你什么你，快回去吧。”妮娜向叶音竹点了点头，这才转身离去。

叶音竹一直目送着她那没有丝毫老态的身影消失在夜色之中后才回宿舍。

回到宿舍，叶音竹顺手打了一大盆清水走回卧室，然后从床边的柜子里拿出自己的毛巾扔到盆里。

靠坐在床上的苏拉惊讶地道：“音竹，你要干什么？”

“洗澡啊！身上黏黏的，难受死了。”叶音竹一边说着，一边动作很快地脱下了自己身上的月神守护，就剩里面的一条短裤了。

“啊！”高八度的尖叫骤然响起，苏拉瞪着叶音竹，似乎受了很大的惊吓。

平时看上去身材修长的叶音竹，身上的肌肉非常匀称，一点都不夸张，反而给人一种和谐的感觉。古铜色的肌肤上，似乎有一层淡淡的紫色光晕在流转。

叶音竹被他的尖叫声吓了一跳，险些把水盆踢翻，说道：“苏拉，你干什么？”

“没什么。你怎么在屋里洗澡？”苏拉眼看着叶音竹的手要去脱最后的短裤了，慌忙转过身，用被子盖住自己的头。

叶音竹好笑地道：“外面冷啊！现在天气凉了。更何况，在外面被女学员看到就不好了。我可不是暴露狂。”

“你就是暴露狂。”苏拉的声音听起来有些颤抖，天知道他的心跳现在有多快。

作为一名沉稳狠辣的刺客系学员，他已经不知道有多长时间没有体验过手足无措的感觉了。

耳中听到“哗哗”的水响，苏拉恨不得立刻就从宿舍里蹿出去。此时的每一分钟对他来说，都像一个小时那样漫长。

“舒服多了！”叶音竹满足地感叹一声后，躺在自己并不宽阔的床上，舒服地伸展着身体。彻底清洗掉身上的污垢绝对是一种享受。

“苏拉，你不洗洗吗？我好像还没看到过你洗澡呢。”

“我洗过了。我可不像你这个暴露狂，非要当着别人的面洗澡。”苏拉没好气地道。

“大家都是男人，怕什么。真没想到，我们神音系竟然就这样出线了。”

苏拉转过身，把头从被子里探出来，看着叶音竹道：“对啊！你这次可以休息一周，不如我们现在就出去打工吧。我昨天在米兰城看到一个地方在招工。”

“哦？好啊！”叶音竹也不问苏拉找的是什么工作就一口答应了下来。

第二天一早，天刚蒙蒙亮，叶音竹就被苏拉从床上拉了起来。

“让我再睡会儿。”叶音竹睡眼蒙眬地紧抱着被子。

“快起来，早饭我都准备好了。不是说好了今天去打工的吗？”苏拉生拉硬拽地把叶音竹从床上揪起来，将一条凉毛巾按在了他的脸上。

在冰冷湿润的毛巾的刺激下，叶音竹顿时就清醒了，他无奈地坐起身，动了动鼻子。早饭虽然简单，但厨艺精湛的苏拉还是让它飘出了阵阵香气，不断地刺激着叶音竹的嗅觉。

他这才觉得自己肚子里空荡荡的，顿时直奔饭桌就要开吃。

“喂，你还没有洗漱，先去洗漱了再吃。”苏拉一把拉住叶音竹。

“苏老大，你不是这么有洁癖吧？我好饿，先吃饭行不行？”

“不行。”苏拉的回答简单干脆，他瞪着叶音竹，指了指一旁盛着清水的脸盆。

“好，好，我真是服了你。”虽然苏拉像个最严厉的管家，但叶音竹很享受这种被管的感觉，有家的温暖。毕竟，他跟父母相处的时间也不是那么多。当初秦殇也只关心他的修炼，对其他的一切都比较随意。

当两人吃过早饭走出米兰魔武学院的时候，学院中的学员大多都还在睡梦之中。

米兰地处大陆北方，刚到初秋，就已经有些寒意了，就连学院内原本茂盛的植物此时看上去也有些萧索。

“音竹，我们比赛吧！”苏拉兴致勃勃地说。

“比赛？比什么？”叶音竹好奇地看着他。

苏拉道：“就比谁先跑到米兰城。从这里到米兰城大约有两里，我们看谁先到城门口，如何？本来我还怕我们每天都到城里去打工的话太远了，你的身体会吃不消，但你也修炼了武技的话就不怕了，就当锻炼身体好了。”他一边说着，一边跃跃欲试地在原地轻跳着。

叶音竹看了一眼远处的米兰城城墙，笑着道：“好。”

“开始。”苏拉狡黠地笑了一下，没等叶音竹反应过来，他就已经蹿了出去。没见他是如何作势的，他的身体就已化作一道幻影，眨眼间就到了数十米之外。

竹宗斗气在体内节节攀升，叶音竹赶忙提气急追。黄竹二阶相当于绿级中阶，他的斗气浑厚而纯净，使他能够一直保持疾行状态。

但是很快叶音竹就发现，即便自己全力追赶，也不得不看着苏拉渐渐远离。苏拉的速度果然非同一般，只是数次呼吸的时间，前方就只剩下一个淡淡的影子了。

叶音竹此时心中充满了疑惑，他在想苏拉到底达到了什么境界。

当叶音竹来到米兰城西门的时候，苏拉已经笑吟吟地在那里等他了，苏拉脸不红气不喘，看上去一副云淡风轻的样子。

“苏拉，你的速度真快。”叶音竹由衷地说。虽然在一开始的时候苏拉耍了诈，但叶音竹知道，就算是同时起步，自己也不可能追上苏拉。

苏拉微笑着道：“不是我快，是你慢。走吧，我们进城。”

远处的太阳才从地平线上升起，米兰城就像一个贪睡的孩子，不愿意清醒过来。街上人很少，一点也没有叶音竹上次来时的繁华。

苏拉似乎对这座城市非常熟悉，一边向前走着，一边指着周围的建筑，向叶音竹介绍道：“看，那边是魔法物品店。那里可不是一般人能进去的，虽然那里的东西不怎么样，价格却高得离谱，只有贵族才会光临。那边是战士公会，只要你是在米兰帝国注册的战士，就可以从那里领取到相应级别的徽章。

“那边那家饭店在米兰城比较有名，很多贵族都喜欢到那里吃饭。哇，你看，那边就是龙骑兵驻扎的地方。米兰城之所以是大陆第一大城，和这里驻扎着三个龙骑兵大队有很大关系。除了米兰帝国，再没有任何国家会在自己的首都驻扎这么多龙骑兵了。”

叶音竹顺着苏拉所指的方向看去，只见一面和城墙差不多高的院墙隔离了龙骑兵军营与外界的联系。龙骑兵军营的占地面积有多大，从外面是看不出来的。

在院墙中央，有一个巨大的门楼，高度超过十米，宽阔的大门比城门小不了多少。

最引人注目的是门前端坐在驯龙背上的龙骑兵。阴沉而坚实的黑色甲胄将龙骑兵的身体完全笼罩在内，龙骑兵手中超过五米的龙枪在刚刚升起的太阳的照射下散发着淡淡的寒光。

他们的坐骑是灰色地龙，近三米高、五米多长的巨大身躯似乎在散发着无形的凶气，从它们身上黑色龙麟的棱角就能看出龙鳞的厚度。虽然只有两名龙骑兵在那里，但他们像是两个杀戮机器一般，让人不敢靠近。

“苏拉，这是什么龙？我怎么没见过？”叶音竹低声问道。

苏拉道：“这是地龙的一种，叫马奇诺铁龙。马奇诺在古语中是坚不可摧的意思。这种地龙虽然只有四阶，防御力在地龙中却是赫赫有名的。凭借着坚实的鳞甲，普通的攻击根本无法伤害它们。对于龙骑兵来说，它们也算是一种主要的战力，专门用来正面冲击和防御，与埃里克敏龙齐名。这两种龙在龙骑兵军团中虽然地位最低，但数量最多。当然，和你昨天战胜的那只绿龙相比，马奇诺铁龙就是垃圾。”

“哦？绿龙真的有这么厉害吗？似乎也很一般吧。”叶音竹不置可否。

苏拉没好气地道：“笨蛋，昨天你战胜的绿龙是成长型魔兽，还没成年呢，实力当然比这马奇诺铁龙强不了多少。但是，它一旦成年，就能拥有七阶或八阶的水准，到时候别说是你了，就算是你们神音系的妮娜主任也很难对付。别忘了，那可是真正的巨龙，而不是驯龙。”

“真正的巨龙这么好，那为什么龙骑兵军团还要用驯龙呢？”叶音竹又一次发挥了他单纯，或者说是没常识的赤子本性。

苏拉翻了个白眼，说道：“你当巨龙是什么？那么好驯服就不是巨龙了。在龙崎努斯大陆上，巨龙的数量从没有超过四位数过，而且巨龙大多极其骄傲，除非有特殊原因，否则绝对不会臣服于人类。凡是拥有成年巨龙的人类，都可以成为龙骑将或龙魔法师。他们都是各个国家的顶级存在，也是实力的象征。在龙骑兵军团中，只有金星龙骑将和紫星龙骑将才能拥有真正的巨龙。

“其实，驯龙中也有不少强者，但数量都太少了。作为骑兵的坐骑，如果每一只驯龙的能力都不一样，那根本就没办法指挥，所以，驯龙的选择一般会以数量较多又比较实用为标准。埃里克敏龙和马奇诺铁龙就是典型的例子。”

就在两人说话的时候，龙骑兵军营的大门突然开启。长达一米、闪烁着金水晶般光彩的独角率先探出，紧接着出现的是那高四米、长十米的巨大身体，凝重而凶悍的气息给人一种快令人窒息般的压力。炫目的银色铠甲，比普通龙枪还要长出两米、粗大得多的重型龙枪，无一不彰显着他尊贵的身份和强大的实力。

“啊！是他。”这个人叶音竹认识，正是在来米兰城的路上遇到过的银星龙骑将奥斯丁子爵。

叶音竹看到了奥斯丁，奥斯丁可没看到他。巨大的金晶暴龙王足足占据了街道的三分之一，而后它迈着沉重的脚步朝西城门的方向走去。奥斯丁的脸色有些难看，不知道在想些什么。

“你认识他？”苏拉的声音显得有些怪异。

叶音竹点了点头，道：“在来学院的路上见过一次。他很霸道，要吃我们佣兵团的角马。”他早就和苏拉提过跟铁荆棘佣兵团一起来到米兰城的事。

苏拉脸色严肃地道：“音竹，你恐怕有麻烦了。奥斯丁看样子是要去咱们学院。”

“麻烦？什么麻烦？他去咱们学院和我有什么关系？”叶音竹疑惑地问。

苏拉看了他一眼，道：“你还真是什么都不知道啊！我说你有麻烦，就是因为奥斯丁正是罗兰那小魔女的大哥，而你昨天打伤了罗兰和她的魔兽绿龙。”

叶音竹一愣，道：“你说什么？奥斯丁是罗兰的大哥？你的意思是他会报复我吗？可新生大赛是公平的比赛啊。”

苏拉摇了摇头，道：“我不能肯定他会不会去学院，不过，这种可能是有的。还好我们学院地位超然，想必奥斯丁也不敢过于放肆。看来，我有必要给你介绍一下罗兰的背景了。在米兰帝国，共有三大家族，罗兰所在的紫罗兰家族就是其中之一。紫罗兰家族族长是米兰帝国军方的两大元帅之一，也是两位紫星龙骑将之一——马尔蒂尼。马尔蒂尼还有一个兄弟，名字叫作马特拉奇，是米兰魔法师公会副会长，据说刚刚达到紫级水准。”

叶音竹皱了皱眉，他确实没想到罗兰背后竟然有着如此强大的家族势力，不过，他的神色很快就恢复了平静。

“你知道紫星龙骑将代表的是什么吗？那是除了法蓝七塔以外，大陆上最强大的存在。紫级大战师只有拥有九阶巨龙，才能拥有紫星龙骑将的称号。

“马特拉奇终身都致力于魔法研究，没有结婚，自然也没有后代。而马尔蒂尼唯一的儿子在与兽人战斗时战死，留下了四个孩子，年纪最小的就是罗兰。她有三个哥哥，其中年纪最大的就是奥斯丁，他也是紫罗兰家族第三代中天赋最差的一个。

“罗兰的二哥奥卡福，是龙崎努斯大陆最年轻的金星龙骑将，拥有一只成年的八阶土系巨龙。她的三哥奥利维拉也在我们米兰魔武学院，是五年级学员，号称‘武技部学员第一人’，拥有的坐骑是水系成长型巨龙，目前已经进阶到七阶。据说毕业之后，他就会直接成为银星龙骑将，还会有机会打破大陆最年轻的金星龙骑将的纪录。”

苏拉接着说道：“作为最小的一个孩子，罗兰无疑是最受宠的。和她的三个哥哥不一样，她选择了学习魔法。马特拉奇没有孩子，他最疼爱的就是这个侄孙女，甚至还在罗兰的请求下加入了他们四兄妹建立的紫罗兰佣兵团。要知道，紫级魔法师纡尊降贵加入佣兵团，在整个大陆上都是极其罕见的事。你把罗兰得罪得可不轻，以后有你受的了。”

听完苏拉的话，叶音竹陷入了思索之中。他回想起了当初在佣兵公会的一幕，显然，那名紫级大魔导师，应该就是罗兰的二爷爷马特拉奇了，另外一名年轻战士不知道是她的二哥还是三哥。

苏拉看叶音竹沉吟不语，以为他在担心自己的境况，苦笑着道：“虽然你才进入学院没几天，但你得罪的可不止一个家族。那个暗魔系主将、新生月冥，就是另外一个家族——月辉家族的成员，而且她在月辉家族的地位，和罗兰在紫罗兰家族的地位差不多。月冥的爷爷月辉是家族崛起的象征，他不仅是米兰魔法师公会会长，还是暗魔系紫级五阶大魔导师。

“据说月辉是除了法蓝七塔以外最强大的魔法师，比马特拉奇还要可怕得多，与我们学院的精神系紫级四阶大魔导师弗格森齐名。月辉是帝国魔法大臣，掌管整个米兰帝国的魔法师。”

叶音竹抬起头，目光依旧那么清澈，他淡然一笑，道：“那又如何？走吧。”

“啊？你不为自己的处境担忧吗？”苏拉看着面色如常的叶音竹，吃惊地说。

叶音竹微微一笑，道：“你不是要带我去打工吗？再不抓紧时间，就要来不及了吧。”

“看来我是在对牛弹琴了。你真的就一点都不担心吗？”

苏拉觉得自己实在是被叶音竹打败了。他刚才说的那些，叶音竹似乎一点都不在意。不过，苏拉也不禁为叶音竹的气度所折服，面对这样的情景，如果换了是他，他自问做不到像叶音竹这样从容。

叶音竹一边和苏拉向前走，一边淡然地道：“有什么可担心的？你说的这些大人物和我有什么关系？他们总不会因为自己的孙女在公平的比赛上被击败，就来找我一个普通学员的麻烦吧？”

苏拉带着叶音竹在米兰城里足足走了一个小时，他们才到达此行的目的地。

这是一座造型典雅的三层小楼，在繁华的米兰城中并不是很起眼。它不在主干道上，而是在一条分支街道上，周围的环境显得有些冷清。

这座三层小楼很有特点，占地面积不算大，和神音系的教学楼差不多。八角飞檐配上墨绿色的琉璃瓦，给人一种清爽舒适的感觉。小楼周围绿树环绕，即使天气已经转凉，这里的树木也依旧生长得异常茂盛。

树木与楼之间彼此呼应，使这座三层小楼充满了自然气息。最为奇异的是，小楼中央竟然冒出了一棵巨树，仿佛这座三层小楼就是围绕着这棵巨树所建的。巨树的树冠从小楼楼顶上冒出，树上还盛开着许多淡蓝色的小花，散发着如麝如兰的淡淡香气，古朴典雅，令人很容易就沉浸在其中。或许是因为叶音竹出生于碧空海，看着这座小楼，他不禁生出一丝亲切的感觉。

“怎么样？不错吧？我精挑细选之后，才决定来这里打工的。这里是座茶楼，不仅环境好，而且报酬也不错，服务生每天的收入大概是十个银币，据说还有小费呢。要是干得好，工资会更高。走吧，我们进去。”苏拉一边说着，一边拉着叶音竹的衣袖就朝茶楼走去。

到了门前，叶音竹抬头，看到茶楼正上方的匾额上有三个大字——飘兰轩。这个名字似乎有点熟悉啊！没等他多想，人就已经被苏拉拽了进去。

“对不起，二位先生，我们还没有开始营业。”一名看上去二十岁左右的服务生拦住两人。服务生穿着蓝色的工作装，相貌虽然一般，却有一股恬淡的气质，很容易令人产生好感。

“我们不是来喝茶的。昨天我看到你们这里好像要招工，我们是来面试的。”苏拉赶忙道。

服务生微微一笑，道：“对不起，你们来晚了。昨天上午贴出招聘告示后，下午就来了三百多名应聘者，我们已经招到了合适的人选。”

## 第十六章

# 飘兰轩

“赞美法蓝。你们不再招人了吗？我们干活很勤快的。而且你看，我们是米兰魔武学院的工读生，素质绝对比普通人的高。”苏拉有些焦急地推荐着自己和叶音竹。

服务生无奈地耸了耸肩，道：“实在对不起，我们已经招到人了。你们应该昨天就来，那样或许还有机会。请回吧。”

叶音竹抬起左手抓住苏拉纤瘦的肩膀，道：“算了吧，既然人家已经招到人了，我们就再找别的地方试试，别让人家为难。”

苏拉本来还想争取一下，听叶音竹这么一说，只得无奈地点了点头。

正在两人转身欲走的时候，那名服务生却突然有些激动地叫道：“等一下！”他上前一步，一双眼睛紧盯着叶音竹抓住苏拉的左手，恭敬地道，“这位先生，请问，您是不是叫叶音竹？”

叶音竹下意识地回答道：“是啊。你怎么知道我的名字？”

服务生突然让出了路，恭敬地向叶音竹弯腰行礼道：“对不起，刚才是我冒昧了，不知道您是小姐的朋友。两位里面请。”

叶音竹一愣，问道：“小姐？我认识你们小姐吗？”

服务生惊讶地道：“您不是叫叶音竹吗？小姐吩咐过，如果来了一个戴着她的戒指的少年，那就是您。”

叶音竹脑中灵光一闪，小声嘟囔道：“飘兰轩，飘兰轩……难道这里是安雅姐姐的地方？”

此时他才想起来，为什么“飘兰轩”三个字会这么耳熟。当初他刚来到米兰城，和安雅分开的时候，安雅就对他说过，如果有什么事就到飘兰轩来找她。

“是的，飘兰轩正是小姐一手创建的。两位，里面请。”服务生一边说着，一边引着叶音竹和苏拉向里面走去。

进入飘兰轩，首先映入眼帘的就是一片绿色。不止是各种植物，飘兰轩内就连摆设的器物都是深浅不一的绿色，可见这里的主人对绿色是多么的情有独钟。

叶音竹和苏拉终于得见之前冒出小楼的古树了。古树的树干至少要二十个人才能抱得过来，这种巨树他们都没见过。或许正是因为这棵古树和飘兰轩内通透的设计，这里的空气才会这么清新，周围的一切都是纤尘不染的。一些身穿青衣的服务人员正在简单地打扫着。

苏拉轻轻地在叶音竹腰上掐了一下，有些恼怒地低声道：“原来你认识这里的主人，刚才你是不是故意想看我出丑？”

叶音竹苦笑着道：“当然不是。来的时候我就觉得‘飘兰轩’这三个字有点耳熟，但你拉着我走得太快，我还没来得及想就被你拽进来了。我不是跟你说过，在来米兰城的路上，我的空间戒指被人偷了，丢了所有的钱吗？我和铁荆棘佣兵团一起来米兰城的时候，护送的就是安雅姐姐的商队。安雅姐姐人很好，虽然今天没找到工作，但能来看看她也不错。”

服务生将两人带到靠近屋子中央的一张桌子前，从这里能够清楚地看到古树树干，空气也格外清新。

“两位请坐，我去向小姐禀告。”说完，他直接朝楼上走去。这里的楼梯很有特色，是围绕着中央的古树建造而成的，但并没有触及古树，显然是为了保护古树才这样设计的。

他们面前是一张简单的木桌，桌面很宽阔，上面放着一套古香古色的茶具，椅子也是木制的，呈墨绿色。叶音竹朝四周看了看，他发现，虽然飘兰轩一层地方不算小，位子却很少。

以古树为中心的大厅里一共才十张桌子，每一张桌子都用竹帘围起来了。或许是因为还没开始营业，此时的竹帘是挑起的，这才让他看到了大厅的全貌。

苏拉赞叹道："这里真是个好地方。虽然是一楼大厅，但也充分考虑到了顾客的私密性。还有中央的这棵古树，真是太奇特了。放眼整个大陆恐怕也只此一家吧。"

叶音竹低头看着自己左手中指上的戒指，水滴形的蓝色宝石散发着温润的光晕，那柔和的感觉令人非常舒服。

苏拉也看到了他手上的戒指，不禁撇了撇嘴，说道："女人送男人戒指，还真是少见。"

时间不长，一阵轻柔的脚步声传来，安雅沿着古树那里的旋转楼梯走了下来。今天她穿的是一件水绿色的长裙，裙摆一直垂到地面上，遮住了修长的双腿，水蓝色长发依旧像以往那样披散在身后，就连遮挡住耳朵的两缕头发也没有丝毫变化。即使此时她的眼中充满了喜色，也无法影响她那优雅高贵的气质。

在叶音竹见过的女性中，论容貌和气质，也只有香鸾能够和安雅相比了。但香鸾比安雅少了几分成熟的风韵，多了几分青春的朝气。

"音竹，你终于想起来看姐姐了吗？"安雅微笑着走了过来。

叶音竹赶忙站起身迎了上去。他一向很诚实，遂有些尴尬地道："其实，我是和同学一起来找工作的，没想到恰巧找到了姐姐这里。"

安雅看了一眼叶音竹身后的苏拉，有些惊讶，她再看向叶音竹，有些责怪地道："米兰魔武学院的学员开销一向很大。你啊！既然生活得这么困难，当初为什么要拒绝我给你的钱呢？"

叶音竹摇了摇头，道："我不能要姐姐的钱。学院的课业并不紧张，出来打工赚的钱应该够支付我的学费和开销了。"

自从安雅出现，苏拉就变得有些怪异，此时苏拉正拉着叶音竹说道："音竹，既然这里不招人了，那我们走吧，还要去找工作呢。"

安雅微微一笑，道："不用着急，先喝点茶休息一下吧。"一边说着，她一边朝和她一起下来的蓝衣服务生点了点头，服务生立刻转身离去。

安雅让叶音竹和苏拉重新坐回座位，自己也在离叶音竹不远的地方坐了下来，向两人道："你们想找什么样的工作呢？既然音竹想要自食其力，或许我可以帮你们找一份合适的工作。"

叶音竹道："什么工作都可以，只要是我们力所能及的就行。本来我们是想到这里来做服务生的，来了以后才知道这是姐姐的店。"

没等安雅开口，苏拉已经抢着道："还是不麻烦安雅小姐了，我们自己去找吧。"

安雅微笑着道："没什么麻烦的。音竹，我记得你是神音师，上次你还说过要弹琴给我听。我这里有琴，不如，你先弹一曲让我听听如何？服务生虽然已经招满了，但我这里正好缺一名演奏的神音师。"说到这里，她似笑非笑地看了叶音竹一眼，道，"当然，我可是不会徇私的。如果你的琴艺达不到我的要求，那我是不会聘用你的。"

叶音竹笑着道："就算不聘用我，我也想给姐姐弹一首琴曲呢！琴我已经有了。"

这时，茶水端了上来，茶具是精致的紫砂壶和杯子。服务生显然已经做过洗茶和烫壶的工作了，直接将壶中的茶水倒入了杯中。

霎时，一股梅花的清香传来，沁人心脾，闻上去非常舒服。茶水呈淡红色，看上去异常诱人。

安雅微笑着道："先喝点茶吧。这是红巧梅花茶，花茶中的一种，米兰帝国宫廷必备贡品，产量极少。它具有降火、消炎、排毒养颜、延缓衰老的功效，里面还加了一点冰糖，味道很不错。"

叶音竹端起杯子喝了一口，顿时感觉一股淡淡的梅花香气伴随着口中的清甜沁入了肺腑之中，令人感觉全身的毛孔仿佛都张开了一般，说不出的舒服，他不禁赞道：“好茶。”

苏拉起先看到是花茶，有些不屑，但喝了一口之后，他的眼睛顿时亮了。不知不觉中，一小杯红巧梅花茶已经被他全部喝下了。

安雅微微一笑，道：“人们一向以绿茶、乌龙茶为尊，我却独爱花茶。花茶很多人都不屑喝花茶，甚至还有人说花茶是茶叶中的平民，可我不这么认为。我这里的花茶并不是由花卉和茶叶炒制而成的，而是真正的花经过烘干之后制成的。花茶也是我这座飘兰轩主要的经营项目，不同的花茶有不同的功效。这样的花茶，我认为是茶中贵族，比绿茶和乌龙茶好多了。”

叶音竹羞涩地一笑，道：“我不懂茶，不过确实很好喝。”

安雅轻叹一声，道：“茶文化源远流长，是当初的东龙帝国流传下来的，可惜，到现在已经失传了太多……”

“东龙帝国？”叶音竹吃惊地看向安雅。虽然他是第一次听说这个名字，但“东龙”二字他太熟悉了。自己的爷爷和秦爷爷不止一次地说过什么东龙八宗，虽然叶音竹不明白其中的含义，但想来东龙八宗和安雅所说的东龙帝国应该有什么联系才对。

安雅脸色微微一变，但很快就恢复了正常，赶忙岔开话题道：“音竹，你不是要弹琴给我听吗？现在开始如何？”

叶音竹虽然心中惊讶，但他心思单纯，所以安雅一转移话题，他就没有再多问了。下一刻，戒指上的水滴蓝晶光芒一闪，海月清辉琴已经飘然出现在桌案之上。

尽管桌子略微有点高，但叶音竹身材修长，坐直身体后也勉强可以将这茶桌当成琴桌。

栗壳色漆，流水断纹，散发着孤傲气息的海月清辉琴上，那闪烁着淡淡青光的琴弦和珍珠镶嵌而成的十三琴徽，无一不显示着琴的尊贵。

“好琴！”安雅有些惊讶地道。她没想到，叶音竹竟然能在这么短的时间内，得到一张这么好的琴。

叶音竹全神贯注，眼观鼻，鼻观心，气下丹田，调匀气息，端坐于琴的第五徽位前，手轻按在弦上，将自己的内心与琴弦相融合。此时的叶音竹就像是变了一个人，眼中的单纯清澈完全变成了痴迷和执着，即使身上穿的是米兰魔武学院的校服，也掩盖不住他身上那沉静高贵的气质。

叶音竹双手轻抖，将衣袖震离手腕，露出八指。他左手轻按，右手抬起，以春莺出谷势轻弹。随着低沉的嗡鸣之声响起，一首符合目前季节的《秋鸿》流淌而出。

心与意合，意与琴合。或许因为是在为安雅弹奏，这还是叶音竹来到米兰魔武学院之后第一次敞开心怀，毫无目的地尽情弹奏，因此，此时的他深得定神绝虑、情意专注之精髓。

他的心神已经完全安定下来，眼中闪烁着悠闲自信的光芒。他泰然自若，思想与琴曲一同融入了天地之间。那琴音，就像是已经来临的秋天在抒发着心中的赞叹，一切都是那么的和谐、自然。

叶音竹没有释放琴魔法，只是在单纯地弹琴。在场的所有人，此时都停下了手中的动作，静静地站在原地，聆听着那余音袅袅的天籁。

叶音竹用心弹奏着，右手已经先后用出春莺出谷势、风惊鹤舞势、鹤鸣在阴势、宝雁衔芦势、孤鹜顾群势、商羊鼓舞势、飞龙拏云势、螳螂捕蝉势，并用左手辅以秋鹗临风势、神鸟衔书势、芳林娇莺势、苍龙入海势、栖凤梳翎势、文豹抱物势、号猿升木势、空谷传声势。他的双手如同精灵在舞蹈，又如行云流水一般地律动着。

叶音竹这一首《秋鸿》，如果单从琴曲演奏的角度来看，那即使是秦殇在这里，也不得不甘拜下风。他的专注是任何神音师都无法比拟的。

天气凉了，秋天醒了，琴音在四周回荡。丰收的喜悦，以及即将进入冬日的一丝惧怕，都在那天籁之音的环绕下，深深地印入每个人心中。

古韵袅袅，琴音袅袅，琴弦与心弦的共同震荡，让他带来了这一曲动人的

《秋鸿》。

“嗡”，最后一声颤音渐渐消失。叶音竹的双手柔和地抬起，再徐徐放下，落在琴弦之上，令一切归于平静。

叶音竹的眼神变得湛然。在全心全意地弹完这一曲之后，他对于琴曲又有了些新的理解。隐约中，叶音竹感觉自己的琴魔法似乎有了突破之势。

寂静，整个飘兰轩此时此刻只有风吹树叶的沙沙声。一楼大厅内，每个人的目光都落在了叶音竹的身上，露出痴迷之色。即使没有刻意将精神力融入琴音之中，这一曲《秋鸿》还是让所有人都沉醉了。

“‘七弦为益友，两耳是知音，心静即声淡，其闻无古今’。好琴！好曲！如此具有感染力的琴曲，我已经不知道有多少年没有听过了。”一个苍老的声音从进门处传来，将所有人从琴音的余韵之中惊醒。

“好琴，确实是好琴。”安雅长出了一口气，看着叶音竹的双眸中又添了几分光彩。她万万没有想到，叶音竹的琴艺竟然高到了如此程度。那一首琴曲险些令她不能自已，甚至让她想起了自己的家乡。

苏拉虽然不是第一次听叶音竹弹琴，却是第一次听叶音竹完完整整地弹完一首琴曲。没有了琴魔法的精神力冲击，那动人的天籁之音同样令他想起了许多过往，差点流下泪来。

“献丑了。最近在学院没什么时间练习，我还怕生疏了呢。”

琴音既可以打动别人的心，也可以带给自己美好的感觉。弹奏完一首近乎完美的《秋鸿》之后，叶音竹神清气爽，全身说不出的舒服。

他的心肺之间清气浮动，全身仿佛都进入了特定的韵律中一般。琴魔法力就在这样的情况下，自然而然地提升着。

“安雅小姐，没想到你竟然请来了一位这么高贵的琴师，而且还如此年轻！看来，今后我要是不每天来报到，实在对不起自己这双耳朵啊！哈哈哈哈。”苍老雄浑的声音再一次响起，这次他是在朝安雅说话。

叶音竹回过身，想看看到底是哪位高人在说话，只见一名身穿青色长衫的老先生正朝着他们的方向走来。听到刚才老先生所吟的诗句，叶音竹就知道，这位老先生对琴乐必然有很深的理解。于是他赶忙站起身，恭敬地道：“老先生，您好。”

老先生很高，虽然衣着简单，却给人一种如同傲立的苍松般与众不同的感觉；双目一睁一闭之间，精光偶尔闪过，摄人魂魄；一头银白色的长发披散在肩膀上，看上去很随意。

“‘德者，性之端也；乐者，德之华者也’。由琴音而见琴德。小兄弟的琴弹得这么好，可见心性一定很好。不错，不错。这么好的年轻人，已经很少见了。”说完，他赞赏地拍了拍叶音竹的肩膀。他的手很宽大，温暖而有力，轻轻的拍打之间，叶音竹感觉到一丝热气在自己体内运行了一周，竟然带给自己几分舒适的感觉，体内的竹宗斗气似乎在其牵引之下略微增长了几分。

安雅眼见老人走近，并没有起身，脸上甚至还笼罩上了一层寒意，只是淡淡地道：“果然是老马识途，你来得倒早，可惜破坏了我的雅兴。”

老先生露出一丝苦笑，说道：“好，好，算我错了。不过，安雅小姐，以后是否还能在这里听到如此动人的琴音呢？能深得琴中清、微、淡、远四意三味的琴师，实在是太少太少了。”

听老先生赞赏叶音竹，安雅这才露出一丝微笑，扭头转向叶音竹道：“你听到了？这位是飘兰轩的常客，他的喜好可是很刁钻的。连他都如此赞赏你，我留你在这里做琴师，不算是徇私吧？依靠劳动获得的报酬，你可不能再推辞了。”

叶音竹扭头看向苏拉，此时苏拉还没有完全从刚才的琴曲中回过神来，因此并没有理会他。

“好吧。到哪里都是工作，更何况在这儿还能经常看到姐姐。”叶音竹笑着道。弹琴对他来说就是最好的修炼，顺便还能赚些学费和生活费，他有什么理由不答应呢？

“你叫她什么？”老先生目瞪口呆地看着叶音竹，然后又飞快地转向安雅，问，“他是你弟弟？”

安雅冷冷地道：“我的事你管不着。再多嘴，你就离开这里，飘兰轩将不再欢迎你。”

老先生的表情显得有些苦涩，只听他说道：“你的脾气就不能好一点吗？怎么说，我们也是老朋友了。”从年纪上来看，老先生完全可以做安雅的爷爷了，但听他的语气，他似乎对安雅非常尊敬。

安雅不再理会他，转向叶音竹道：“音竹，你想要多少酬劳呢？”

叶音竹挠了挠头，正好露出了左手上那枚蓝色的戒指。一旁的老先生看到戒指，顿时身体一僵，神色也变得怪异了几分。

“安雅姐姐，多少酬劳无所谓。但苏拉是我的室友，能不能也留他在这里和我一起工作？我们不用多少钱，一天十个银币就足够保证我们的开销了。”

此时苏拉已经清醒过来，听到叶音竹竟然要了个服务生的价格，苏拉不禁气得在后面掐了他一下，赶忙接口道：“没事，只要不和音竹分开就行。不过音竹是琴师，酬劳能不能多一点？像他这么好的琴师可不容易找。音竹可是这一届神音系新生中的天才呢！”

安雅没有理会苏拉，只是看着叶音竹道：“傻小子，哪有琴师的酬劳那么低的。在我这里，就算是普通的服务生，每天也有一个金币的收入。我知道你生性平和，把钱看得很淡。不如这样，你的工资就是每天十个金币好了。至于这位苏拉小兄弟，就让他留在这里做一名服务生吧。多一个人也无所谓。”

“不，不，安雅姐姐，这实在太多了。”那可是十个金币啊！要知道，一个普通家庭一个月的开销也才一两个金币而已。

安雅微笑着道：“只要我觉得值得就行了。不信，你问问这位老马先生，你的琴音是否值这个价格。”

不等叶音竹发问，老马已经在点头了，道：“值得，绝对值得。十个金币我觉得不多。这么动听的琴音，又岂能用金钱来衡量？”

安雅这次竟然没有驳斥他，只是微笑着对叶音竹道：“你看，我还占了你的便宜呢。就这么定了吧。既然今天你们已经来了，就留下来熟悉一下环境。今后下午来上班，那才是我们的营业时间。你们都是学生，有课的时候就不用来了，以免耽误你们的学业。”

这样的待遇绝对算很优厚的了，不说叶音竹，光是苏拉每天一个金币的工资，在别的地方就想都不要想，普通地方的服务生不可能有这么高的工资。

飘兰轩一共分为三楼，其中一楼是大厅，共有十张茶桌；二楼是包厢，有六间；三楼则是安雅自己居住的地方，即使是飘兰轩的服务生也不能轻易上去。从外面看上去很大的三层小楼，其实只能容纳十六桌客人而已。

午餐很丰盛，叶音竹和苏拉是跟着服务生一起吃的。飘兰轩内的服务人员全是男性，为首的，就是今天他们最开始见到的那名身穿蓝衣的服务生。

“迪达大哥，飘兰轩这么大，为什么只有这么几张茶桌呢？这样能赚到钱吗？”叶音竹好奇地问道。

迪达是所有服务生中唯一身穿蓝衣的，看上去二十七八岁的样子，相貌普通，属于放在人堆里会很容易就找不到的那种。不知道是因为叶音竹和安雅关系特殊，还是因为今天他弹奏的一曲震惊了全场，服务生们都对他很客气。

迪达道：“桌子少，是为了让来到这里的客人都享受到最好的服务。平时的客人一般只是在一楼，二楼的六间包厢都被人包了。等过了午饭时间，人就会逐渐多起来。像刚才来的那位老马先生，就是二楼六间包厢中的常客。刚才小姐交代过，稍后会在二楼中央的位置给你准备一个专门弹琴的地方，你有什么特别的要求吗？”

叶音竹摇了摇头，微笑着道：“没有，已经很麻烦安雅姐姐了。我弹琴的地方只要安静一点就好。我喜欢环境好的地方，这里很不错。飘兰轩中央的这棵大树是我见过的最大的树。这里的空气、环境我都很喜欢。”

迪达点了点头，道：“你喜欢就好。”

吃完午饭，苏拉有些不情愿被分配在一楼工作，而叶音竹则和迪达一起上了二楼，安雅并没有再出现。

飘兰轩的二楼和一楼一样，也围绕着那棵巨大的古树。此时，在古树的阶梯内侧，多了一个圆形的平台，上面有一张木桌。平台的支架竟然是由古树上垂下的藤蔓围绕而成的，看上去非常结实。

迪达指了指那圆形的平台，微笑着道："这就是你今后工作的地方。等以后天冷了，我再想办法给你处理一下温度的问题。平台和四周的包厢有一定距离，这样你就能在相对安静的环境中演奏了。"

"这真是太好了！"叶音竹看着古树上那些蓝色的小花，感受着古树上澎湃的生命气息，内心充满了说不出的兴奋。

在这种地方弹琴，对自己今后的修炼肯定会有极大的帮助。如果不是因为囊中羞涩，能在这样的环境中弹琴修炼，就算要付钱他也愿意。

当叶音竹端坐于平台上时，迪达已将上面固定好的垂幔放下，使人无法看到里面的叶音竹。

叶音竹修炼了赤子琴心十六年，琴已经是他生命中的一部分。来到米兰城后，这还是他第一次像当初在碧空海中一样弹奏。

整整一个下午，他的身心都完全沉浸在了琴曲之中，外面的一切他都不知道。虽然只有一张海月清辉琴，但在他全心全意的弹奏之下，美妙的琴曲似乎在逐渐升华。一个下午，整整四个小时的时间，叶音竹竟然一直都没有中断弹奏，甚至连苏拉送来茶水他都不知道。其间没有一首琴曲是重复的。整个飘兰轩内，始终飘荡着袅袅琴音。

琴宗的琴曲有八大绝技，分别是观风教、摄心魂、辨喜怒、悦情思、静神虑、壮胆勇、绝尘俗、格鬼神。八种不同技能的琴魔法，叶音竹之前都有小成。

此时他突然发现，虽然自己没有让魔法力伴随琴曲释放，但在纯粹的弹琴过程中，自己似乎对这八大绝技领悟得更深了。

琴音悄然消失，叶音竹心中暗想：难道这就是秦爷爷所说的，只有等走入社会之后，我才能再有突破，才能进入琴魔法更高的境界？

正在他思考之时，掌声在飘兰轩内响起。安雅不知道什么时候已经来到了三楼楼梯处，正从上面低头看着帷幔中的叶音竹，也只有她才能看到叶音竹那专注于演奏的神情。淡淡的微笑出现在她那美丽的脸上。

安雅平淡的声音响起：“今天就到这里吧。各位请回。”

没有人说话，只有轻重不一的脚步声响起。不一会儿，飘兰轩就重新变得清静了。

“安雅姐姐。”叶音竹从帷幔中走了出来。

“音竹，你的琴弹得真好。累了吧？一下午你都没有挪动一下。赶快休息一会儿，我让人准备晚饭。”安雅关切地看着叶音竹。但从叶音竹脸上，她看不到一丝疲倦，他那双明亮的眼睛反而变得更加清澈了。

“不用了，安雅姐姐。学院里还有点事，我就先回去了，明天我再来吧。最近这七天我都能来，开学以后就不一定了。虽然都是上午上课，但我不知道能不能赶得及。”安雅带给他一种很亲切的感觉，令他心中非常舒服。

“那好吧，路上小心一些。”安雅并没有多留，只是朝叶音竹微微一笑，让迪达送他下楼。

“音竹，你累不累？”苏拉换下服务生的青衣，穿回了米兰魔武学院的校服，在门口等他。

叶音竹摇了摇头，微笑着道：“以前我每天弹琴的时间比今天还要长很多，怎么会累？这里给我的感觉真好，自然气息浓郁，让我的心很容易就平静下来了，也让我能够完全投入琴乐之中。”

两人走出飘兰轩，顺着原路朝米兰魔武学院走着。

“音竹，你知不知道那个安雅小姐到底是什么人？”苏拉突然问道。

叶音竹一愣，问道：“安雅姐姐不是飘兰轩的老板吗？怎么了？”

苏拉摇了摇头，道：“不，绝对不止那么简单。下午你刚开始弹琴的时候，飘兰轩一、二楼的十六张桌子旁就坐满了客人。奇怪的是，没有人喧哗，即使是说话也都非常小声。这些人甚至都穿着青色或者蓝色的衣服，倒和我们这些服务生有些相像。但我看得出，来飘兰轩的客人都不是普通人，他们只是静静地坐在那里喝茶或者低声聊天，就像是经常来这里似的。”

叶音竹道：“这也没什么啊！不大声喧哗，只能说明客人们的素质高。”

苏拉道：“可是，你知道飘兰轩的花茶是怎么卖的吗？”

叶音竹茫然地摇头。

苏拉冷笑一声，道：“飘兰轩的花茶，一杯就要一个红宝石币，这还只是普通的。二楼包厢的客人，每一杯茶都要三个红宝石币。每加一次水，都需要一个红宝石币。你见过这么贵的茶水吗？难怪那个安雅小姐会这么大方，一天给你十个金币。和飘兰轩的收入比起来，我们这点收入绝对只是九牛一毛。”

“啊？这么贵！那这么说，我们下午喝的那杯红巧梅花茶，岂不是……”

苏拉道：“你也发现不对了吧？我看，这飘兰轩似乎很神秘，我们还是不要再去了。”

叶音竹摇头道：“那怎么行，我都答应安雅姐姐要去弹琴了。而且飘兰轩很适合我。既能赚学费，又能修炼琴艺，这么好的地方肯定没有第二家了。安雅姐姐对我很好，她是好人。相信我吧，苏拉，她真的是好人，我能感觉到她身上那纯净的自然气息。只有心地纯良的人，才会给我这样的感觉，不会错的。”

苏拉有些无奈地道：“既然你都这么说了，我也没什么好说的，我只是劝你要小心一点而已。不过，你今天弹的琴曲真的太棒了。那些客人一个个听得如痴如醉，好多人都在低声议论你的来历呢。只不过没人能猜出你只是米兰魔武学院的学员而已。最后要不是安雅小姐下了逐客令，我看他们都舍不得走了，都想看看你是何方神圣。”

## 第十七章

# 紫竹针

叶音竹微笑着道："其实，我弹琴主要是给自己听的，给自己的心听。秦爷爷说过，凡鼓琴有七例：一曰明道德，二曰感鬼神，三曰美风俗，四曰明心察，五曰制声调，六曰流文雅，七曰善传授。琴德在琴艺之先。心正，心弦方能与琴弦相合，否则，是奏不出美妙的琴曲的。"

苏拉感慨道："看来，真的是没有鸡肋的职业，只有鸡肋的人啊！从你身上，我还真的看到了神音师的希望。刚才我听你在楼上对安雅说回学院后还有事，你能有什么事？"

叶音竹沉吟道："我要去找海洋。"

苏拉笑着道："找人家干什么？昨天还没抱够啊？"

叶音竹脸一红，微怒道："昨天我又不是故意的。我要找海洋，是为了她的脸。"

苏拉一愣，惊讶地看着叶音竹，说道："为了她的脸？海洋已经很可怜了，你不会是要落井下石吧？其实，如果她的脸没有受创，她肯定是绝色美女。"

叶音竹没好气地道："我是落井下石的人吗？何况，人的美丑并不是绝对的。如果一个女孩子很漂亮，心地却不好的话，那她一样是丑女。"

苏拉脸色微微一变，道："那你找海洋干什么？"

叶音竹道：“我想试试能不能帮她治疗一下。我看得出，她现在之所以这么冰冷，很大程度上是因为脸上的疤痕。女孩子被毁容肯定是很痛苦的。她脸上的疤痕应该是后天造成的，或许还有恢复的机会。”

苏拉呆呆地看着叶音竹，说道：“你还会治疗？可海洋的脸应该是连最强大的光明系魔法师都无法治愈的啊！你知道吗？海洋所在的家族，就是三大家族中的安切洛蒂家族。

“她的爷爷就是米兰帝国的另外一名紫星龙骑将——帝国元帅西多夫。西多夫元帅有两个儿子，而海洋的父亲是西多夫元帅的长子，娶了现在的米兰帝国皇帝贝鲁斯科尼九世的亲妹妹，而他们只有这一个女儿。也就是说，海洋是皇亲国戚。就算她因为相貌在家族中不太受重视，但也绝对请过最好的医生治疗。依我看，你不会有什么机会成功的。你不会是因为昨天抱了人家才想回报一下吧？”

叶音竹轻叹一声，道：“昨天我看到她的脸的时候，我就想试试帮她治疗了，我的治疗方法和其他人的不太一样。即使只有一丝机会也不应该放弃啊！不然，她这一生岂不是都要生活在痛苦之中？”

苏拉深深地看了叶音竹一眼，道：“音竹，你是我见过的最傻的傻瓜，不过也是最可爱的傻瓜。我陪你一起去吧，也省得你们孤男寡女的不方便。”

当他们回到米兰魔武学院的时候，天已经黑了。两人先回到宿舍简单地吃了顿晚饭，这才朝神音系学员宿舍的方向走去。叶音竹和苏拉都不知道海洋住在什么地方，不过神音系的学员除了叶音竹住在混合区以外都住在一起，很好找。

“咦，这不是音竹吗？你怎么来了？”叶音竹和苏拉刚一来到神音系学员宿舍区，就碰到了雪玲。

此时的雪玲穿着一件长长的睡袍，正在自己的宿舍门前梳着长发，看样子是要准备休息了。

“我来找海洋学姐。雪玲，你知道她住在什么地方吗？”

雪玲嘻嘻一笑，道：“你就知道你的海洋学姐，连昏倒时都靠在她身上。难道你喜欢上她了？要不要我帮你做媒啊？”

叶音竹脸一红，尴尬得不知道该说什么才好。雪玲看着他窘迫的样子，笑得更大声了：“不愧是我们神音系第一美少年——音竹。”

一旁的苏拉翻了个白眼。

“这个……雪玲，你知道海洋学姐住在哪里吗？我真的找她有事。”叶音竹听到这个尴尬的话题，更不知道该如何说话了，脸上的红晕一直蔓延到了耳根。

雪玲笑着道：“好啦，不逗你了。你顺着这条小路一直往里面走，海洋学姐的宿舍就是最里面那栋。她这个人不太合群，平时话也少。真看不出你喜欢她什么。”

“我不是。”叶音竹想辩解一句，但看着雪玲那似笑非笑的样子，他又实在说不下去，便赶忙顺着她指的小路逃命似的离开了。看着他慌不择路的背影，雪玲不禁放声大笑起来，一点也不顾忌叶音竹身边的苏拉。

两人顺着小路前行，直到看见最里面的那栋白色小别墅，叶音竹脸上的红晕才完全消失。苏拉似乎很喜欢看叶音竹脸红的样子，一路上只是轻笑，也不说话。

叶音竹走到别墅前轻轻地敲了敲门，问道：“海洋学姐，你在吗？”

不一会儿，门开了，一张令人永远也无法忘怀的绝色容颜出现在叶音竹面前，竟然是米兰魔武学院的第一美女香鸾。

四目相对，两人同时一愣，异口同声地道：“怎么是你？”

这还是叶音竹第一次近距离地见到香鸾。此时的她身穿一条粉红色长裙，因为天气转凉了，所以长裙很保守，裹着她身上的每一寸肌肤。香鸾在看到叶音竹后显得有一点慌乱，金粉色长发从左边肩膀上垂下，覆盖在她的胸前。

叶音竹疑惑地想着：难道是雪玲骗了我，这里不是海洋学姐的宿舍？

“叶音竹，你来找海洋吗？”还是香鸾率先打破了尴尬。

“是的。”叶音竹赶忙答应一声，试探着问道，“香鸾学姐，这里是海洋学姐的宿舍吗？”

香鸾微微一笑，道：“你们先进来吧。海洋在楼上，我去叫她下来。”她一边说着，一边让开门口的位置，让叶音竹和苏拉进入别墅大厅，然后才上楼去了。

别墅内的布置很简单，都是清冷的蓝色调，两人刚进门就感觉到了几分淡淡的寒气，像海洋身上散发的冷意。

苏拉低声道：“你的海洋学姐当神音师真是浪费，我看她不如改修暗魔系。”

叶音竹此时只觉得自己心跳得厉害。不知道为什么，每次见到香鸾的时候他都会产生这种反应，甚至有些不敢去看香鸾的眼睛。

在香鸾的陪伴下，海洋从楼上走了下来。她穿着与香鸾同款式的长裙，只不过她的是白色的，黑发直直地垂在肩头，和她平时的装扮并没有什么不同。

刚看到叶音竹的时候，她还略微有些不自然，露在外面的那一半脸上飞起一抹淡淡的红晕，显然是想起了昨天晚上的事。

看到海洋，叶音竹的心同样不平静，昨天晚上发生的事加上先前雪玲的取笑，让他有了些异样的感觉，脸不知不觉地又红了几分。

香鸾笑着道：“你们这是干什么呢？倒像是在相亲。叶音竹，你找海洋有什么事啊？昨天海洋送你回去后很晚才回来，我问她干什么去了，她怎么都不肯说，是不是你欺负她了？”

“我……”叶音竹也不知道昨天自己的行为算不算是欺负海洋，一时间还真有些回答不上来。

“香鸾姐，你别欺负他，他是老实人。”海洋终于开口了，她的声音还是那么冷，但此时多了几分慌乱的感觉。

香鸾笑着道：“这就开始替他说话了？叶音竹，你倒是说啊！到底来干什么？”

叶音竹深吸一口气，他突然觉得，这些女孩子一个比一个厉害，和她们说话好像很容易被捉弄。他说道：“我是来感谢海洋学姐的。”

“不用谢，是你先在比赛中救了我们。”海洋淡淡地答道，此时她的目光已经恢复了平静。

“还有，我想试试看能不能治好你的脸。”叶音竹赶忙说出这次来的主要目的。

“你说什么？你能治好海洋的脸？”香鸾吃惊地看着叶音竹，美眸中满是惊喜。

海洋却脸色大变，目光瞬间转冷，拒绝道：“你走吧，我不用你治。”

即使是在叶音竹身后的苏拉也能感觉到海洋此时的冰冷，不禁在心中暗骂：叶音竹这个笨蛋！哪有这么直接地提到人家女孩子的痛处的。海洋一看就是自尊心很强的人，这么问不是自讨苦吃吗？

叶音竹自然不会明白女孩子的心思，见海洋拒绝，他赶忙道：“海洋学姐，我虽然没有十足的把握，但可以试一下。我们是同学，我只是想帮帮你。”

海洋刚要拒绝，身边的香鸾却抢先道：“海洋，他既然敢来找你，就说明他可能真的有办法，让他试试吧。”

海洋轻叹一声，她也明白叶音竹并不是有意要触碰自己心中的痛处，眼中的冰冷便随之淡了几分，淡淡地道：“不用了。从小到大，不论是医生还是光明系魔法师，给我治疗过的人还少吗？我不想再一次失望。叶音竹，谢谢你的好意，你走吧。”

叶音竹没想到海洋会如此拒人于千里之外，赶紧说：“学姐，我只想帮帮你。你脸上的伤应该是暗魔系魔法造成的腐蚀性伤害，很可能还带有诅咒效果。这种诅咒虽然可以用光明系魔法来清除，但是它已经造成的伤害不是光明系魔法能够治疗的，必须重新疏通面部的经脉，再加上后天的保养，才有可能完全恢复。所以我想试着打通你脸上的经脉，如果成功了的话，至少会有八成机会能够让你恢复容貌。”

听到这话，海洋心中一动，脸上的拒绝之意变得不那么明显了。在她身边的香鸾赶忙道："海洋，让他试试吧。他已经给神音系带来了奇迹，说不定也能为你带来奇迹呢？"

海洋在心中略微挣扎了一下，才缓缓颔首道："那好吧。你要怎么做？"

叶音竹指了指一旁的沙发，道："海洋学姐，请你先坐下。"

海洋依言坐下。香鸾和苏拉站在两旁，他们也都想看看叶音竹准备如何给海洋治疗。

要知道，暗魔系魔法带来的腐蚀性伤害本就十分难治疗，何况海洋脸上的疤痕还是带有诅咒效果的魔法造成的。

叶音竹走到海洋身前，抬起手轻轻地撩起海洋一直垂在脸前的黑发，将黑发别在她耳后。

这简单的动作却令海洋的身体颤抖了一下。虽然叶音竹的手并没有接触到海洋的皮肤，但她还是能够清晰地感觉到叶音竹手上的热度，尤其是此时叶音竹那专注的目光，更是令海洋有种如芒在背的感觉。

自己最大的痛苦和缺憾，已经完全暴露在叶音竹面前。

即使对他有过几分好感，海洋心中还是充满了各种复杂的感情。

"我不治了！"海洋慌乱地想拉回自己的长发，却被一旁的香鸾及时按住了。香鸾说道："海洋乖，或许这真的是个机会呢。"香鸾一边安抚海洋，一边用另一只手遮挡住海洋的眼睛，使海洋看不到叶音竹，海洋紧张的情绪这才放松了几分。

叶音竹看着海洋的脸，专注得就像是在看一张古琴。海洋的右脸上，几乎有百分之八十的皮肤和肌肉都是萎缩的，皮肤表面呈狰狞的暗红色，看上去很恐怖。

虽然暗魔系魔法的腐蚀和诅咒效果都已经被清除了，但这张脸还是令叶音竹怜惜不已。他完全可以想象得到，海洋因为脸上的伤有过多少痛苦和挣扎。

淡淡的黄色光芒出现在叶音竹的右手上，他小心地将自己的右手贴上了海洋脸上的疤痕。

海洋的脸很冷，但叶音竹的手很热。当他抚上海洋脸上的疤痕时，海洋的身体明显颤抖起来。一股斗气像水流一般，在她脸上的伤痕处滚动。

“比我想象的还要严重，有的经脉已经坏死了。”叶音竹放下手，脸色变得凝重起来。

香鸾焦急地问道：“那还能治吗？”

叶音竹点了点头，道：“我试试吧，但需要进行多次治疗才能有痊愈的可能。海洋学姐，稍后可能会有一些痛和麻痒，请你忍耐一下。”说着，他拉起了自己的裤腿。

苏拉和香鸾看到，在叶音竹的右腿上，绑着一圈像布一样的东西。叶音竹将它摘了下来，交到苏拉手中，示意他捧好。

此时苏拉才看清，那是一个布囊，上面有一个个长条状的小兜，淡淡的紫色光芒从中散发出来。

叶音竹的右手在布囊上一抹，一根紫色长针就出现在了他右手的食指和中指之间。针长约三寸，两端极为锋利，整根针都散发着柔和的紫光。

香鸾惊讶地看着叶音竹，道：“你这是干什么？这针有什么用？”

叶音竹道：“这是紫竹针，只有碧空海的竹林中才有。在碧空海中央的生命之竹周围，一共生长着十八根紫竹，其质地坚硬如铁，拥有浓郁的生命气息和自然之力。每一根紫竹都有一根竹芯，经过特殊的提炼后，竹芯方可成针。我这布囊之中，一共有十八根紫竹针，以我家传的医术，我可以治疗一些疾病。”

当初叶音竹丢了空间戒指，致使五张古琴丢失，但比较幸运的是，碧丝和紫竹针还在，虽然这两样东西看上去很不起眼，但它们都是竹宗的至宝。

叶离就是怕自己的孙子在外面吃亏，才将这些宝贝都给了孙子，连叶重都没告诉。

留在碧空海的最后一年里，叶音竹主要学习的就是如何使用碧丝和紫竹针。

香鸾一惊，失声道：“难道这就是传说中的神针刺脉疗法？这种医术不是早就失传了吗？”

叶音竹没有回答，只是微微一笑，他右手一挥，带起一道紫光，手中那根紫竹针已经悄然刺入海洋的右颊。

海洋顿时感到了轻微的刺痛，伴随着一点酥麻，但并没有给她带来太多的不适。听到神针刺脉疗法，海洋心中也不禁升起了几分希望：如果真的能治好脸上的疤痕，那么……

“海洋学姐，请你脱掉上衣。”叶音竹右手一抹，又从布囊中取出了两根紫竹针。

“什么？”海洋他们三人同时惊呼出声，看着叶音竹的目光顿时变得怪异起来。

叶音竹捻着手中的紫竹针，无奈地道：“我的针法还不是很熟练，不能隔衣施针，那样容易出问题。海洋学姐面部的经脉，需要从上身开始疏通，从面颊经脉的源头着手。”

香鸾不假思索地道：“这怎么行！那样的话，海洋的身体岂不是要被你看光了！不行，这绝对不行。”一边说着，她一边用身体斜挡在叶音竹和海洋之间，不让他靠近。

苏拉连连点头，道：“就是，你怎么能看人家女孩子的身体？”

叶音竹看着海洋。此时，香鸾挡住她眼睛的手已经放了下来，两人四目相对，海洋从叶音竹清澈的眼眸中，没有看到一丝非分之想，那纯净的目光中，有的只是真挚。

海洋轻咬下唇，一向冰冷的双眸中此时流露出了几分坚定。她想起了与风系学员一战时的情景，叶音竹为了保护她们，只身面对绿龙，毫不退缩。

他那真挚而纯净的目光、平和而清新的气息，让人不由自主地想要信任他。

“好，我脱。”海洋将身前的香鸾拉开，深吸一口气，便开始解白色长裙上的纽扣。

“海洋，这怎么行？”香鸾赶忙按住她的手，焦急地说。

海洋轻叹一声，说道：“香鸾姐，你刚才不是说过吗？这或许是一个机会。

如果他真的会传说中的医术，或许……这是我最后一个机会，我愿意试一试。我相信叶音竹的人品。”

香鸾缓缓松开手，痛惜地说：“叶音竹，交给你了。”

叶音竹心中有些激动，海洋的信任令他感觉仿佛全身都充满了用不完的力气。体内的竹宗斗气缓慢流转着，有节奏的呼吸令他的心渐渐平静下来。

人面部的经脉极为复杂，一旦治疗过程出现问题，不但海洋受伤的地方恢复不了，还有可能会伤到原本完好的部位。

因此在给海洋治疗的过程中，叶音竹不能出任何差错。

“你怎么还不出去？想占便宜吗？”香鸾瞪了一眼叶音竹身后的苏拉。

“哦。”苏拉先是愣了一下，眼神复杂地看了叶音竹一眼，这才将布囊交到香鸾手中，说，“音竹，我在外面等你。”

一颗颗纽扣慢慢被解开，随着衣领的敞开，海洋纤细秀美的脖颈逐渐露了出来。淡淡的少女香气带着几分清甜和冰冷的气息刺激着叶音竹的感官。

终于，那一颗颗纽扣全部被解开了。海洋闭着双眼，长长的睫毛不断轻微地抖动，双手有些颤抖地轻轻拉开自己的上衣，使其缓缓滑下。

暴露在空气中的肌肤越来越多，她身上散发出的体香也变得越来越明显。叶音竹的眼神很平静，呼吸一点也没有因为海洋肌肤的裸露而变得急促。

海洋的上衣终于被脱了下来。因为是连衣裙，所以上衣被脱下后垂在了腰间，海洋的上身就只剩下一件抹胸了。叶音竹心想：原来海洋学姐的胸肌也这么发达啊！

“还要脱吗？”海洋将双手轻轻地按在抹胸上，有些不安地问道。

“不用了，这样就可以了。”叶音竹的回答让她大大地松了一口气。

叶音竹上前两步，清澈的目光变得凝重起来，说道：“学姐，不论有什么感觉，你都不要动，一定不要动。我要开始了。”

苏拉站在门外，手轻轻地在腰带上一按，一个方形的小盒子带着淡淡的光芒出现在他双手之中。他的眼神显得有些迷离，耳边不断回响着叶音竹说的那句话：人的美丑并不是绝对的，如果一个女孩子很漂亮，心地却不好的话，那她一样是丑女……

“音竹，或许，我就是你所说的心地不好的人吧。”光芒一闪，方形的小盒子消失了。感受着夜晚的冰冷与孤寂，苏拉的脸色也逐渐变得冰冷。

“香鸾学姐，请你别说话好吗？你这样我根本无法专心。”叶音竹实在有些受不了身边的香鸾了。他几次要下针，都被香鸾阻拦了，仿佛海洋是个瓷器，一碰就会碎似的。

香鸾脸一红，她也觉得自己的话多了一点，不好意思地说：“那你一定要小心一点啊！”

没有了香鸾的打扰，叶音竹终于可以集中精神了。两道淡淡的紫光同时从他手中射出，悄然没入海洋的双肩，只露出了一小部分针尖。令人惊异的是，海洋竟然像是没感觉到似的，身体一动不动。

叶音竹的双手虽然只有八指，但因为他常年练琴，所以手指异常灵活。当初在修炼紫竹针治疗之法的时候，他就曾因为这一点而进步飞快。

此时，他从布囊中抽出紫竹针，迅疾地扎在了海洋身上。这两针加上海洋脸颊上的那一针，一共三针。这就是叶音竹紫竹针治疗之法中的三针定神。

原本十分紧张的海洋此刻逐渐放松下来，身上的气息也柔和了许多，整个人都处在一种迷离的状态之中。

叶音竹从香鸾手中接过布囊，搭在自己的左腕上，凝视着面前的海洋，一动不动，似乎在思考着什么。

他静静地站在那里，成了整个大厅的中心，整个人仿佛进入了一个奇异的世界。

淡淡的黄色光芒从他身上散发出来，柔和的斗气伴随着他的呼吸起伏着。他的右手突然从布囊上抹过，一团紫色的冷焰在他掌心中跳动。香鸾只觉得眼前一花，那团紫色的冷焰竟然如同烟花般爆开了，化为一道道紫色的光线悄然消失。待她再看时，那十五根紫竹针已经完全没入了海洋的身体。

海洋闷哼一声，似乎很痛苦，身体剧烈地颤抖起来。

叶音竹动了。他脚踏玄妙的步伐，一步跨到海洋身侧，右手连动，将先扎入的三根紫竹针抽出，从针尾处注入淡淡的黄色斗气，再在眨眼间换了三个地方重新扎进去。

他行云流水一般的动作没有任何停顿，又是一步迈出，同样是三起三落，那黄色斗气围绕着海洋的身体开始快速旋转起来。斗气光芒闪耀，竟然将海洋完全包围了，使香鸾从外面很难真切地看到海洋的身影。

一股淡淡的竹香飘荡在别墅大厅之中。香鸾瞪大了双眼朝海洋看去，这时她才发现，海洋身上的紫竹针都已插定，叶音竹正在飞快地捻动那些紫竹针。

海洋身上一共有十八根长针，六根在海洋的面颊上，另外十二根分别在她脑后、肩膀、胸前和背后。十八根紫竹针的针尾此时都冒着淡淡的紫色烟雾，大厅中的竹香似乎就是由此而来的。

叶音竹那如同幻影一般的身形慢了下来，手上的动作变得缓慢而稳重，似乎要很费力才能捻动那些紫色长针。

神针刺脉疗法对使用者的要求极高，不仅要有充足的斗气，还要对患者的情况十分了解。

刚开始下针的时候，叶音竹是在探查海洋的身体和面部疤痕的情况，当他真正开始治疗的时候，竹宗斗气的控制就变得极为重要了，一点偏差都不能有。这对他的精神力要求极高。

斗气和精神力的双重消耗令他汗湿了衣襟。如果不是因为他自幼修炼赤子琴心，经常处于心无杂念的境界，恐怕很难长时间保持这种凝神状态。

此时，叶音竹发现，自己的斗气确实提升了。在与紫完成平等本命契约之后，他的竹宗斗气提升到了黄竹二阶，而且变得比以前浑厚了不少。今天那个被安雅称为老马的客人往他体内注入了一丝斗气，似乎使他的斗气变得又凝实了几分。所以直到现在，他还没有力竭的感觉。

海洋自然不知道叶音竹为此付出了多少。刚开始的时候，脸上的针只带给她一丝麻痒的感觉，但在叶音竹的竹宗斗气通过紫竹针注入她的体内之后，她的整个上半身就出现了不同程度的痛楚。

忽而刺痛，忽而灼热，忽而痒到心中，这些感觉让她控制不住地哼出了声。她想要抬手去挠，却发现自己的双臂怎么也抬不起来，上半身甚至一点动作都做不出。

为了能够更好地下针，叶音竹早就用紫竹针封住了海洋的经脉，否则在施针的过程中，一旦海洋乱动，让施针的位置或者斗气的运行出现了偏差，就会立刻前功尽弃。

空气中的竹香渐渐变淡了。紫竹针针尾散发的紫色烟雾仿佛全部注入了海洋的体内，使她上身的皮肤表面出现了一层紫蒙蒙的气体，那原本白皙晶莹的肌肤更增添了几分华贵之气。

其实，叶音竹所施展的紫竹针治疗之法并不单纯是香鸾所说的神针刺脉疗法。传统的神针刺脉疗法使用的是粗细不一的多种针，而且大多数时候用的都是金属针。

而叶音竹此时所用的紫竹针，单从用针的效果来看，绝对要比金属针强。紫竹虽然不像生命之竹那样珍贵，但在竹中也绝对是极品中的极品，它们只生长在生命之竹周围，有“捍卫之竹”的称号。紫竹不但极为坚韧，本身所蕴含的生命气息和解毒性更是可以媲美灵药，属于天材地宝一类。

通过竹宗的特殊提炼手法，数百年来，也只不过制成了两套完整的紫竹针而已。用它来施展神针刺脉疗法，再搭配叶音竹的竹宗斗气，紫竹针本身的驱邪、解毒、生肌、通脉效果将被完全激发出来。

如果不是因为有紫竹针，叶音竹又怎么可能会那么有把握地前来给海洋治疗呢?

渐渐地，竹香消失了，取而代之的是淡淡的腥气。

一滴滴汗水顺着叶音竹的鬓角滑落，他脸上开始露出疲倦的神情。叶音竹全身就像是蒸笼一般，热气腾腾的。淡黄色的竹宗斗气开始逐渐减弱，颜色也变得越来越浅。

海洋的痛苦始终没有消失，她只觉得眼前幻象频现，已经有些失去自我了。

缓慢的步伐突然加快，叶音竹低喝一声："起。"十八道紫光同时射出，随着叶音竹身形一转，十八根紫竹针一根不少地回到了布囊之中。

叶音竹大口大口地喘息着，脚下踉跄了一下，险些摔倒。这次的治疗，竟然足足用了两个小时。

香鸾连忙上前几步，扶住叶音竹，问道："你怎么样？"

叶音竹摆了摆手，疲倦地道："我没事。幸不辱命，海洋学姐有机会恢复了。"

"啊？"香鸾惊喜地朝海洋看去，只见有十八道黑色的液体正缓缓地从海洋的上半身流淌而出。

腥气逐渐加重，海洋的脸色却平静了下来，她脸上那萎缩的疤痕也由原本的暗红色变成了粉红色。虽然疤痕的萎缩状态并没有什么改变，但看上去，似乎没有以前那么恐怖了。

"海洋好了吗？"

## 第十八章
# 琴唤冥雪

叶音竹道：“一次治疗是不够的。我需要用紫竹针逐渐贯通她面部的经脉，将隐藏在她经脉中的余毒逐渐排净，好让坏死和萎缩的经脉重新焕发生机。今后每周我都要给她施一次针，十次过后，应该会有明显的变化。至于最后能恢复到什么程度，我也不能肯定，但容貌至少能恢复七成。”

看着叶音竹，听着他那带着喘息的疲倦的声音，香鸾突然发现，这个为神音系争得了巨大荣誉的男学员，看上去竟然很可爱。他那纯净的目光跟孩童差不多，让香鸾不由得心生好感。

“我替海洋谢谢你。不论是否成功，我们都会感谢你。”

叶音竹微微一笑。此时，阵阵眩晕感让他有些难以支撑下去，他赶紧说道：“感谢就不用了。我只是不想看着海洋学姐一直消沉下去。一个女孩子受了这样的伤一定很痛苦。香鸾学姐，你放心，我一定会尽我所能治好她。好了，你帮她擦擦身体吧。那流出的液体，就是她体内的毒素。这次清除了一些，她应该会舒服一点。我就先走了。”

“休息一下再走吧。”香鸾赶忙道。

叶音竹摇了摇头，他轻咬舌尖，利用刺痛令自己略微清醒一点，然后便开门离去了。

看着叶音竹的背影，香鸾笑了，轻声道："叶音竹，你有一颗金子般的心。"

"音竹，你怎么了？"苏拉一把扶住脚步虚浮的叶音竹，担心地看着他。

叶音竹微笑着道："没什么，只是有些疲倦而已。我们回去吧。"

苏拉轻叹一声，道："你啊！我真不知道该怎么说你才好。来，我扶你。"一边说着，他一边将叶音竹的手臂搭在自己瘦弱的肩膀上，朝混合区宿舍走去。他眼中明显流露出心疼的神色，只是因为夜色朦胧，再加上叶音竹精神消耗过大，所以并没有发现。

晚风清凉，吹在身上说不出的舒服，此时叶音竹的心情比这晚风还要轻快。

帮海洋治疗，他从来都没想过要得到什么，但此时他心中的那种畅快感，让他感觉无比满足，这种感觉是任何东西都无法代替的。原来帮助人的感觉这么好。

柔和的微笑出现在他嘴角处。感受着秋风的吹拂，他发现自己越来越喜欢米兰魔武学院了。

神音系宿舍。

"我这是怎么了？"海洋双眼蒙眬地醒过来了。天还是漆黑的，香鸾正坐在她身边，用温热的毛巾帮她擦身体。

"舒服点了吗？"香鸾关切地问道。

海洋愣了一下，这才回想起之前发生的一切，有些苦涩地道："他走了？"

香鸾点了点头。

海洋轻叹一声，目光冰冷地说道："我知道，自己这一生本来就没有恢复的希望了，不应该麻烦他的，他是个热心的好人。"

香鸾笑着道："我还以为你要说不应该让他看到你的身体呢。"

海洋脸一红，道："姐姐，你怎么这么说？难道你看不出，他和那些普通人不一样吗？其他系的男学员，哪个看到我脸上的疤痕之后不是敬而远之？只有他，从来都没有给过我任何不舒服的感觉。”

香鸾笑着道：“看来这个叶音竹还真是打动了你的心呢。”

海洋脸色微微一变，摇了摇头，道：“姐姐，你别乱说。音竹是好人，但我们是不可能的。你知道，我这一生，绝对不会想感情的事。”

香鸾道：“为什么不想？难道你忘记自己小时候立下的誓言了吗？那时候你说过，如果有人能治好你脸上的伤，那么，不论他是什么人，不论他多大年纪，你都会嫁给他作为报答。而现在就有这么好的一个英俊小男生放在你面前了，连我都有些羡慕你了呢。”

“姐姐，你……”海洋突然意识到了什么，颤声道，“你是说，他竟然成功了？”

香鸾从一旁拿过一面铜镜递到海洋手中，微笑着道：“你自己看吧。”

海洋颤抖着接过铜镜，好不容易才让自己的呼吸平稳下来，然后才敢向镜子中的自己看去。

只见海洋苍白的脸上多了几分红晕，黑发因为出汗而有些凌乱，脸上的疤痕并没有消失，还是存在于原本的地方。

但是，海洋立马就发现了自己的不同。

原本暗红色的疤痕变成了粉红色的，尤其是疤痕最外围的一圈，竟然变成了鲜红色的，粉嫩的肌肤似乎在轻轻地蠕动，一丝丝麻痒的感觉不断从疤痕处传来。

“有感觉了，这里竟然有感觉了。”海洋惊喜地看着镜子中的自己，下意识地抬起另一只手抚摸着自己的脸。

自从受了伤，这半边脸就完全麻木了。十七年了，这半边脸第一次有了感觉，虽然是那样的轻微，但是，这突然的感觉像一颗希望的种子一样，在她心中瞬间生根发芽。

香鸾道：“别问我他是怎么做到的，我也不知道，当时他的动作很快。我只看得出他很累，累得都有点站不稳了。他说，你脸上的伤大约需要治疗十次，完成之后你的容貌至少可以恢复七八成。你说，你是不是应该找他履行你的诺言呢？”

海洋呆住了。今晚对她来说，注定是一个不眠之夜。

清晨，当第一缕阳光从不大的窗户照入宿舍的时候，叶音竹已经从静修中清醒过来。

昨晚的疲倦不翼而飞，叶音竹觉得全身都充满了力量。他攥了攥拳头，不禁自言自语道：“我的恢复能力什么时候变得这么好了？这已经不是第一次了。”

“音竹，赶快洗漱完来吃饭吧。”苏拉一如既往地准备好了早餐。或许是因为他们找到了工作，今天的早餐中多了几个鸡蛋，比以前明显要丰盛许多。

“苏拉，哪里来的鸡蛋？”

叶音竹闻着早餐的香气已经有些忍不住了，但在苏拉的注视下，他还是先去简单地洗漱了一下。他一直认为，苏拉绝对是最好的管家，至少自己就被他管得很老实。

“鸡蛋当然是我买的，不然，你以为天上会掉鸡蛋不成？”苏拉没好气地哼了一声。他的脸看上去有些苍白，似乎昨天晚上没有休息好。

叶音竹惊讶地道：“你买的？难道是早上去买的？那你要起多早啊！”

苏拉很自然地道：“你以为谁都和你一样懒，要睡到天亮才起啊？快来吃吧。”

叶音竹坐在狭窄的餐桌旁，突然想起前几天他似乎在吃早餐的时候无意中说过，自己小时候最喜欢吃鸡蛋，难道苏拉他……

要到外面去买东西是很麻烦的，因为外面卖食材的地方，距离米兰魔武学院至少有二十里。

要买菜就只有两个选择：一是进米兰城，二是去再远一点的村落。而且，从他们住的混合区到学院大门同样有一段不短的距离。

鸡蛋不多，一共只有四个，都剥掉了壳摆在盘子里，光滑洁白的蛋白看上去很诱人。

不知道为什么，叶音竹觉得自己的眼角有些湿润。

“苏拉，你也吃鸡蛋啊！”

“我从小就不喜欢吃鸡蛋，也只有你才喜欢。鸡蛋有什么好吃的？好啦，我吃饱了。”苏拉快速地喝下面前的稀粥，看都不看那些鸡蛋一眼，站起身就去刷碗了。

叶音竹只吃了一个鸡蛋，他用一块干净的布把剩余的三个鸡蛋小心地包好，背着苏拉放入了自己的空间戒指之中。

正在这时，外面传来一个冰冷的声音：“叶音竹在不在？”

苏拉正在外面刷碗，只听他问道：“是你？你找音竹干什么？”

“找他自然是有事。叶音竹，你给我出来。”这声音听起来有些熟悉，叶音竹从宿舍中走了出来。

一名身穿黑色魔法袍的少女正俏生生地站在他们的宿舍门前，旁边宿舍的工读生们看到她后都选择了绕路而行。

来的不是别人，正是暗魔系一年级学员、新生大赛中暗魔系的主将——月冥。

“月冥？”叶音竹有些惊讶地看着脸色不善的暗魔系美女，“你找我有事吗？”

月冥冷哼一声，道：“你跟我来。”说着，她转身就朝混合区旁边的树林中走去。

“音竹，不要去。”苏拉放下手中的碗，横身挡在了叶音竹面前，“月冥，比赛输就输了，难道你还想要私下报复吗？小心我到教导处去告你的状。”

月冥不屑地哼了一声，说道：“叶音竹，你不是很厉害吗？怎么？还要让别人来保护？”

她挑衅地看着叶音竹，并没有否认自己是来报复的。

叶音竹皱了皱眉，轻轻地拉开苏拉，安抚道：“没事的，我一会儿就回来。”说完，叶音竹大步朝着月冥走去。

苏拉低声道：“那你小心点。如果她偷袭你，你就大声叫。我就在附近。”

叶音竹微微一笑，看向苏拉，说：“苏拉，以后我会保护你，绝对不会让任何人伤害你。”

苏拉一愣，他没想到叶音竹会在这个时候对自己说这样的话，遂问道：“你保护我？”

叶音竹很认真地点了点头，说道：“这是我的承诺。你是第二个得到这个承诺的人。”

听他这么一说，苏拉的脸色不禁变了变。第二个？那第一个是谁呢？海洋？香鸾？安雅？还是其他女生？他当然不知道，第一个得到这个承诺的人，是和叶音竹在一起十年的伙伴。

叶音竹跟着月冥走进了树林。此时已经进入秋季，秋风拂过，一片片树叶从树上落下，带来几分寒意和萧索。

月冥一直走到树林中央才停下脚步。她猛地转过身，愤愤地道：“叶音竹，你到底对冥雪做了什么？”

叶音竹一愣，道：“你是说你的魔兽吗？我没对她做什么啊！”

月冥眼中泪光闪烁，说道：“你骗人。如果你没对冥雪做什么的话，那为什么我的冥雪自从比赛之后就一直在沉睡，不论我怎么召唤她，她都没有醒过来。”

叶音竹皱了皱眉，道：“这我也不知道。比赛的最后，当我用琴歌来抵御她的攻击时，我突然感觉到了她的心情。她似乎很悲伤，仿佛想挣扎着破坏与你的契约似的。所以我才要你今后对她好一点，多关心它。魔兽是你的伙伴而不是工具。”

听了叶音竹的话，月冥愣了一下，她的情绪也变得缓和了几分，说道：“可是，冥雪从没有像现在这样沉睡过。

“她是爷爷在我十二岁那年送给我的生日礼物。四年多以来，我每天都和冥雪在一起。虽然她不会说话，但有她的陪伴，我就算一直在修炼暗魔系魔法也不会感到孤独。她怎么可能感到悲伤呢？她智力低下，甚至没有情绪。”

叶音竹摇了摇头，正色道：“不，你错了。任何东西都是有情绪的。每一个生物都有自己的生命，即使那些生物的智力再低下，也一样拥有情绪。

“别说你的冥雪，哪怕是我的琴，也有着自己的情绪。魔兽的情绪，只有你真的沉浸其中，用心地与魔兽交流才能感觉得到。

“我听妮娜奶奶说，你的冥雪是亡灵类成长型魔兽，成年后能够达到九阶。她以后会成为智慧型魔兽，又怎么可能对外界没有感觉呢？只是你对她的了解还不够深而已。

“那天我弹奏的琴曲是《倩女幽魂》，或许是这首曲子触动了她的心，所以我才会感觉到她心中的悲伤吧。”

听了叶音竹的话，月冥不禁陷入了沉思之中。突然，她失声道：“难道冥雪是因为离开了父母才感到悲伤的吗？”

叶音竹道：“离开父母？”

月冥苍白的俏脸微微一红，道：“获得魔兽有几种方法。一般来说，将魔兽击败，获得魔兽的认可是最直接的一种方法。但要直接击败成长型魔兽比较困难，因为在成长型魔兽达到七阶，变为智慧型魔兽之前，成长型魔兽的父母都会小心地保护孩子。而到了七阶以后，想要抓那些魔兽就太难了。冥雪是我爷爷费了很大心力引开她的父母之后，才成功带回来和我签订主从契约的。”

“你们怎么能这么做？这和强盗、小偷有什么分别？”叶音竹怒视着月冥，说道，“你想过没有，如果有人将你从父母身边偷走，你会是什么心情？你的父母又会有多伤心？难怪冥雪会心存悲伤，她是在思念自己远方的父母啊！她想要挣脱的，就是和你的契约。原来，你们获得成长型魔兽的方式，是这么的卑鄙。”

“你骂我？”月冥呆呆地看着叶音竹，从小到大，她还从来没有被人骂过，一时间，她整个人都呆住了。

“骂你又怎么了？难道你们这种卑鄙的行为不应该被骂吗？”坦白说，叶音竹还真不会骂人。但他一想到冥雪那悲伤的样子，心中就充满了气愤。

“那我该怎么办？我真的很喜欢冥雪，我甚至把她当成妹妹看待。我不能没有她。”

月冥眼中的冰冷和暗魔系魔法师特有的孤僻此时都不见了，有的只是焦急。

叶音竹淡淡地道：“我也不知道你该怎么办。如果你是真的喜欢她，就应该送她回去，让她回到父母身边快乐地生活，而不是限制她的自由。言尽于此，你自己看着办吧。我走了。”

说完，叶音竹头也不回地朝宿舍走去。

“等一下。”月冥快步上前，拉住叶音竹的衣袖说道，“你能不能先帮我把冥雪唤醒？如果她真的希望回到父母身边的话，那我就让她回去。”

说出这句话时，她好像下了很大的决心，眼中充满了不舍，但那一份坚决，让叶音竹看到了她内心的善良。

看着月冥焦急的样子，叶音竹的心软了几分，他真诚地说道：“我真的不知道该如何唤醒冥雪。我听说你爷爷是米兰魔法师公会的会长，难道他也没有办法？”

月冥点了点头，道：“爷爷也说没办法。他也不明白冥雪为什么会陷入沉睡之中，否则，我也不会来找你了。爷爷还说这是在公平的比赛中出现的情况，他不会帮我，让我自己来找你解决。”

虽然没见过月冥的爷爷，但此时叶音竹不禁对他生出了几分敬意。不过，他一想到月冥的爷爷为了哄孙女开心竟然拆散了冥雪一家，这点敬意就立刻荡然无存。

“这样吧，你有没有办法让冥雪听到外界的声音？”

“可以的。我在召唤她的时候，就相当于打开了连接这个世界的通道。”

叶音竹道：“你开启通道，我试试用琴音能不能唤醒冥雪。如果不行的话，我就没办法了。不过，你要记住你刚才说过的话，一定要放冥雪回家。”

叶音竹盘膝坐下，从空间戒指中取出海月清辉琴横放于双膝之上，然后向月冥点头示意。尽管他也没有把握，但叶音竹隐约感觉自己的琴音似乎与冥雪之间有什么特殊的联系。

月冥的右手在空中虚画，黄色的魔法光芒瞬间释放，一个暗蓝色的六芒星随之出现。月冥说道：“出现吧，我的伙伴——冥雪。”

冰冷的魔法波动并没有将冥雪带到她面前。此时，叶音竹的双手已经开始律动，低沉嗡鸣的琴音流淌而出。琴音响起，飘逸的泛音使人进入碧波荡漾、烟雾缭绕的意境之中。柔和而悠扬的琴音在叶音竹的刻意控制下向着那暗蓝色的六芒星飘去。

这是《潇湘水云》。在琴曲的八大绝技中，此曲属于悦情思一类，曲意幽深而伤感，演奏者要通过精神力传递共鸣，使情感与乐曲交融，从而感染对手。这是叶音竹根据冥雪身为亡灵类魔兽的特点而特意选择的。

动听的天籁之音以散、慢、中、快的不同速度奏出了千变万化的感觉。

尽管月冥并不是琴曲的感染目标，此时她听着这一曲《潇湘水云》，也不禁有些不能自已。她心中暗想：看来自己在比赛中输给他并不是运气问题，他的琴曲的感染力似乎比精神系魔法还要强得多。他还只有赤级而已啊！

此时，叶音竹整个人都已经完全融入琴曲之中，琴弦与心弦同时震颤。月冥焦急地等待着，可是，那暗蓝色的六芒星依旧没有任何动静。

要开启这么一条通道，短时间内是没什么问题，但如果在她的魔法力耗尽之前，冥雪一直不出现的话该怎么办？

《潇湘水云》结束之时，正是月冥的魔法力耗尽的那一刻。暗蓝色六芒星在她的不甘中消失，而冥雪始终没有出现。

“不行吗？”月冥看着叶音竹，显得十分失望。

叶音竹微微一笑，向她摇了摇头，道：“别担心。虽然我没能唤醒冥雪，但我已经知道是怎么回事了。你应该为冥雪感到高兴才对。”

月冥一愣，问道："高兴？冥雪到底怎么了？"

叶音竹道："或许是那天受到了我那一曲《倩女幽魂》的影响，冥雪作为成长型魔兽，提前进化了。但因为她的身体没有完全成形，所以她才需要时间休息，好让她所有的能力全部进化成功。"

月冥心中一动，这才想起那天比赛结束的时候，冥雪的身体似乎长大了一些。听了叶音竹的解释，她的心情不禁放松了许多，说道："如果真的是这样，那就太好了。不过，你的琴音真的能让魔兽进化？听爷爷说，冥雪至少还要一年的时间才能进化到五阶啊！"

叶音竹苦笑着道："我也不知道为什么会这样，或许是巧合吧。好了，我要走了。"

"叶音竹。"月冥叫住他，眼中流露出为难之色。

"怎么了？"

月冥叹息一声，道："今天的事请不要告诉任何人，好吗？尤其是你对我说过的那些话。我答应你，等冥雪醒了以后，在今年学院放假的时候，我就送她回父母身边。但是，这件事不能让我的家人知道，爷爷是绝对不会同意的。"

叶音竹笑了，那是发自内心的微笑，他向月冥点了点头，道："我不会告诉别人的。冥雪要是知道你肯让她回家，一定会非常高兴。"

月冥像是鼓足了勇气一般，说道："叶音竹，到时候你能和我一起去送冥雪吗？我从来没在大陆上游历过，我……"她心中有些怕，只是不好意思直接说出来。

叶音竹先前的话深深地刺痛了她的心。虽然她修炼的是暗魔系魔法，但是，她有着一颗纯真的少女之心。

多亏叶音竹点醒她，她才明白了冥雪的处境。从小到大，她把大部分时间都用在了魔法修炼上，才有了现在的成就，这一点她和叶音竹很像。此时，刚刚教训过她的叶音竹已经被她当成了师长。

"好。这是好事，我一定帮你。"叶音竹毫不犹豫地答应了。

叶音竹回到宿舍的时候，发现宿舍里多了三位客人。因为混合区宿舍实在小了点，所以这三位客人都在宿舍门外等候着，苏拉不在。

“音竹，你干什么去了？”妮娜似乎等得有些不耐烦。海洋和香鸾站在她身后，此时她们的目光都集中在了叶音竹身上。

“妮娜奶奶，您怎么来了？刚才我去和一名学员聊了几句。您找我有事吗？”叶音竹赶忙上前，目光从海洋她们身上扫过后落在了这位系主任身上。

妮娜哼了一声，道：“收拾东西，跟我走吧。我给你安排好了新宿舍。”

“啊？妮娜奶奶，不用了，我在这里住得挺好的。”叶音竹倒不是在推托。混合区宿舍虽然不大，但他和苏拉住在一起很开心，尤其是苏拉对他的照顾和带给他的温暖更是令他非常满足。

妮娜没好气地道：“少废话，赶快收拾东西去。你是神音系的学员，在学院里，一切都要听我的。”

看着强势的妮娜，叶音竹实在有些无奈。香鸾此时正在妮娜背后偷笑，而海洋虽然是一脸冰冷，但她的目光非常柔和。

叶音竹试探着问道：“妮娜奶奶，我和谁一起住那边的宿舍啊？”

妮娜眼中闪过一丝笑意，笑骂道：“你这小子，怎么那么多问题？神音系就你这一片绿叶，难道你还想和女孩子们同住吗？想得倒美。”

“您知道我不是这个意思。我是想说，如果那边只有我一个人住的话，我想让苏拉也跟我一起搬到那边可以吗？我们相处得很好，那边就我一个男学员，也太孤独了。”

妮娜微怒道：“不行。那个小子是刺客系的，怎么能到我们神音系的宿舍住？你赶快拿东西吧，不要再浪费时间了。”

叶音竹皱了皱眉，摇了摇头，道：“那算了，妮娜奶奶，我不搬了。”

“嗯？”妮娜双眼微眯。了解她的香鸾明白，这是她要发怒的前兆，于是香鸾赶忙道：“叶音竹，妮娜主任给你准备的可是单独的别墅，就像海洋那里一样。你还不赶快谢谢妮娜主任。”她一边说着，还一边向叶音竹使眼色。

但叶音竹并没有领会香鸾的意思，依旧摇头道：“不，苏拉是我的好朋友，我不想和他分开。”

出乎香鸾和海洋的意料的是，原本她们以为立刻就会爆发的妮娜竟然突然软化了，她只是有些无奈地道：“随便你吧，反正那边地方足够大。不过，我不希望看到有男学员骚扰本系女学员的情况出现。如果那样的话，你就和他一起滚。”说完，她头也不回地走了。

香鸾轻掩小口，低声惊呼道：“天啊！姑奶奶转性了吗？什么时候变得这么好说话了？”

海洋看着叶音竹，道：“昨天谢谢你。”她的声音很低，眼中的波光令叶音竹的心没来由地揪痛了一下。

“学姐，当初要不是因为你，我也不可能正式进入学院。大家都是同学，彼此帮助是应该的。”感受到海洋那有些异样的目光，叶音竹显得有些腼腆。

一旁的香鸾探过头来，嘻嘻一笑，动人的脸上露出几分玩味的神情。

“海洋今天可是特地来感谢你的。还有九次治疗，到时候就要麻烦你了。好啦，我们帮你搬家吧。”她一边说着，一边扫视周围，眼中流露出几分嫌恶。

“你这边太乱了，还是咱们神音系那边的环境好。”

此时，不少过路的工读生的目光都集中在了叶音竹的宿舍门前。香鸾那神音系第一美女的“威名”可不是白来的，连叶音竹这样的纯真赤子都会因为她而心跳加速，更别提普通学员了。

香鸾的每一次微笑、每一个简单的动作，对于他们来说，都像是神女下凡一般，充满了无穷的吸引力。

叶音竹朝四周看了看，说道：“苏拉不知道上哪儿去了。两位学姐，要不你们先回去，等苏拉回来以后我们再搬吧。”

香鸾刚要开口，一个平静的声音就响了起来：“我在这里。”苏拉缓缓地从宿舍旁的阴影中走了出来，他的眼中流露出几分特殊的情绪。叶音竹三人都没看到，此时他那握着黑色匕首的手正在微微地颤抖着。

当叶音竹跟月冥一起离开时，苏拉就一直跟在他身后。先前他与妮娜所说的一切，苏拉也都听到了。

“苏拉，你在就好了。妮娜奶奶说让我们换宿舍，新宿舍在我们神音系那边。以后你上课就要走得远一些了，没问题吧？”

苏拉轻轻地点了点头，目光与叶音竹清澈的眼眸相对，说道：“那我们收拾东西吧。”

妮娜给叶音竹安排的宿舍就在离海洋的宿舍不远的地方，也是一栋白色的小别墅。卧室依旧只有一个，但比混合区宿舍的所有房间加起来都要大，客厅、厨房、厕所，每一处都不知道比以前强了多少。

叶音竹最喜欢的是宿舍周围的环境。这里是神音系宿舍区的边缘位置，周围都是高大的树木，不但空气新鲜，而且非常安静。偶尔有乐声从附近传来，令人心旷神怡。

之后的几天，叶音竹和苏拉的生活逐渐变得规律起来。

每天早上，两人吃过早饭后，苏拉就会到刺客系那边的试炼场去修炼，叶音竹则会留在宿舍内练习琴魔法。

中午前苏拉会赶回来做好午饭，两人吃过饭后，就一起去飘兰轩打工。苏拉做着普通服务生的工作，叶音竹则整个下午都在演奏。傍晚时分，飘兰轩关门后，两人才会一起归来。

晚饭后依旧是修炼时间，他们面对面坐在各自的床上，结束忙碌的一天。

叶音竹在碧空海的时候，每天就过着这样平静而有规律的生活，这种生活习惯才是他最喜欢的。

只是他发现，自从搬到这里以后，苏拉虽然依旧像以前那样勤奋，但话明显少了许多，偶尔还会一个人坐在那里发呆，似乎有什么心事。但他问苏拉时，苏拉总是摇头不语。

转眼间，六天过去了。

傍晚，当叶音竹和苏拉一起从飘兰轩回来的时候，香鸾和海洋已经在门前等他们了。

“音竹，你们干什么去了？这么晚才回来。”香鸾有些不满地说，显然，她们在这里等了很久。校服也无法掩盖她的光彩，此时她那亦嗔亦喜的俏丽容颜令叶音竹不禁心跳加快了几分。

叶音竹微笑着道：“没什么，我和苏拉出去走了走。”苏拉向他交代过，他们俩出去打工的事最好不要让别人知道。

叶音竹打开门，让香鸾她们进到别墅内，香鸾迫不及待地问道：“明天新生大赛的半决赛就要开始了，你准备得怎么样了？”

叶音竹一惊，这才想起自己已经休息了一周，他挠了挠头，道：“也没什么可准备的。学姐，我们的对手是谁？”

第十九章

# 力挫重骑兵

香鸾没好气地瞪了叶音竹一眼，美眸中的风情看得他不禁一呆。

“让我说你什么好。明天我们神音系的对手可不像之前那些系那么好对付了。进入半决赛的四个系，分别是魔法部的召唤系和我们神音系，以及武技部的两大强者系——重剑战士系和重骑兵系。那三大系都是很不好对付的。

“其实，我们这次能出线，运气还是非常不错的。魔法部的三大传统系——精神系、空间系和召唤系的实力都没有以往各届那么均衡，召唤系这才异军突起，以预赛全胜的战绩进入了半决赛。

“而精神系和空间系因为拼得太狠，放弃了与我们以及召唤系的比赛，以两负七胜的成绩排在了魔法部并列第三的位置。我们是八胜一负，排在第二位。正是因为这样，我们进入半决赛后所面对的第一个对手，就是在武技部那边的预赛中排名第一、全胜入围的重骑兵系。”

“哦。”叶音竹点了点头，然后看向一旁的苏拉，揉了揉自己的肚子。苏拉知道他饿了，微微一笑，立刻起身去了厨房。

“‘哦’什么‘哦’！”香鸾的脾气可不像她的外表那么温柔，她瞪着叶音竹，道，“你一点都不担心吗？”

叶音竹愕然道：“担心？我为什么要担心？”

香鸾露出一副仿佛在说“被你打败了”的可爱表情，说道：“真不知道你脑子里装的是什么。现在学院里没有任何人看好我们神音系，所有人都认为我们会输。”

“那又怎么样？以前不也没人看好我们吗？”叶音竹微笑着道。

香鸾一愣，是啊！以前同样没人看好神音系，而这次神音系却进入了新生大赛的半决赛。要知道，这还是神音系有史以来第一次参加新生大赛啊！

“这么说，你很有把握了？”

叶音竹摇头道：“没有。不过我会尽全力。”

“快被你气死了。”香鸾实在是有点不满意叶音竹的态度，说，“没把握你还不好好准备？妮娜主任让我告诉你，这次能够进半决赛，她已经很满意了。明天的半决赛中，她不希望看到你们五个人有任何损伤，一旦发现无法和对手相抗衡，作为主将的你就必须立刻认输。”

“我有办法让其他人不受伤。”

微弱的光芒从叶音竹眼底闪过。香鸾没有注意到，海洋却看见了他眼中的那一抹坚定和执着。

“真是对牛弹琴！不说了，我要回去睡觉了。”香鸾站起身，在叶音竹的小腿上踢了一下，这才愤愤地走了。

叶音竹苦笑着揉了揉自己的腿，向依旧坐在那里的海洋道：“海洋学姐，香鸾学姐这是怎么了？她好像很生气。”

海洋淡淡地道：“香鸾姐说话一向很直接，她好心来提醒你，却见你不太在意，所以才有点不满。放心，她不会真的生气。不过，你知道我们明天的对手的情况吗？”

叶音竹摇了摇头。

海洋道：“重骑兵在龙崎努斯大陆的任何一个国家都是举足轻重的兵种。譬如闻名大陆的龙骑兵就是重骑兵的一种，也是重骑兵中的最强者。他们的冲击力极为可怕，和他们在试炼场这种地方进行近距离战斗时，他们是不会给我们机会释放魔法的。据我所知，明天我们要面对的重骑兵系的五名学员中，有两名是黄级中阶，两名是黄级高阶，还有一名是绿级初阶。

“虽然一直以来，我们魔法部总是能拿到新生大赛的冠军，但这一次重骑兵系似乎是有备而来的。他们这五名参赛学员，每个人身上都有抵抗魔法力的装备，显然对冠军志在必得。”

叶音竹道：“学姐，我有个想法，到时候希望你能支持我，行吗？”

海洋没有问叶音竹的想法是什么，只是点了点头，道：“好。”

开学已经十几天了，虽然还没有正式上课，但今天的米兰魔武学院异常热闹。

新生大赛半决赛阶段的比赛终于开始了，对于学员们来说，举行新生大赛半决赛的日子就是他们的节日。

新生大赛再过三天就要结束了。第一天是半决赛，上午是神音系对重骑兵系，下午是召唤系对重剑战士系。

第二天休整，第三天将由第一天的两场半决赛的胜者进行最后的决赛。这三场比赛都将在米兰魔武学院用来对学员进行大考的中央试炼场进行。

米兰魔武学院中央试炼场位于武技部和魔法部两大分支学部中央，毗邻混合区宿舍，足足有各系试炼场的五倍大。

这巨大的圆形试炼场东侧，是可以容纳三百人的主席台。主席台两边呈圆形向外延伸，一直到另一个方向交汇，形成了一座共十层的高台。这里就像一个巨大的角斗场般宏伟，完全可以容纳整个米兰魔武学院的学员。

每场比赛的参赛学员一共只有十人，比赛却要在如此巨大的试炼场中进行，为的就是让每个人都能有充分的施展空间。

此时，中央试炼场周围的看台上，魔法、武技两部的学员，按照各自不同的系，早已经在此等候了。气氛十分热烈，阵阵高呼声此起彼伏。

“重骑兵！重骑兵！重骑兵！”

武技部学员的数量是魔法部的两倍，五个年级的学员以斗气为基础疯狂地呐喊着，在气势上完全压制了魔法部。

“神音系！神音系！神音系！”

虽然魔法部这边也没什么人看好神音系，但出于对魔法师尊严的维护，他们自然要为同是魔法师的神音系学员加油。可惜，声音完全被武技部的盖过了。

比赛还没正式开始，两部学员已经在暗暗较劲了。各系的教师们都在学员中间，并没阻止本系学员的呼喊，因为竞争机制是刺激学员成长所必需的。

叶音竹他们此时就在中央试炼场的一边。黑色长发披散在肩膀上的叶音竹显得很平静，就在那里静静地等着比赛开始。海洋站在叶音竹身边，说道：“你真的要那么做吗？”

叶音竹点了点头，道：“是的，我已经决定了。”

“好吧，注意安全。”

雪玲和蓝曦的神色都很平静，只是有些崇拜地看着身前的叶音竹。只有孔雀脸上露出了骄傲的神色，眼中充满了不满。

正在这时，从主席台传来的声音吸引了所有人的注意。

“学员们，请安静。”这个声音十分低沉，却充满了不容置疑的威严。在场的每一名学员和教师都感觉精神一振，整个中央试炼场顿时安静下来。

在淡淡的紫色光芒衬托下，弗格森站在主席台前，他并没有使用任何扩音的设备。对于一名精神系紫级大魔导师而言，精神震慑是再容易不过的了。简单的六个字，轻松地震慑了全场上万名学员。

弗格森用目光扫过全场，接受着学员们崇敬的注视，苍老的脸上的皱纹因为微笑而堆起，然后他笑着道：“一年一度的新生大赛又到了半决赛阶段，我很高兴，在今年的新生中，我看到了许多出色的年轻人。冠冕堂皇的话我不想说，只希望新加入米兰魔武学院这个大家庭的学员们，要向这些进入了半决赛的精英学员学习。今天你们付出的努力，将成为你们将来在龙崎努斯大陆上挺直脊梁的资本。”

掌声如雷。紫级强者的实力，简单明了的讲话，令学员们——尤其是新学员们——对这位年长的学院院长、米兰帝国首席宫廷大魔导师有了一定的认识。

弗格森双手虚按，掌声停止。他接着说：“下面，将由神音系学员演奏一曲《霓裳》，此曲结束之后，神音、重骑兵两系的参赛学员进场开始比赛。我将亲自担任比赛裁判。”

一百名身材高大健壮的武技部学员飞快地从中央试炼场侧面跑进场地，放下一张张桌案和木凳。紧接着，一道亮丽的风景线出现在米兰魔武学院全体师生面前。

清一色的粉红色连衣长裙，轻快的脚步，曼妙的身姿，动人的娇颜，每一道身影都是那样的绚丽多姿。走在最前面的，就是米兰魔武学院的第一美女香鸾。

今天的她看上去格外美丽。原本就堪称绝色的容颜经过淡淡的修饰，如同造物主最完美的作品，几乎没有人敢相信在这个世界上会有如此完美的女子。

场地中的八十一名神音系女学员，随便一个都可以用“美”来形容。但此时此刻，另外那八十人注定只能成为她的陪衬。

她星辰般的眼眸中带着淡淡的笑意，全身上下无处不体现出“完美”二字，一切形容词在她面前都已变得黯然失色。

《霓裳》响起，但此时，绝大部分人还没有从香鸾的惊艳中回魂。

八十一人合奏，近二十种乐器同时响起，没有神音师的音律魔法，只有动人的乐曲。

香鸾坐于桌案之前，怀抱如由玉石雕琢而成的琵琶。她是全曲的核心，其他人都只是在为她伴奏而已。

如同春葱一般的玉指轻拨，《霓裳》之调袅袅而出。从她身上，完全可以看出为什么神音师会被称为最高贵的职业。

动人的音律不断从她手中飘出。叶音竹低声惊叹道：“‘朦胧闲梦初成后，婉转柔声入破时’。没想到香鸾学姐脾气率直，对音律的领悟竟然如此之深刻。”

海洋道：“香鸾姐就是我们神音系学员中的第一人，别人只知道她是第一美女，又哪里知道她是神音师中的天才呢？三年级的她，已经达到了黄级高阶的水准。现在即使是在神音系的教师团队中也没有几人能比得上她。”

万人聚集之地，皆因这一曲《霓裳》和那《霓裳》的“主人”而寂静了下来，宛如梦境一般的美景令所有人都觉得有些不真实。

《霓裳》在缥缈中结束。当香鸾怀抱琵琶向主席台方向行礼的时候，如雷的掌声令整个米兰魔武学院都颤抖了。

神音系学员们从没有在其他系面前展示过技艺，因为她们都有着高贵的身份。

而这一次，在新生大赛上出线后，神音系史无前例的演奏给其他系的学员留下了不可磨灭的记忆。

有的人甚至在想，如果神音系今天赢了的话，那么神音系的啦啦队还会有什么样的表演呢？无形中，一曲《霓裳》竟然令神音系获得的支持率大增。

神音系啦啦队从叶音竹五人面前经过，香鸾在叶音竹面前停下脚步，微笑着问道：“好听吗？”

叶音竹下意识地点了点头，说道：“学姐的琵琶弹得真好。”

香鸾得意地笑了笑，道：“虽然我没对你抱什么希望，不过，你要是能赢了今天的比赛，我就单独舞一曲《霓裳》给你看。我的舞蹈比我的演奏可要强多了哟。”在叶音竹呆呆的注视下，香鸾带着银铃般的笑声逐渐远去。

鼻端还萦绕着淡淡的香气，叶音竹眼中流露出一丝笑意，他带着必胜的决心，独自一人朝试炼场中央走去。

随着香鸾的离去，中央试炼场逐渐安静下来，一年一度的新生大赛的半决赛终于要开始了。

所有人的目光都集中在了偌大的试炼场中央，看着双方的选手逐渐靠近。

叶音竹的黑发披散在身后，和身上月神守护的洁白形成鲜明对比。他有着星辰般明亮的澄澈眼眸、英俊优雅的面容，嘴角处还带着一丝淡淡的微笑。他从容而自信地一步步走向中央。此时的叶音竹，似乎完全融入了周围的环境之中。

五道高大的黑色身影伴随着沉重有力的脚步声从另一个方向朝着叶音竹走

来。和他们比起来，叶音竹的身形看上去是如此的渺小。

五个人都长着一头金发，厚重的黑色铠甲穿在他们身上，让他们宛如五座移动的堡垒一般。看上去，他们的身高都在两米以上，肩膀极为宽阔，刚毅的脸上，散发着彪悍的气息。

作为重骑兵标准配置的五米重骑士枪和两米阔剑，分别在五人的腰间与坐骑的鸟翅环上挂着。强悍的气势扑面而来，他们才是此时全场的焦点所在。

五人的坐骑叶音竹都见过。中间三人的坐骑全是马奇诺铁龙，它们近三米高、五米多长的巨大身躯似乎在散发着无形的凶气，配上骑士本身两米的身高，看上去就像叶音竹上次在米兰城内见到的龙骑兵一样，气势之强盛甚至犹有过之。另外两人的坐骑则是埃里克敏龙，它们的身体虽然要比马奇诺铁龙的小，但相应地也轻盈得多。

标准的五名龙骑兵配置，令武技部一方的学员们近乎疯狂地发出了呐喊。在任何国家，龙骑兵都是绝对的第一兵种，而马奇诺铁龙和埃里克敏龙虽然在驯龙中数量较多，但价值也都在万金之上。

此时，五只驯龙出现在学院的比赛场地上，单是这无形的气势就远远压倒了只有叶音竹一人走出的神音系。

主席台上，妮娜的脸色变了变，她冷哼一声，淡淡地道："重骑兵系真是把压箱底的东西都挑出来了，索性弄几只真正的巨龙给这些学员好了。"

重骑兵系的系主任是一名四十多岁的壮汉，面对妮娜的讥讽，他一声不吭，刚硬的脸上没有出现丝毫变化，只是专注地看着比赛场地。

弗格森微微一笑，向身边的妮娜低声道："你们神音系能够进入半决赛已经令很多人大跌眼镜了，妮娜主任，您可不要太贪心啊！"

在同等级别的较量中，战士永远不可能是魔法师的对手，因为能够走上战场的魔法师，无一不拥有自己的魔兽。

作为肉盾，魔兽完全可以抵挡住同级别的战士的攻击。只要魔法师将魔法的威力真正发挥出来了，那么战士的结果就注定会是悲惨的。

在战士中只有重骑兵能够打破这种局面，因为重骑兵也有自己的坐骑，如果坐骑足够强大，能与魔法师的魔兽抗衡，他们就能有获胜的机会。

神音系的魔法师很难拥有强力魔兽，而重骑兵系此次出战的五人，则完全是龙骑兵的配置。

以埃里克敏龙的速度和马奇诺铁龙强大的攻防能力，弗格森完全有理由相信，神音系如果再用以前那种团战的方式进行比赛的话，那么还没等音乐的威力发挥出来，恐怕就要被重骑兵系的学员踏平了。

月神守护不可能挡得住重骑兵们的冲击。叶音竹虽然有音刃，但重骑兵们同样拥有自己的斗气，由此看来，无论是在哪一方面，重骑兵们都已经占据了绝对的优势。

唯一令弗格森感觉还有些悬念的，就只有叶音竹了。不论胜负如何，他都希望能够从叶音竹身上再次看到惊喜。

此时，比赛双方已经在场地正中央相对了。端坐在马奇诺铁龙背上的重骑兵系主将，加上他坐骑的身高，此时看上去近五米高。在他们面前，叶音竹显得如此渺小。

“重骑兵系主将，内斯塔，二年级。”内斯塔摘下鸟翅环上的骑士枪，在左手中的头盔上轻碰，行了一个标准的骑士礼。

“叶音竹，神音系主将，一年级。”叶音竹右手抚胸，以标准的贵族礼仪回敬对方。

内斯塔是重骑兵系的五人中最高大的，他的脸上没有任何表情，面对叶音竹的“渺小”，他没有轻敌，而是谨慎地说道：“请选择比赛方式。”

“狼群。”叶音竹的回答只有简单的两个字。

内斯塔眼中终于流露出几分惊讶，问：“狼群？”

叶音竹点了点头。

狼群是三种比赛方法中的一种，和一对一对抗及团战不同。

狼群比赛法，是双方各出一名选手进行战斗，赢的一方可以继续战斗，直到一方输掉才上第二个人，以此类推。这样就不是五局三胜，而是一方必须打败对方的全部选手，才能获得比赛最后的胜利。

确认了叶音竹的选择后，全场哗然。

在所有人眼中，神音系即使选团战都已经是很危险的了，他竟然还选择了狼群。也就是说，每一名脆弱的神音师都有可能暴露在重骑兵狂猛的冲击面前。比赛的最后一丝悬念似乎消失了。

只有主席台上的弗格森脸上露出了一丝赞许的微笑，缓缓点头道："不错的选择，避开了重骑兵最有利的集体冲锋和彼此配合。或许，叶音竹真的会带给我们奇迹。"

其实，大多数系的人都不知道，重骑兵系最强的就是团战。叶音竹选择狼群比赛法，反而对神音系有利。

"海洋学姐，我们真的不去帮助音竹吗？"蓝曦有些焦急地低声问道。

海洋看了她一眼，说道："你认为，我们上去能对他有什么帮助吗？"

蓝曦抬头看向重骑兵那巨大的身形，脸色不禁变得一片惨白，轻轻地摇了摇头。

在比赛开始之前，叶音竹就已经确定要使用狼群战法了，但是，神音系出战的只有他一个人。也就是说，如果对方战胜了他，那么就相当于战胜了整个神音系，而他想要获胜的话，就必须逐一击败对方的五个人。

正如所有人想的那样，神音师在面对重骑兵的冲锋时，哪怕只有最简单的接触也可能会受到致命的伤害。叶音竹说过要保护好自己的伙伴，所以，在进入半决赛之后，他选择了狼群战法。这不仅是对所有人负责的表现，同时，也是对自己有信心的表现。

重骑兵系的五名参赛学员缓缓退到场边。叶音竹并没有像其他人想的那样退回自己的半场准备开始演奏，而是左手一挥，让海月清辉琴瞬间出现，然后将其抱在左臂的臂弯内。

比赛开始，重骑兵系一方首先出场的是一名骑埃里克敏龙的学员，淡淡的黄色斗气在骑士枪尖端闪耀。他在武技部学员们的加油声中，朝叶音竹的方向冲了过去。

这是叶音竹第一次面对重骑兵。埃里克敏龙的身形虽然不算太大，但是当它那双腿迈动起来的时候，冲击之势便宛如一阵飓风，只是一眨眼的工夫就冲过了数百米，带着狂暴的风力冲到了叶音竹面前。

骑士枪的枪锋散发着幽幽寒光，面对埃里克敏龙和骑士枪的冲击，即使是一堵厚墙也会完全被刺穿。

叶音竹怀抱海月清辉琴站在那里，甚至连闪躲的动作都没有，眼看着埃里克敏龙在眼前逐渐放大，他的眼神没有出现丝毫的变化。很多武技部学员已经在腹诽："这个神音系的主将是不是已经被吓傻了？"

"嗡——"

叶音竹终于动了。就在埃里克敏龙冲到距他面前只有十米的位置的时候，他的右手飞快地从琴弦上划过，爆音瞬间响起。

爆音，一向是距离越近威力越大。叶音竹选择在这个时候释放，为的就是给对手一个全面的冲击。

虽然重骑兵的肉体防御力要比魔法师的强很多，但他们的精神防御力要比任何魔法师的都脆弱。连黄级魔法师听到骤然出现的爆音时都会有短暂的失神，更不用说眼前这重骑兵系的一年级学员了。他原本狂暴的冲击姿态顿时一顿，大脑完全陷入了一片空白。

十米的距离，对于冲刺时宛如一阵飓风的埃里克敏龙来说，只需一刹那就可以到达。当叶音竹的右手划过海月清辉琴的时候，他整个人已经从地面上跳了起来，全身闪耀着黄色光芒，仿佛一片云，笼罩了眼前的对手。

垂直跳到了半空三米处的叶音竹没有过多的动作，只是抬起了自己的右膝，正好让身体避过了骑士枪。而此时，大脑处于一片空白的重骑兵还没回过神来。

"轰！"重骑兵那穿有重铠的胸膛骤然撞上了叶音竹的右膝。

身穿重甲的巨大身体直直地飞出，竟然在那瞬间的撞击之下飞到了十余米外。巨大的痕迹出现在这名学员胸前的重铠上，头盔也在他的身体轰然落地的一瞬间摔飞了，上一刻还气势汹汹的重骑兵，此时已经背过气去。

失去了主人的埃里克敏龙从叶音竹身下一掠而过。在之前那一下巨大的冲击之后，叶音竹的身体只是向后飘飞了数米，然后便在空中柔柔地一转，悄然落地。

聚集了上万人的中央试炼场此时却落针可闻，每个人都骇然地瞪大了双眼，无法相信眼前发生的一切。

从始至终，叶音竹只做出了几个简单的动作，但就是这些简单的动作，令一名拥有埃里克敏龙的重骑兵直接昏迷了。

一名魔法师凭借肉体的力量击败了一名重骑兵，仅仅是这一点就足以令人目瞪口呆。大多数人此时都忽略了叶音竹的琴弦所发出的那一声爆音。弗格森的眼睛亮了，妮娜的眼睛亮了，神音系啦啦队成员们的眼睛也都亮了。

“神音系，加油！神音系，必胜！”

魔法部的学员们终于有了发泄的机会，疯狂的呐喊声不断响起。全场再一次沸腾起来，只不过这一次，主角已经换了。

因为是狼群战法，所以没有休息的时间。山崩海啸一般的欢呼声还没有结束，第二名重骑兵系的学员已经从那一方冲了出来。

这一次，叶音竹面对的对手的坐骑是马奇诺铁龙。马奇诺铁龙的速度比埃里克敏龙的要慢得多，但是，一旦它动起来，那就是一座移动的堡垒。

此时，重骑兵系学员对叶音竹的看法已经完全改变了。这名同样拥有黄级中阶斗气的学员，催动着胯下的马奇诺铁龙，缓缓地朝着叶音竹的方向逼了过来。

这一次，叶音竹没有等待，反而迎着对手走了过去。他走得并不快，就像散步一样，而之前还在他左手臂弯中的海月清辉琴此时已经被他收回到空间戒指之中了，他就这么赤手空拳地迎向了武装到了牙齿的重骑兵。

接近了，他们接近彼此了。此时此刻，全场观众都在屏息等待着又一次精彩的碰撞。

“啊！”重骑兵发出了咆哮般的怒吼。五米长的骑士枪在空中幻化出一层黄色的枪影，同时，马奇诺铁龙那巨大的头朝着叶音竹胸前撞了过来。

叶音竹的速度并不是很快，至少比苏拉的要慢许多。但是，与眼前这只以防御力著称的马奇诺铁龙比起来还是快了不少。

叶音竹瞬间横移，躲开了马奇诺铁龙的撞击。面对笼罩向自己的枪影，他做出了一个简单快捷却像是送死的动作——迎着锋利的骑士枪跳了起来。

黄色的斗气凝聚于右拳，叶音竹眼中精光大放，拳势冲天，直入枪影。此时这名重骑兵只有一个感觉，那就是不论他让自己手中的骑士枪产生了什么变化，都无法躲过叶音竹的拳势。所以他只能将斗气完全凝聚在骑士枪之上，和叶音竹正面碰撞。同样的黄级斗气，血肉之躯的拳头对上无比锋利的骑士枪，似乎结局已经注定。

突然，就在拳与枪即将碰到一起的时候，叶音竹的右手动了。它先是由拳变掌，而后奇异地旋转，原本应该直击在枪锋上的拳头转眼间竟然抓住了枪尖。

重骑兵不惊反喜，双臂同时用力，大喝一声：“起！”他想的是只要将这个神音系的主将挑起来，那么，今日这一战就没有任何悬念。

身体确实起来了，可惜不是叶音竹的。

在抓住骑士枪的一瞬间，叶音竹的双脚就落在了马奇诺铁龙巨大的头上。身体加上铠甲足足超过了四百斤的重骑兵，在与叶音竹同时发力的情况下，竟然直接被叶音竹从马奇诺铁龙的背上举了起来。

此时此刻，叶音竹眼中的优雅已经完全消失，剩下的只有霸道。他的身材虽然远比对手的矮小，可是在观众们眼中，此时的他无比高大。

马奇诺铁龙骤然被敌人踩住了头，顿时愤怒地大吼一声，庞大的身体疯狂扭动起来，想将叶音竹甩下去。此时，它已经完全陷入了暴怒之中。

叶音竹右手高举骑士枪，踏前一步，从马奇诺铁龙的头部来到了它的后背。“安静点！”他低喝一声，右脚重重地跺在马奇诺铁龙的背部，一向以防御力著称的马奇诺铁龙竟然悲鸣一声，四肢同时一软，直接趴在了地面上。

“我认输。”原本还想继续抵抗的重骑兵承受着叶音竹竹宗斗气的一波波冲击，眼看着自己的马奇诺铁龙在叶音竹面前竟然如此不堪一击，他一点多余的想法都没有了，直接认输。

叶音竹手握骑士枪，动作平缓地将对手放到了地面上，然后他就这么站在马奇诺铁龙背上，恢复了他的优雅。此时，连他自己都觉得有些奇怪，自己的力量竟然变强了这么多。

虽然黄竹二阶斗气相当于彩虹等级的绿级二阶，可以使自己的斗气完全凌驾于对手之上，但他刚才将对手举起，并且踩踏马奇诺铁龙时用的并不是斗气，而是纯粹的力量。

就在手握骑士枪的一瞬间，他清楚地感觉到从自己体内涌起了一股热流，让他不假思索地做出了那些动作。疯狂的力量，仿佛要破体而出。此时，在他那双清澈的眼眸深处，多了一抹紫色。

“妮娜主任，不如把你们神音系的这名学员让给我们重剑战士系吧。如果把他留在你们神音系，恐怕会浪费他的天资。”一名相貌猥琐且有些驼背的老者在妮娜身后说。

妮娜哼了一声，说道：“你想得美。老猴子，你怎么不去把内斯塔要过来？他可是公认的战士天才。”

被称为老猴子的重剑战士系系主任嘿嘿一笑，道：“铁臂那家伙会肯放人才怪。不过今天的比赛倒是真奇怪，你们魔法部的学员居然依靠武技战胜了我们武技部的学员，还真是让我感到悲哀啊！”

“不是武技，是力量，绝对的力量。”始终没有开口的重骑兵系系主任铁臂冷冷地说。他的声音虽然冰冷，看着叶音竹的目光却带着几分狂热，并没有因为本系学员输了比赛而恼怒。

第二十章

# 召唤紫

比赛继续，出乎所有人意料的是，第三个出战的重骑兵系选手，竟然是他们的主将内斯塔。

内斯塔右手握着沉重的骑士枪，就像抓着一根稻草般轻松，他并没有像前两名学员那样立刻向叶音竹发动攻击，而是催动着胯下的马奇诺铁龙朝叶音竹缓缓走来。

沉稳如山岳，这就是内斯塔此时所展现的气势。他的目光很沉静，沉静中却充满了无尽的战意；他的每一个动作都很沉稳，沉稳得没有一丝破绽。

“叶音竹，你的强大令我尊敬。”马奇诺铁龙在距离叶音竹三十米的地方停了下来，内斯塔冷冷地说。

叶音竹淡然一笑，海月清辉琴重新出现在他手掌之中。他已经预感到，即将开始的一战，将是新生大赛以来，他所面对的最困难的一战。

从表面上看，内斯塔似乎不如拥有绿龙的罗兰危险，但叶音竹的直觉告诉他，面前这名重骑兵才是他所见过的学员中最强的一个，也给他带来了最大的压力。

“出于对强者的尊重，我不希望我的同伴再消耗你的体力，让我们公平一战。你赢了我，就是赢了重骑兵系。就像你全权代表神音系一样，我现在也代表我的系。”内斯塔眼中的平静逐渐被兴奋所取代，他将原本斜指地面的骑士枪缓缓举起，指向叶音竹。

叶音竹有些惊讶地看着他，问道：“可这样你们不是很吃亏吗？”

内斯塔淡然一笑，道：“如果我还需要别人帮我消耗你的体力之后才能战胜你，那么那样的胜利对我来说没有任何意义。我追求的是实力的不断提升，只有不断挑战强者才能做到这一点。来吧，让我见识一下你的魔武合一。”

叶音竹笑了，他右手抚胸，向内斯塔行了一个标准的魔法师之礼。这个高大的对手同样赢得了他的尊敬和好感。

“驾！”内斯塔骤然大喝一声，体型庞大的马奇诺铁龙被他左手一带，上身竟然完全直立起来。在马奇诺铁龙那巨大的身体落下的同时，五米长的骑士枪闪电般朝着叶音竹刺了过来。高昂的战意，强大的气势，内斯塔在一瞬间就提升到了巅峰境界。

淡绿色的斗气从骑士枪上一透而出，马奇诺铁龙前冲的势头让内斯塔瞬间接近了叶音竹，但当他的骑士枪刺出的时候，枪锋距离叶音竹还有丈许。是他估算错误了吗？不，当然不是。

一道由绿色斗气凝结成的枪锋，眨眼间便穿越那丈许距离来到了叶音竹胸前，快要令人窒息般的感觉使任何人都无法怀疑它的破坏性。

“战芒？”在主席台上观战的弗格森不禁有些惊讶地叫道。

重骑兵系系主任铁臂淡然道：“能以绿级斗气修炼成战芒的，内斯塔是我所见过的第一人。不出意外的话，十年之内，他将成为金星龙骑将；二十年之内，他将成为有史以来最年轻的紫星龙骑将。或许，他的资质比不上紫罗兰家族的那两个小子，但是，他对提升实力的执着，是任何人都无法相比的。”

战芒，斗气的进化版本，一般来说，只有把斗气修炼到青级以上之后才能使用战芒。强大的战士可以让战芒冲出体外，伤害到三丈以内的敌人，斗气越强，战芒覆盖的范围就越大。

战芒对斗气的要求极高，要求使用者在使用时将自身的斗气进行大幅度的压缩，没有很好的基础和对斗气的完美应用是不可能使出战芒的。而内斯塔居然能够以绿级初阶的斗气水准使出战芒，这本身已经是一个异数。

虽说主席台上的人在惊叹，试炼场内的战斗却不可能停止。

眼看着快如闪电的战芒已经来到面前，叶音竹连发出爆音的时间都没有。月神守护在第一时间张开，乳白色的光晕与那淡绿色的战芒在空中瞬间接触。

一圈乳白色的光晕出现在战芒刺中的位置并瞬间扩散开来，刺耳的摩擦声令人牙酸。战芒虽然因为月神守护的阻挡变得越来越短，骑士枪的本体却距离月神守护越来越近了。

叶音竹知道自己不能退，内斯塔和之前的两个对手截然不同，自己一旦退避，那么，就再也不会有任何反击的机会了，因为内斯塔接下来的狂风暴雨般的攻击立刻就会将自己摧毁。

所以，他没有退，反而利用月神守护的缓冲，左脚瞬间踏前一步，右拳直直击出，直奔枪锋。

难道叶音竹想要施展和刚才一样的战术吗？不，当然不，同样的战术在短时间内施展两次，那绝对是找死的行为。这一次，他是真正地迎上了对手的斗气。

黄与绿两色斗气瞬间碰撞在一起，在那一刹那，空间似乎出现了短暂的静止。

然而叶音竹的拳头和内斯塔的骑士枪并没有真的碰撞在一起，发生碰撞的是他们的斗气。两人的斗气在极小的空间内相互挤压，两色光芒竟然在挤压中出现了一定程度的扭曲。

叶音竹站在地面上，而内斯塔则是高高在上。

此时，单从体重上来说，内斯塔和马奇诺铁龙占据了绝对的优势。叶音竹那并不算健壮的身体在他们面前实在显得有些弱小。

但是，就是这弱小的身体，凭借一拳之力，硬生生地挡住了内斯塔的攻击。叶音竹的双腿如同钉子一般钉在地上，没有后退分毫。

那巨大的马奇诺铁龙，此时此刻竟然无法再迈进一步。

叶音竹的斗气是黄竹二阶的，相当于绿级中阶斗气，因此在斗气的层面上，他确实要比内斯塔高上一筹。

但是，两人的斗气之间差距并不大，如果只是凭借斗气上的这一点优势，叶音竹绝对挡不住坐在马奇诺铁龙上的内斯塔的冲击。

现在令他能够做到这一点的，是他的力量，他的肉体所迸发出来的力量。

就在内斯塔一枪刺下的瞬间，叶音竹的心底似乎响起了一个声音：不能后退！仿佛是尊严在告诉他不能后退。

之前出现过的那股热流再次升腾，直到叶音竹挥出一拳，并挡住了内斯塔的冲击时，他才惊觉自己的力量居然已经成长到了如此可怕的程度。

“轰！”

在两人的全力挤压之下，斗气终于承受不住巨大的压力爆发了，巨响之中，内斯塔和他的马奇诺铁龙竟然接连后退了十步才站稳。

叶音竹没有后退，心中升起的那股执念不允许他后退，他的脸色看上去有些苍白，月神守护释放出的防御能量也化为点点白光消失了。

全场鸦雀无声，每个人都在屏息看着眼前这一场惊心动魄的决战。

叶音竹的眼底再次闪过一道紫气，然后他就那么在原地坐了下来，将怀抱中的海月清辉琴平放在自己的双膝之上。

内斯塔同样没有受伤，第一击的受挫令他战意飙升，他怒视着叶音竹道：“你在轻视我吗？”

叶音竹摇了摇头，道：“不。别忘记，我是一名神音师，不是战士。”

趁着内斯塔愣神之时，叶音竹的双手已经同时按上琴弦，右手轻挑，左手按下，琴弦顿时发出一声嗡鸣。

爆音！内斯塔的动作迟缓了一瞬，但他的眼神很快就恢复了清明，在他的胸铠内，隐隐透出一层乳白色的光芒。

那是一件拥有光明祝福的魔法物品，作用就是稳定骑士的心神。对于强大的战士来说，最可怕的并不是正面对抗，而是魔法师，尤其是精神系魔法师。

再强大的战士，精神力也不可能和魔法师相比，所以，高等级的战士都会有一些防御精神魔法的装备，否则一旦被对手突破精神防线，那么，无论什么样的武技就都无法施展出来了，只能任由对手宰割。

在光明祝福的作用下，内斯塔只呆滞了一瞬间，下一刻，他的骑士枪再一次刺出。这次出现的不再是战芒，而是铺天盖地的枪影。

没有人能看出在那一瞬间内斯塔刺出了多少枪，只能看到一片淡淡的绿色光芒，如同光罩一般向叶音竹的身体笼罩过来，封死了他所有可以闪躲的方位。要知道，现在的叶音竹还是坐在地上的，就算他想要闪躲，也没有任何闪躲的可能。

叶音竹的感受是最深刻的，内斯塔刺出的枪数虽多，但最为可怕的并不是枪数，而是他刺出的每一枪上居然都带着同样强大的斗气，根本就没有虚实之分。绿级初阶的斗气被他发挥得淋漓尽致，任何一枪都足以令人窒息。

“铁臂，内斯塔这小子学会了你的千影击？”

“那已经是去年的事了。”

接着，令人无法想象的一幕出现了，只见一团黄绿色的光芒从叶音竹身上冒出，如同一片氤氲之气，正面迎上了内斯塔的枪影。

气劲迸发之际，带来无数澎湃的斗气，一时间，试炼场上飞沙走石。内斯塔高大的身体依旧端坐在马奇诺铁龙的背上，此时的马奇诺铁龙明显跟不上内斯塔的速度了，更像是内斯塔在带着它不断移动，他刺出的每一枪都带出一道尖啸。

但是，不论他的骑士枪刺得有多猛，只要一触到叶音竹身前那层黄绿色的光幕，都会立刻被荡开，无法再前进分毫。

观战者能看到的叶音竹的动作，就是他抬起了右手。从始至终，他都端坐在那里，右手四指就像一朵盛开的鲜花，不断地律动着，不断变化着各种手势，而那层青黄双色的光幕，就像烟雾一般从他的手中飘荡而出，任千影击再狂暴，也始终都被阻挡在外。

叶音竹在碧空海的时候只修炼了一年武技。对于战士来说，一年的时间根本不可能学到多少技巧。

即使是心无旁骛的叶音竹，也无法超出这个常规情况太多。所以，他花了一年时间，只学了竹宗宗主叶离千锤百炼后的一防两攻三个技能。此时他所施展的，正是那一防，名字叫竹御。

竹，坚韧而挺拔。竹御所拥有的，正是竹的坚韧。

叶音竹手中跳动的不是烟雾，而是碧丝。纤细的碧丝在他的竹宗斗气的控制下，变成了如同烟雾一般的光芒。不论有多少枪影，碧丝所至，枪影斜。

竹御，正是竹宗最强的防御技能。

此时叶音竹的表情变得肃穆了许多，他眼神专注，左手飞快地从琴弦上划过，顿时，一串串爆音骤然响起。赤色的琴魔法力夹杂在斗气之中，呈红、黄、绿三色看上去有些刺眼。

在光明祝福的作用下，爆音虽然无法起到最好的效果，但是对内斯塔的影响依旧极大。毕竟，施展千影击这样的特殊武技，需要精神非常专注，哪怕是片刻的失神，也会令他的武技效果大减。于是，枪影顿时变得稀疏了几分，叶音竹所承受的压力也在逐渐减小。

“啊！”内斯塔再次怒吼一声，所有枪影在空中瞬间合一。马奇诺铁龙巨大的身体在内斯塔的全力催动之下，从地上一跃而起，连人带龙，孤注一掷地朝叶音竹冲了过去。

其实他也是不得已而为之。千影击绝对是高级武技，在竹御面前却没有丝毫办法。叶音竹弹出的爆音有一定的叠加效果，他很清楚，如果不能打断叶音竹的话，这样下去自己将必败无疑。

以他丰富的战斗经验，他立刻就选择了孤注一掷。只要突破了叶音竹的防御，那么战斗就没有任何悬念了。

想破竹御，可不是任何人都能够做到的，只有拥有完全超越竹御使用者的绝对力量的人才能突破其防御。

内斯塔的选择无疑是正确的。但是，叶音竹的动作并不是一成不变的。

当内斯塔带坐骑跃起的时候，竹御已经变成了竹攻。这是叶音竹习得的第二种武技。

竹御拥有的，是竹的坚韧，而竹攻拥有的，则是竹的骄傲与挺拔。

奇异的一幕出现了，只见在明媚的阳光的照耀下，一道道青黄双色的光柱冲天而起，现场好似生长出一片青竹。碧丝的纤细似乎不见了，剩下的只有竹攻的骄傲。粗如手臂的青黄双色光芒就像冒起的竹林，眨眼间便覆盖了两人的战场。

叶音竹还不会战芒，此时碧丝所施展出的能力却比战芒还要可怕。

为了施展竹攻，他的左手已经无法弹琴了，全身的斗气完全凝聚于这一式攻击之上。突然，一声惨烈的悲鸣从战场的中心响起，两道身影同时被抛飞而出。

叶音竹手中的海月清辉琴被他在最后一刻被他收回了戒指中，避免了损伤，而他整个人在巨大的冲击力的作用下跌出了五丈。幸好月神守护不会沾染任何污渍，这才没让他变得灰头土脸。

鲜血顺着嘴角滑落，叶音竹的脸色也变得更加苍白了，只有眼底的紫芒看上去更加清晰了。

内斯塔比叶音竹也好不了多少，因为身上穿着厚重的铠甲，所以他只跌飞出三丈就落在了地面上，不过也因为身体过重，他摔得更重。头盔被摔飞了，他手中的骑士枪也断成了两截，被远远抛飞，口鼻处皆鲜血横流，身上那厚实的铠甲已经有多处破损，刚毅的脸看上去有些狰狞。

在两人之前战斗的中心位置，那只马奇诺铁龙永远留在了那里，它那原本拥有强大防御力的身体，此时布满了大大小小数十道伤痕，眼见是活不成了，悲鸣之声也变得越来越弱。

和月神守护一样，碧丝也没沾染任何鲜血，不知道是不是刚吞噬了一条生命的缘故，此时的碧丝看上去更加晶莹了。

碧丝足以媲美神器的攻击力在竹攻的辅助之下尽显无遗，否则也不会带给内斯塔如此巨大的创伤了。以叶音竹现在的斗气，他还不足以一击击杀马奇诺铁龙这种高防御力的魔兽，因此碧丝功不可没。

叶音竹从地上爬起，略微踉跄了一下才站稳，他看着远处的内斯塔，苦笑道：“对不起，我本来没想杀掉你的龙。只是那时候如果我不全力以赴的话，根本就挡不住你的攻击。”

内斯塔的身体确实强横，此时他也爬了起来，抹了一把口鼻处的鲜血，干脆地说：“没什么，在我看来，比赛和战场并没有什么区别，全力以赴的对抗才有意思。痛快！我很久没有受过伤了。”

“认输吧，你的伤势应该比我的重。”叶音竹说。他对这名重骑兵的好感已经越来越多，不想再发动攻击了。他今天是第一次使用竹御和竹攻对敌，它们的威力比他想象中的要大得多。

内斯塔摇头道：“从比赛的角度来说，你击杀了我的坐骑，我应该输了。但是，只要我还有战斗力，就不会放弃。看来，我原本想要留到决赛阶段的秘密必须现在揭开了。出来吧，我的伙伴狄加。”大喝声中，他高举自己的左手，一个红色的六芒星在他手心中亮起。光芒冲天而起，眨眼间已经射入高空。

“契约！”叶音竹有些惊讶地看着他，瞬间醒悟过来，“原来你还有坐骑，难怪我感觉你刚才和那马奇诺铁龙配合得并不好。”

战士的坐骑是可以更换的，不像魔法师的魔兽。但是战士一生之中也只有一次拥有契约坐骑的机会。

只有当一名战士找到了自己心目中真正的伙伴时，才会使用这个契约。契约一旦完成，这个坐骑就将伴随他一生。只有这样的契约坐骑，才能和主人心意相通，产生出最强大的力量。

战士无法召唤，只能通过契约来呼唤自己的坐骑。一般来说，契约坐骑不会远离战士。

低沉浑厚的龙吟之声从远方的天际传来，滚滚声浪之中，一片红云从远方飞速飘来。

内斯塔朝主席台躬身道：“请开启防护罩，让我的坐骑进来。”在他们的比赛开始的时候，中央试炼场的防御罩就在弗格森的主持下开启了。

弗格森惊讶地望着天空，下意识地控制着自己的魔法力，以院长的权力直接开启了防护罩。

此时最惊讶的就数他了。作为一名龙魔法师，他当然知道空中飞来的是什么，那正是和他的坐骑科萨一样的红龙啊！

虽然那气息远远逊色于科萨，但红龙所带来的感觉丝毫不差。作为真正的巨龙，红龙的位阶还要略高于绿龙。

他心中不禁暗暗感叹：现在的学员真是越来越强了，才二年级的内斯塔竟然也拥有了真正的巨龙。

要知道，凡是真正的巨龙，都属于成长型魔兽。一旦成长起来，就都将拥有七阶以上的实力。红龙是以攻击力而著称的火属性巨龙，不论是肉体攻击力还是火系魔法都极为强悍。

“铁臂，比赛结束后，我需要你给我一个解释。”

“我会的。”

看着空中的红云越来越近，内斯塔眼中第一次流露出温和的目光。此时叶音竹也看清楚了，那是一条身长超过七米的巨龙，比罗兰的绿龙还要大上几分，显然成长得要比绿龙还好。感受着红龙带来的灼热，他不禁倒吸一口凉气。

要知道，上次能战胜绿龙，一是因为罗兰已经失去战斗能力，二是因为自己是突然偷袭的。而眼前的红龙明显比上次的绿龙还要强大，加上他还要面对战斗力强悍的内斯塔，接下来的战斗，自己要如何才能面对？

叶音竹第一次感觉到了一丝无力。与重骑兵战斗时，面对的敌人毕竟不是一个啊！

红龙在空中盘旋一周后，突然收敛双翼，缓缓地落在内斯塔身旁。内斯塔欢呼一声，一跃而起，坐上了红龙宽厚的背。他左手一挥，一柄崭新的长枪出现在他手掌之中。

空间戒指虽然需要魔法力的支持，但有一些高级的戒指只需要些微精神力就能使用。

内斯塔手中的枪甚至比奥斯丁的龙枪还要长，足足有八米，超过了红龙的身长。枪身呈暗红色，枪身上共有四道血槽，在阳光的照射下，暗红色的光芒流转，似有鲜血在流淌。

“叶音竹，这才是我真正的武器和坐骑。枪名血魂，还有我的伙伴——火系成长型五阶红龙狄加。接下来的战斗中，我将会使出全力。如果你有魔兽的话，还是现在召唤出来的好。”

叶音竹缓缓摇了摇头，说道：“我没有魔兽。既然你还能战斗，那就开始吧。我送你一曲《平沙落雁》。”

叶音竹的目光变了，清澈的目光之中，紫芒逐渐隐退，一层淡银色的光彩缓缓出现在他眼眸深处。他不再多说什么，双手按于海月清辉琴上，静静地开始弹奏。

红龙狄加在内斯塔的催动下高飞而起，眨眼间已经升上百米高空。

血魂枪在手，那暗红色的光影释放出夺目光彩，与淡绿色的斗气形成鲜明对比。红龙骤然咆哮一声，一口绿色火焰狂喷而出，与内斯塔手中的血魂枪合二为一。空气在燃烧，水波一般荡漾开来，借助无限的冲势，二者直接朝着下方的叶音竹而来。

灼热的气流似乎要将天空烧裂。内斯塔和他的龙，就像一道红绿交加的闪电，从天空中流星赶月般冲向叶音竹。

他所说的真正实力，不仅仅是指他的龙和枪，还有他斗气的属性。在之前的战斗中，内斯塔都只是在用纯粹的斗气和叶音竹战斗，而此时，他却将斗气的属性——火，释放了出来。

叶音竹的竹宗斗气属木，以生命气息恢复快而著称，而火属性斗气正好克制木属性斗气，两人斗气上的位阶差距已经消失。

叶音竹端坐在那里没有动，双手充满感情地抚摸着琴弦，深红色的光芒在围绕着他的身体。此时此刻，他甚至放弃了使用自己相当于绿级中阶的斗气。

“快，阻止他们！”妮娜焦急地向弗格森说。

“不，再等等。”淡淡的紫色魔法力已经环绕在弗格森身体周围，他做好了随时出手中断比赛的准备。

但是不知道为什么，看着依旧沉稳而优雅的叶音竹，他始终觉得叶音竹不会这么容易就输了，所以，他才隐忍着没有出手。

内斯塔距离叶音竹越来越近，弗格森也越来越紧张，以他的实力自然可以轻易阻止比赛继续，但他不知道自己到底应该何时出手。

“快啊！院长，要是叶音竹有什么三长两短，我就……”正当妮娜有些口不择言的时候，场中的局势又发生了变化。

端坐在那里的叶音竹没有开始弹琴，他突然抬起头，站起身，迎向从空中降落的红龙，清澈的眼眸中充满了思念，同时发出了一声并不算高昂的呼喊。

“紫！”

叶音竹身上的魔法光芒消失了，乳白色的光晕仿佛是月神守护在燃烧。在那乳白色光晕深处，一团紫色的光芒开始在他的眉心处燃烧，瞬间蔓延到了他的全身。

没有六芒星出现，下一刻，一个紫色的虚幻身影，竟然就那么从他身上穿透而出。

而后，虚幻的身影变成了实体，挡在了叶音竹身前。他紫发紫眸，高大的身体，冰冷的面容，就像一面最坚实的墙壁。两人都没有开口，因为他们之间根本不需要多余的话语。

紫抬起头，凶狠的目光迎上了俯冲而下的红龙狄加。没有斗气，没有任何光芒，他只是挥出了自己的双拳。

在这一刻，叶音竹重新坐回到地面上，仿佛他知道紫一定能挡住那俯冲而下的火焰。他的双手八指同时抚在那琴弦之上，低沉婉转的琴曲在八指弹动之间响起。

巨龙加上一名重骑兵全力俯冲的力量有多大？

用千斤已经不足以形容，更何况还有斗气，有火系巨龙的魔法。这所有的一切，都叠加在这一冲之中。而面对他们的，却只有紫的双拳。

“轰！”

瞬间的撞击后，红绿两色光芒四散飞溅，整个中央试炼场的强力防御罩都骤然颤抖了一下。

让人震惊的是，巨大的龙躯竟然反弹而起，红龙惊恐的龙吟和内斯塔的闷哼传了出来。是的，紫用他的双拳，挡住了内斯塔与红龙的全力冲击。此时，他的双腿已经齐膝没入地面，以他为中心，方圆十米范围内的地面都已经龟裂，只有叶音竹坐的位置依旧完好。

“犯规，那是犯规，居然让外人来帮忙。我看，那至少是个蓝级的战士。”重剑战士系系主任“老猴子”吃惊地大声道。

弗格森脸色凝重地注视着试炼场中央，摇了摇头，道：“不，他虽然是战士，但不是人类。从他身上，我感受不到人的气息。本命召唤，居然是传说中的平等本命召唤！”

铁臂脸上也露出了惊容。他当然知道内斯塔的冲击有多强，即使是他，也绝对不愿意正面面对内斯塔这样的冲击。

“您是说，那是魔兽？要化身为人，除了亡灵类魔兽以外，只有九阶魔兽才能做到。可是他的实力似乎还没有强大到九阶。”如果那男子是九阶魔兽，即使是内斯塔和红龙的联合冲击，也不可能让他的双腿陷入地面。

弗格森凝重地道：“他绝对不是亡灵类魔兽，这一切已经超出了我的认知范围。恐怕只有法蓝七塔的大尊们，才能解释这是怎么回事。”

碰撞发出的轰鸣并没有影响叶音竹的演奏，此时此刻，他的琴曲已经奏响。

一圈圈暗红色的魔法涟漪以叶音竹的身体为中心朝周围四散开来。

听到叶音竹的琴曲，紫脸上的线条变得柔和了几分，他轻松地从地面中将双腿抽出，动作很自然，显然并没有在刚才的冲击中受伤。

此时，心中最惊骇的，就要数内斯塔了。

对于他来说，紫的双拳不像是人手。那撞击的瞬间，他仿佛撞在了秘银铸造的山岳上一般，他的双臂已经完全麻痹，在强大的反作用力的作用下，他又喷出了一口鲜血。他的斗气不但没有伤害到对手分毫，反而反噬而回了，如果不是红龙狄加挡住了大部分反作用力，恐怕他现在已经无法稳坐在龙背之上了。

内斯塔感觉到狄加在颤抖，并不是因为受伤，而是一种气息上的颤抖。红龙一族中，成年红龙可以达到八阶。只有比它位阶更高的魔兽才能令红龙颤抖。

内斯塔俯视着站在叶音竹身边的紫，心中的战意第一次如此低落，他甚至不知道自己是否该再次冲击。

而就在这时候，他听到了《平沙落雁》。旋律起起伏伏，连绵不断，优美动听；基调静美，但静中有动；委婉流畅，隽永清新。这令他紧张的心情变得舒缓了许多。

暗红色的光环，此时此刻已经覆盖了整个试炼场。叶音竹看着身前的紫，突然发现，自己的心这时变得特别平静。有紫在身边，他的思念得以缓解，心情无比愉悦，他此时完全融入了对《平沙落雁》的弹奏之中。

暗红色的魔法力开始发生变化，从叶音竹的身体周围开始，颜色逐渐变淡。暗红色消失了，取而代之的，是淡淡的黄色。颜色虽然很淡，却格外清晰。

所有人看到这一幕后都瞪大了眼睛。在比赛中提升等级的学员不是没有，但是，按照彩虹等级的顺序，赤级之后应该是橙级，可眼前叶音竹的变化，明显不符合这个规律。

黄色，那分明是代表着黄级初阶的淡黄色啊！如果他们知道此时叶音竹的魔法水平已经达到了绿级初阶，不知道会不会把眼珠从眼眶中瞪出来。

叶音竹修炼了赤子琴心十六年，终于在这一刻升华了。那淡淡的黄色代表的并不是观战者心中的黄级，而是象征着琴宗修炼体系的第二大阶段的剑胆琴心。

经过不断的努力和领悟，叶音竹终于在紫的身边，完成了自己修炼琴魔法以来最重要的蜕变。

“‘秋高气爽，风静沙平，云程万里，天际飞鸣。借鸿鹄之远志，抒逸士之心胸’。好一曲《平沙落雁》！”

妮娜的目光变得有些痴迷了，她仿佛看到，在试炼场中央弹奏的不是叶音竹，而是叶音竹的师父，那个令自己思念了许久许久的他。

第二十一章

# 画宗

紫闭着双眼，刚毅的脸上露出舒爽的神情。谁也没有看到，此时此刻，在紫的掌心处长出了一层淡紫色的晶体。叶音竹身上释放出的淡黄色魔法力，正在悄悄地侵入紫的体内。

平等本命契约，一旦一方实力发生质变形态的提升，那么，另一方的收获也将是巨大的。

“啊！”一声惨叫突然从空中传来，打破了《平沙落雁》营造出来的美好意境。

内斯塔之前也完全沉醉在这首《平沙落雁》之中了，但是，突然传来的强烈失重感令他清醒过来。他骇然发现，自己和红龙正在快速下坠，朝着地面砸去。

《平沙落雁》是琴宗九大名曲之一，效果——禁空。

听到此曲，比演奏者的等阶高三阶以内的一切拥有飞行能力的生物都必将坠落。

以叶音竹现在的魔法等级，紫级初阶以下的飞行生物都将受制于此曲。但作为琴宗九大名曲之一，《平沙落雁》需要他全心全意才能弹奏出来。有紫在身边，叶音竹才能在此时不受影响地发挥出它的最大威力。

“紫，救他们。”叶音竹没有停止弹奏，他突然抬头看向从天空中坠落下来的内斯塔。

正在聆听琴曲的紫眉头微皱，他的右脚骤然在地面上用力跺出一个直径一米的深坑，而他的身体也借助这巨大的反作用力直飞而出，眨眼间已经来到正在坠落的红龙下方。

当红龙落下之时，紫低吼一声，双掌呈托天状。一托一推，顿时将巨大的冲势卸去，改为横飞之势，将内斯塔和红龙狄加甩了出去。

红龙巨大的身体贴地擦出，直到叶音竹面前十米外才停了下来，此时，内斯塔身上的重铠已经多处开裂，如果不是他的右手死死抓住了红龙狄加背后的鳞片，恐怕早就被甩出去了。

《平沙落雁》三起三落，在叶音竹的八指之间结束。叶音竹亲切地看着回到自己身边的紫，英俊优雅的脸上露出一丝会心的微笑。

紫向叶音竹点了点头，道："这里人多，我先走了，回头我会找你。"

乳白色与紫色两种光芒分别在两人身上亮起，紫重新化为光影融入叶音竹体内消失。

血魂枪戳在地面上，内斯塔大口大口地喘息着。"叶音竹，你赢了。"此时，他的目光变得异常冰冷，说道，"只是我不明白你为什么要骗我，为了出其不意吗？"

"骗你？我没有啊！"叶音竹有些惊讶地看着他。

内斯塔冷哼一声，说道："我刚才让你召唤出魔兽时你说你没有魔兽，那刚才那是谁？只有九阶智慧型魔兽或者亡灵类魔兽才能幻化成人形。"

叶音竹摇了摇头，道："我真的没有骗你，紫并不是我的魔兽，他是我的朋友，是我的伙伴。"

"狄加也是我的伙伴，你这么说有什么意义？"内斯塔怒吼一声。原本叶音竹强大的实力已经得到了他的尊敬，这突如其来的变化却让他改变了对叶音竹的态度。

"不，他没有骗你，他说的是实话。"在淡淡的紫色光芒的围绕下，弗格森院长不知道什么时候来到了两人身边。

内斯塔看着他，道：“为什么？”

弗格森道：“因为他所说的伙伴和你认识中的不同。或许，你的红龙也是你的伙伴，但是，你们之间签订的是主从契约。而叶音竹和他的伙伴签订的却是平等本命契约，单凭这一点，你就没有责怪他的资格。比赛过程毫无争议，叶音竹并没有违反比赛规则，你已经失去了战斗能力。现在我宣布，今日一战，神音系胜。”

观战的武技部学员们全都沉默了，而魔法部这边则立刻爆发出如雷的掌声，他们知道，这一届新生大赛的冠军，又将属于魔法部了。

虽然另一场半决赛还没有开始，但这一届召唤系的新生实力极为强大，绝对不是作为武技部预赛第二名的重剑战士系所能抗衡的。

内斯塔的目光转向叶音竹，对于弗格森的话，他自然不会有丝毫怀疑。他苦笑一声，道：“对不起，或许是因为我有些无法接受失败吧，所以才会给自己找些客观理由。这次是你赢了。不过，当我认为自己有能力向你挑战的时候，我会来找你。”

内斯塔的坦白令叶音竹露出了笑容，他说道：“好，我等你。你说得对，只有不断挑战强者，才能令自己变得更强，刚才，我自己已经证明了这一点。”

内斯塔看着叶音竹清澈的眼眸哈哈一笑，说道：“好，看来我们不但会成为对手，同时也会成为朋友。我内斯塔，交你这个朋友了。”

“好啊！”

这时，弗格森突然道：“叶音竹，你跟我来，我有话要问你。”

半决赛第一场结束了，神音系这匹新生大赛的黑马再次前进，凭借着一个人的力量，在所有人都不看好的情况下杀入了决赛。

一时间，神音系成了米兰魔武学院最热门的话题，叶音竹也成了整个学院中被谈论得最多的人。

叶音竹跟着弗格森来到了他所居住的院长塔。

“叶音竹，告诉我，你的魔法力为什么会突然从赤级提升到黄级？”站在房间中央，弗格森神色有些怪异地看着面前的少年。

叶音竹愣了一下，摇了摇头，道：“我不能说。”他虽然很单纯，但也知道，琴宗的秘密是绝对不能让外人知道的。

弗格森笑了，说道：“你这小子还真是坦白得可爱。不过，你知不知道，今天发生的事已经给你带来了不小的麻烦。”

“麻烦？为什么？”

弗格森道：“在所有修炼者中，任何人的修炼，都无法违背彩虹等级限制的规则。而超越这个规则的存在，将被当作异端，必须上报法蓝七塔，由法蓝七塔处理。今天你的魔法等级突然跨越橙级提升，你说，我该不该将你送去法蓝七塔呢？”

“法蓝七塔吗？不，我不去。爷爷说过，那是一个很危险的地方。”

叶音竹立刻摇头。他清楚地记得，自己的两位爷爷每当谈起法蓝七塔的时候，脸色都很难看。

虽然他们并没有向自己解释过法蓝七塔是一个什么样的地方，但想来不会是什么好地方。

弗格森道：“但是，今天的比赛已经有很多人看到了。如果你不想去法蓝七塔，就必须有一个好的理由来解释。你让我如何堵住悠悠众口？”

叶音竹挠了挠头，道：“我也不知道。”

弗格森转过身，背对叶音竹，眼底流露出一丝狡黠的光芒，淡淡地道：“你毕竟是学院的学员，我也不希望你被法蓝七塔当成异端处理。现在你只有一条路可走，那就是拜我为师。这样的话，我就可以用曾经赠送你魔法物品来掩盖等级当理由帮你解决这件事。你看如何？”

“啊？拜您为师？可是，我已经有老师了。这恐怕不行。”

弗格森道：“那我就只能将你送去法蓝七塔了。不过，你的老师规定你了只能有他一位老师吗？”

叶音竹摇头道："这倒没有，不过……"

"既然没有，那你还犹豫什么。我一生都在研究精神系魔法，直到现在还没有一位弟子。你放心，我传授你的东西，绝对不会和你老师传授的东西有冲突。神音师本就是精神系魔法师的分支。如果将来你的老师问起来，我可以帮你解决。"

此时，叶音竹不禁想起了那天妮娜对他说的话，他试探着问道："那我可不可以只叫您老师，不叫您师父呢？"

弗格森被叶音竹这掩耳盗铃的说法逗笑了，说道："好，就依你。"

同时，他不禁在心中感叹：在米兰帝国不知道有多少王公贵族想将孩子送给自己做徒弟自己都不答应，这小子居然还来谈条件。

"老师。"叶音竹很认真地向弗格森躬身行礼。心思单纯的他能感觉到弗格森对自己的善意，再加上之前听了妮娜说的话，他也就不再犹豫了。

"好。以后你就是我唯一的弟子了。如果我猜得不错，今天你用契约召唤来的应该是你的魔兽伙伴吧。你知道他的来历吗？"

"魔兽？不，紫不是魔兽，他是我的朋友，我的好朋友。"叶音竹赶忙解释道。

弗格森神情一动，说道："这么说，从你认识他的时候开始，他就是人形了？那大概是在什么时候？"

叶音竹道："十年前。那时候我六岁，紫在我练琴的时候出现了，后来他每天都来听我弹琴，他是我来米兰城之前唯一的朋友。十年中，我们从来没有分开过。"

听了他的话，弗格森不禁眉头深锁，叶音竹所说的情况已经远远超出了他的认知范围，他奇怪地问道："那你们之间的平等本命契约又是怎么回事？我在古籍上看到过这种平等本命契约的介绍。这相当于将你们的生命与灵魂拴在了一起。你知道吗？"

叶音竹点头道："我知道啊！紫是我的好朋友，可他不能和我一起来学院。紫说，有了这个契约，我们就能经常见面了。所以，我就和他签订了这个契约。"

弗格森苦笑着道："可是，这样的契约也将使你不能拥有属于自己的魔兽。而且，你难道不想知道你的那个紫是从哪里知道这个契约的吗？"

叶音竹的回答很简单："我相信紫。"

看着叶音竹那坚定而有些倔强的目光，弗格森沉默了。

弟子有这样的品性，他自然满意，但他总感觉紫没有那么简单。没有斗气，也没有魔法，单凭力量竟然就能够挡住绿级巨龙和重骑兵的全力冲击，这样的力量，他还从未在人类身上见过。

平等本命契约，在传说中，原本是夫妻之间的契约，只有夫妻双方的感情达到不分你我的程度后，他们才会放弃拥有魔兽的权利，签订这样的契约，以便能时刻见到对方。

不对，那个紫绝对不可能是人类，他的外表虽然和人类没有任何区别，但他没有一丝人类的气息。

如果他是魔兽的话，那又有什么魔兽能够拥有这样强悍的肉体力量，同时还能幻化成人形呢？想到这里，弗格森不禁有些头痛起来。

"好吧，音竹你先回去好好休息，准备最后一场比赛。我要思考一下后，才能决定要如何传授你精神魔法的知识。回去后，不要忘记我刚才对你说的话。有人问起的话，你就告诉他是我送你的魔法物品一直掩盖了你真正的实力。剩余的一切，我会替你解决的。"

"好的，谢谢老师。"叶音竹感激地向弗格森告别。正在他准备离开的时候，他又被弗格森叫住了。

"等一下。音竹，有件事我要告诉你。在这次新生大赛结束后，学院会组织一次实战演练，并不是新生大赛这样的模式，而是要上真正的战场，到时候会从各个系中挑选优秀的学员参加，我希望你也去。战争的洗礼往往能让人成长得更快。至于具体事项，到时候学院会通知。"

"好，我听老师的。"在学院就要服从学院的安排，叶音竹单纯的想法使他不会有过多疑问，甚至都没有怀疑为什么平静的大陆会有战争。

看着叶音竹离开后，弗格森才让笑容重现在脸之上。他心中暗道：这算不算是威逼利诱呢？这么好的弟子，在整个龙崎努斯大陆恐怕也找不到第二个了吧。

单纯质朴的心性，浑厚纯粹的精神力和斗气，还有他给神音系带来的奇迹和他拥有的平等本命契约，这一切的一切，都昭示着两个字——天才。

自从看过叶音竹的几场比赛之后，弗格森就打上了他的主意。

随着比赛的继续，叶音竹带给他的惊喜也越来越多。直到今天，看到叶音竹的魔法力突然提升到黄级之后，他不再犹豫，利用这个好机会半强迫式地收了这个弟子。

他隐约感觉到，在不久的将来，叶音竹必然会成为龙崎努斯大陆魔法界的一颗新星。

叶音竹刚一离开弗格森居住的地方，就碰上了苏拉。

苏拉似乎早就在这里等他了，一看他出来，赶忙迎上前，急声问道："音竹，院长找你有什么事？是不是问你的实力为什么会越级提升？你也太不小心了，怎么会出现这样的问题？你知不知道，这很危险。你到底是怎么修炼的啊？"

叶音竹被苏拉一连串的问题弄得有些手忙脚乱，赶忙道："苏拉，你慢慢说，别着急，不会有问题的，刚才老师已经帮我想好解决办法了。"

当下，他原原本本地将自己和弗格森的交谈过程说了一遍。在学院中，叶音竹只有两个最信任的人，一个是妮娜，另一个就是苏拉。

除了琴宗、竹宗的秘密以外，他不认为自己有什么需要隐瞒苏拉的。

"还好，还好，你真是吓死我了。"苏拉拍了拍胸口，"今天你召唤来的那个是谁啊？当时内斯塔和他的龙从空中冲向你，真把我吓坏了。院长居然也不阻止他。还好你有应付的办法。"

叶音竹道："那是紫，我的朋友。其实我也不知道他有多强。只是自从我们签订了平等本命契约之后，我就隐约感觉到他的力量要比我的强大，所以才在那时候召唤了他。”

苏拉看着叶音竹的目光突然变得有些怪异，他说道：“平等本命契约？居然是平等本命契约？”

“不可以吗？”叶音竹惊讶地看着苏拉。

苏拉没好气地道：“算了，不跟你说。上次你说，我是你第二个承诺要保护的人，那第一个人不会就是紫吧？”

叶音竹点头道：“是啊！”

苏拉的声音略微有些颤抖，只听他说道：“难道，你真的喜欢他？”

叶音竹认真地道：“我自然是很喜欢紫，我们已经在一起十年了。我六岁的时候，他就陪伴在我身边听我弹琴了。我们一起长大，一起离开碧空海来到这边。我只有他这一个朋友。”

“真的只是朋友？”苏拉紧张地问道。

叶音竹点头道：“为什么要说‘只是’，我们当然是朋友。”

苏拉没好气地道：“朋友而已你就和人家签订本命契约，你是不是疯了？”

叶音竹道：“这有什么不行的吗？我希望能随时看到他，就签了呗，大不了不要魔兽嘛。”

“你……叶音竹，我发现和你说话，真是对牛弹琴。”苏拉的身体再次颤抖起来，只不过他这一次是气成这样的。

“对牛弹琴？我以前都是对着竹子弹琴，难道对牛弹琴是一种新的修炼方法？不对啊！你是刺客系的，怎么会知道我们神音系的修炼方法？喂，苏拉，你别走啊，等等我……”

苏拉的速度确实快，叶音竹刚起步，他就已经隐没在学院弯曲的小路之间了。

叶音竹知道他肯定是会回宿舍的，叶音竹在刚才那一战中消耗不小，索性不追了，一个人慢悠悠地朝神音系宿舍区的方向走去。

刚进入魔法部，他就碰到了一个熟人。

那人正是在他进入学院的第一天就向他挑衅，之后又在比赛中输给了他的风系天才魔法师罗兰。

罗兰正拿着一袋东西吃着，双眼无神。距离他们上次相见还不到十天，罗兰却足足胖了一圈，脸都变得有些圆了。

叶音竹看到了她，她自然也看到了叶音竹，道："是你！"她的声音瞬间变冷。

"哦，你好，罗兰。"叶音竹警惕地看着她，毕竟两人的关系并不友好。

"看样子，你很得意。听说你连重骑兵系的内斯塔都打赢了。"罗兰说着，来到了叶音竹身前。一看到叶音竹，她心中的怒气就上升到了顶点，双眼好似能喷出火来。

从小到大，她不但生活得锦衣玉食，而且，凭借着过人的魔法天赋，她在十六岁时就进入了黄级境界，后来还拥有了绿龙。一直以来，她都以为自己是这一届中的最强者。

可是，与叶音竹的那一战，将她的信心完全击碎了。对她来说，那已经不是简单的失败，而是一种对自己的侮辱。

是她发出的挑战，最后败的却也是她，单是那屈辱的感觉，就已经令她无法承受。

这些天以来，她一直都没能从痛苦中走出来，她想报复叶音竹。

可是，那毕竟是公平的比赛，仅存的一丝理智和心中的骄傲使她没有去动用家族的力量。于是，她化悲愤为"食量"，只有在吃东西的时候，她心中才能暂时好过一点。

虽然知道自己开始发胖了，但她就是管不住自己的嘴。此时看到叶音竹，她心中的愤怒和仇恨一下子就升到了顶点，险些令她不能自已。

"罗兰，你好像胖了。"叶音竹也不知道该和她说些什么，只想立刻回宿舍，可罗兰又正好挡着路，他只好无奈地说出了这句话。

"你是在看我的笑话吗？这一切都是你造成的。如果将来我吃成了一个大胖子，我就赖上你，缠你一生一世，烦死你！"罗兰的眼圈红了，口不择言地说。

叶音竹也不知道该说什么好了。突然，他想起离开碧空海之前，母亲给他讲过的一个故事。“罗兰，女孩子太胖了不好。”

“不用你管。”

其实，罗兰也不知道要拿叶音竹怎么办。她知道自己打不过叶音竹，可既然在这里碰到他了，她又不想就这么放过他。

“我给你讲个故事吧。”叶音竹一边说着，一边悄悄向旁边挪动着脚步。

“从前，有两只猪，一公一母。晚上公猪总是为母猪放哨，生怕主人趁它们熟睡之时把母猪拉出去宰了。日子一天一天过去，母猪日渐长胖，而公猪则一天天瘦下去。”

“你骂我是母猪？”罗兰勃然大怒。

“不，不，你听我讲完。”叶音竹接着道，“有一天，公猪恰好听见主人在跟屠夫商量，要把长势渐好的母猪杀了卖掉。公猪伤心至极，从那天开始性情大变。只要主人送来吃的，公猪就会抢先把东西吃得一干二净，每天吃完后躺下便睡，并且告诉母猪今后换母猪来放哨，如果它醒来后发现母猪没在放哨，就再也不理母猪了。”

听到这里，罗兰的好奇心被勾起来了，她下意识地问：“那后来呢？”

因为情绪的剧烈波动，她有些出神，并没有发现叶音竹已经移到旁边去了。

“日子一天天过去，母猪觉得公猪越来越不在乎它，母猪失望了，而公猪还是若无其事地过着安乐日子。很快，一个月过去了，主人带着屠夫来到猪圈，他发现一个月前肥肥壮壮的母猪没剩多少肉了，公猪则长得很好。

“这时公猪开始拼命奔跑，想引起主人的注意，表明它是一只健康的猪。于是，屠夫把公猪拖走了。在被拖出猪圈的那一刻，公猪朝母猪笑了笑，说：‘以后别吃那么多。母猪伤心欲绝，拼命地想冲出去，但是圈门已经被主人关上了……

“那晚，望着主人一家开心地吃着猪肉，母猪伤心地躺在公猪以前睡觉的地方，突然发现墙上有行字：如果爱无法用言语来表达，我愿意用生命来证明！母猪看到这行字后肝肠寸断，人类听到这个凄美的故事后也无不为之动容。后来，女孩子们为了纪念这段爱情，开始流行减肥。”

罗兰依旧站在那里，但她整个人已经呆滞了。渐渐地，她的眼圈红了起来，两行泪水悄然滑落，只听她说道：“好可怜的公猪啊！减肥，减肥……”

“咦，叶音竹呢？叶音竹，你……”猛地转过身，她才发现，叶音竹已经消失在道路尽头，看他的样子，似乎还有些慌张。

罗兰扑哧一笑，自言自语道：“我有那么可怕吗？居然跑那么快。不过，这个故事好感人啊。他是在劝我减肥吗？还是怕我真的缠上他？哼，想得倒美。”想到这里，她脸上的笑意不禁加深了几分，心中对叶音竹的仇恨在不知不觉间悄悄消散了。

她突然发现，叶音竹似乎也不是那么讨厌。

其实，当初梅英在给叶音竹讲这个故事的时候还对他说过，如果有一天，他遇到了一个能让自己心甘情愿为她付出生命的女孩子，那么，就带她回家。

正如大多数人预想的那样，在下午举行的第二场半决赛上，召唤系没有任何悬念地战胜了重剑战士系，与神音系一同挺进了决赛。

之后，将是一天的休整，后天再进行最后的决战。

叶音竹现在有点郁闷，或者说是有点不知所措。

因为他一回到宿舍，就发现自己的宿舍变得前所未有的热闹。和自己同一学年的神音系少女们都在，再加上海洋和香鸾，十几名女孩子正在叽叽喳喳地聊着天等他。

看到叶音竹回来，她们几乎就同时围了上来。

“哇，音竹，你今天实在太帅了！居然把内斯塔干掉了，原来你这么强啊！不如我做你女朋友吧？”一个叶音竹连名字都不知道的女孩子兴奋地想扑入他的怀中。

“讨厌，不行，音竹是我们大家的共同财产，怎么能让你独享呢？别忘了，他可是咱们神音系的第一美少年，谁都不能独得。”

“这个也有道理。那不如我们一人一天怎么样？”

“不错，好主意。”

“各位同学，你们这是……”叶音竹终于找到了一个开口的机会。

此时，他的脸已经涨得通红。被一群女孩子围着，虽然有香风环绕，但这感觉并不太美妙，他倒宁愿只有自己和苏拉在。

看着他窘迫的样子，香鸾和海洋忍不住在一旁笑得娇躯轻颤。

“音竹，装晕，快。”微弱的声音在叶音竹耳边响起。或许是因为被逼迫得太厉害了，他的反应速度非常快，只见他两眼一闭，直接就朝地上倒去，顿时引起一片惊呼。

苏拉不知道从什么地方钻了出来，一把抱住叶音竹，皱眉道：“你们别吵了，音竹刚大战完一场，你们让他休息休息好不好？”

宿舍终于安静了，在苏拉的强烈建议下，神音系的少女们终于一个个离开了。

香鸾和海洋走在最后，当她们经过叶音竹身边的时候，香鸾俯下身，低声在叶音竹耳边道：“你的演技太拙劣了。我并没有忘记我的承诺，有机会一定兑现。”说完，她那绝色娇颜上多了一抹红晕，这才拉着海洋快步离去。

关门声一响，叶音竹就从苏拉怀中跳了起来，大口地喘息着，苦笑着道：“苏拉，我怎么觉得被她们围着，比和内斯塔打一场还要累。幸好你提醒我，否则，不知道她们还要待到什么时候呢。”

苏拉哼了两声，道：“还不是因为你自己不注意，到处拈花惹草。”

看着已经关好的宿舍门，叶音竹只觉得自己耳边痒痒的，香鸾离开前留下的那一抹淡淡的香气令他的心跳又一次加速了。

叶音竹暗想：承诺，她说的承诺是什么？就是跳一曲《霓裳》吗？

期待的心情在他心中悄悄升起，他向苏拉做了个鬼脸，就赶忙跑回房间休息去了。

为了能够以最好的状态参加最后的决赛，叶音竹第二天没有去飘兰轩上班，让苏拉替他请了一天假，自己一个人在家中修炼。

他修炼了十六年，终于突破到了剑胆琴心的境界。

无形中，他整个人似乎都变得成熟了几分，甚至在他弹琴时，音律的气息也有了很大的变化。

如果说他以前弹奏的琴曲轻柔和缓，充满了天真与和谐，那么，现在他奏出的琴音给人的感觉就是中正平和，纯正又醇厚，就像陈年老酒一般，让人回味无穷。

秦殇对他说过，他进入剑胆琴心境界之后，就将进入琴魔法的高速提升时期，提升速度会比修炼赤子琴心时还快，这种情况会一直持续到遇到瓶颈时才停止。

在琴魔法的修炼上，琴宗弟子与大陆上普通的神音师有一定的区别，他们的琴魔法的修炼速度明显要比普通神音师的速度快。

如果从小修炼琴魔法，那么，正常人大概需要十年到十五年才能完成琴魔法第一阶段九阶的修炼。但在进入剑胆琴心境界之后，修炼速度就会降低许多。

秦殇用了五十年，才突破剑胆琴心的瓶颈，进入紫微琴心境界。

而叶音竹的情况则不同，他是琴宗历史上，第一个修炼成赤子琴心的人。他用的是琴宗最难的修炼方法，这种方法对各方面的要求都极高。

但是，这种困难也注定了以赤子琴心打下的基础将无比牢固。心无旁骛十六年，这对于一个正常人来说，几乎是无法想象的。

这还是因为叶音竹天资聪颖又是天生八指，对琴音有着与生俱来的精神体悟，才能在十六年内突破瓶颈。

一旦赤子琴心修炼成功，那么，在进入紫微琴心境界之前，叶音竹的修炼之路将是一片坦途。

甚至每弹奏一首琴曲，他都能清楚地感觉到自己的琴魔法力有些许提升，这在以前是根本无法想象的。

即使是弗格森也不知道，自己新收的这名弟子，竟然已经达到了魔武合一绿级以上的级别。

神音系的决战对手就是今年同样出现了大量优秀人才的召唤系。双方的参赛学员同时来到试炼场中央。召唤系一方中走在中间的是一名十七八岁的少年，相貌清秀，双眼极为灵动，整个人一点也没有其他魔法师那种高高在上的感觉。

“你好，我是召唤系主将马良，一年级。”对方友好地伸出了自己的右手。

叶音竹伸手与他相握，就在这时，他突然感觉到自己手里多了点什么东西。他惊讶地看向马良，马良也正眼含深意地看着他，向他点了点头。

“神音系主将，叶音竹，一年级。”在松开相握的双手时，叶音竹下意识地将马良塞入他手中的东西夹在了指缝之中，那似乎是一张纸条。

马良微微一笑，道：“大家同是魔法部学员，应该友好相处。我们商量过了，不希望和贵系的美女们动手。不如今天的决赛，就让我和你分别代表彼此的系来一战定胜负吧，如何？”

叶音竹一愣，对方这样选择，明显是自己这边占了很大的便宜。

因为神音系中除了自己以外，只有海洋有一定的战斗力。而从对方那五名学员沉稳的目光和之前的成绩来看，他们至少都是黄级水准的魔法高手。

他看到马良的时候，就感觉到这个人带给自己的威胁并不会比内斯塔的少。

“这样你们不是太吃亏了？不如，还是以狼群的方式比赛吧！”叶音竹并不想占对方的便宜。

马良摇头道：“不，你对自己有信心，我对自己同样有信心。”说着，他突然踏前一步，用只有他和叶音竹才能听到的声音道，“这不只是新生大赛的较量，同时，也是琴宗与画宗的较量。”

叶音竹心中一震：画宗？东龙八宗之一的画宗吗？

**（本册完）**

**《琴帝》典藏版第2册2017年9月上市！敬请期待！**

---